Martina Gercke

Bee mine – Liebe summt

Portobello Girls Band 6 – Bee mine
©2019 by Martina Gercke

martinagercke@web.de
www.martinagercke.com
Besuchen Sie mich auf Facebook:
www.facebook.com/pages/martinagerckeautor

Covergestaltung: Catrin Sommer www.rausch-gold.com
Korrektorat: Martina König

Martina Gercke wird vertreten durch die Literatur-Agentur AVA
München

Herstellung und Verlag:
BoD- Books on Demand, Norderstedt
ISBN: 978-3-7460-0062-6

Bee mine

– Liebe summt

Portobello Girls – Band 6

Martina Gercke

1

Abby warf einen Blick in den Spiegel, um ein letztes Mal den korrekten Sitz ihrer Uniform zu überprüfen. Sie legte großen Wert auf ihr Erscheinungsbild. Schließlich hatte sie als Polizistin im Dienste Ihrer Majestät der Queen auch eine gewisse Vorbildfunktion.

Sie war ein glühender Fan des Königshauses, so lange sie denken konnte. Ihre Familie machte sich darüber oft lustig. Wenn sie als junges Mädchen den ganzen Tag vor dem Buckingham Palace verbracht hatte, nur um einen Blick auf einen der Royals zu erhaschen, hatte man sie ausgelacht. Aber das war ihr egal gewesen. Mittlerweile war ihre Freizeit zu knapp bemessen, um bei einem der öffentlichen Auftritte der Queen dabei zu sein, aber ihre Loyalität der königlichen Familie gegenüber war geblieben.

Sie strich die letzte Falte aus ihrem Hemd und rückte den schwarzen Hut auf ihren kurzen braunen Haaren zurecht. Ihr Blick fiel auf ihre Armbanduhr. Es war erst halb sieben. Sie lag noch gut in der Zeit.

Sie ging in den Flur und schloss die Tür hinter sich. Der Duft von frisch gebackener Pizza zog ihr in die Nase. So wie es sich anhörte, hatten sich ihre Mitbewohnerinnen in der Küche zusammengefunden. Die dicken Sohlen ihrer Uniformschuhe quietschten leise, als sie über den Dielenboden ging und die Küche betrat.

»Guten Abend!«

Olive, Zoey und Holly saßen zusammen mit Emily am Küchentisch. Die zweijährige Rose lümmelte in ihren Kinderstuhl daneben. Als sie Abby bemerkte, strahlte sie über das ganze Gesicht.

»Unsere Miss Marple ist auch schon da. Wir haben zweimal nach dir gerufen.« Olives Blick glitt an ihr herab. »Hast du Dienst?«

»Nein, ich ziehe die Uniform zum Spaß an. Die Typen lieben es, wenn ich sie beim Sex ans Bett fessele.«

Olives Augen weiteten sich. »Wirklich?«

»Du solltest mich besser kennen.« Abby grinste. »Natürlich habe ich Dienst.«

Olive machte einen Schmollmund. »Du blöde Nuss, ich hätte dir fast geglaubt.«

»Wäre eine coole Anmache, wenn du so in die Bar gehen würdest«, meinte Holly schmunzelnd. In ihrem Leopardenmusterkleid und den schwarzen High Heels sah sie aus wie ein typisches Londoner It-Girl.

»Das glaube ich kaum. Die Typen haben viel zu viel Angst vor Frauen in Uniform. Wäre ich ein Kerl, sähe die Sache ganz anders aus. Frauen stehen im Gegensatz zu Männern darauf.« Abby gab Rose einen Kuss auf die Stirn. »Na, mein Sonnenschein, geht es dir gut?«

»Mit Dexter tespielt!«, krähte die Kleine.

»Sehr schön«, lobte Abby.

Sie liebte Emilys Tochter von ganzem Herzen. Die Kleine war ihr absoluter Schatz. Sie konnte sich nicht daran erinnern, jemals ein wonnigeres Kind gesehen zu haben. Mit ihren braunen Haaren, den hellen Augen und dem roten Schmollmund sah sie aus wie die Miniaturausgabe von Schneewittchen. Sollte Abby jemals Kinder haben, konnte sie nur hoffen, dass sie so wären wie Rose. Im Moment sah es allerdings nicht danach aus. Dazu fehlte schlicht der passende Mann an ihrer Seite.

»Also ich stehe voll auf Uniformen«, nahm Zoey den Gesprächsfaden wieder auf. Sie hatte heute frei und trug statt ihres Kochoutfits eine bequeme Leggings und dazu ein hautenges T- Shirt, aus dessen Ausschnitt ihre pralle Oberweite herausquoll und ihrem Gegenüber förmlich ins Gesicht sprang. Sie hatte sogar auf ihr rotes Kopftuch verzichtet, das ihr Markenzeichen war.

»Dass du Männer in Uniform gut findest, wissen wir ja«, gab Abby zurück. Olive, Emily und Holly prusteten los. »Ich soll dich übrigens von Josh grüßen. Bin ihm gestern auf dem Flur begegnet.«

»Josh!« Zoey verdrehte schwärmerisch die Augen. »Ich muss sagen, der Sex mit ihm war echt klasse.«

»Warum hast du dich dann von ihm getrennt?«, wollte Holly wissen.

Zoey seufzte. »Ich habe keine Lust auf eine feste Beziehung. Er ist ein Mann zum Heiraten, aber nicht, um seinen Spaß zu haben.«

»Ich fürchte, du hast ihm das Herz gebrochen. Der Arme hat sich deshalb in eine andere Einheit versetzen lassen.«

»Wirklich?« Zoey sah sie mit ihren großen braunen Augen an.

»Nein. War nur ein Scherz.« Abby lachte. »Er hat sich bereits vor einem Jahr dort beworben und ist nun endlich angenommen worden.«

»Na siehst du. Dann war es doch zu seinem Besten.« Rose gluckste vergnügt und schnappte sich mit ihren verschmierten Patschehändchen blitzschnell Abbys Hut.

»Hey, du kleiner Scheißer! Das ist Eigentum Ihrer Majestät. Wenn du ihn mir nicht zurückgibst, muss ich dich leider verhaften.«

»Du Monster!« Emily zog eine Grimasse. »Wenn du meine Tochter anfasst, bekommst du es mit mir zu tun.«

Ohne die beiden Erwachsenen zu beachten, untersuchte Rose die Mütze eifrig. Dabei zerrte sie an dem silbernen Emblem, um es in die Hand nehmen zu können. Die bräunlichen Reste von Rose Abendbrei an ihren Händen blieben dabei an dem dunklen Stoff kleben.

»Rose, nein!« Emily zog an der Mütze, was die Kleine zum Anlass nahm, noch fester zuzufassen.

»Gib der lieben Tante Abby die Mütze.« Abby bemühte sich, streng zu schauen. Sofort verzog Rose das Gesicht zu einem breiten Grinsen. Sabber lief ihr dabei über das Kinn und tropfte auf den schwarzen Stoff.

Emily schmunzelte. »Wie es aussieht, ist Rose die Einzige, die dich nicht ernst nimmt.«

Abby streichelte der Kleinen liebevoll über die Wange. »Soll ich dich durchkitzeln?«

Ein Glucksen war die Antwort. »Marple spielen!«

Abby kitzelte Rose vorsichtig am Bauch. Sofort bog sich die Kleine vor Lachen nach hinten, jedoch ohne die Mütze loszulassen.

»Weichei«, murmelte Holly.

»Erwischt.« Abby ließ sich neben ihr auf der Sitzbank nieder. »Aber wer kann bei diesem Sonnenschein schon Nein sagen?«

Holly seufzte gespielt. »Da hast du auch wieder recht!«

»Hast du heute Abend etwas vor?« Abby musterte ihre Freundin. Das Einzige, was nicht zu Hollys schickem Outfit passte, war der Tomatenfleck auf ihrer Wange.

Sie nickte. »Jay kommt heute aus Italien zurück.«

»Wie schön für dich. Ich hatte schon das Gefühl, er wohnt dort«, bemerkte Emily.

»Nicht nur du. Drei Wochen ist eine ganz schön lange Zeit.« Holly verdrehte die Augen. »Hoffentlich bleibt er jetzt eine Weile in England. Wir sehen uns kaum noch, seit er wieder für die *Vogue* arbeitet.« Olive sah Holly fragend an. »Hast du schon mal mit ihm darüber gesprochen?«

»Ja, aber er sagt immer, dass er einiges aufzuholen hat, nachdem er ein Jahr unschuldig im Gefängnis gesessen hat.«

Alle vier nickten verständnisvoll, als Holly sie an den dunklen Abschnitt in Jays Leben erinnerte.

»Die Modebranche ist schnelllebig. Aus den Augen, aus dem Sinn«, bestätigte Olive. »Das ist beim Fernsehen nicht anders. Wahrscheinlich kann sich bei *Radio 5* keiner mehr an mich erinnern. Dabei bin ich noch nicht mal ein Jahr weg.«

»Ich habe gestern in deine ehemalige Sendung reingehört. Ich finde, Lexie macht ihre Sache ganz gut.« Holly nahm einen Biss von ihrer Pizza.

»Ja.« Olive nickte. »Sie hätten keine Bessere finden können.«

»Bist du nicht manchmal traurig?«, wollte Abby wissen. »Schließlich war *Olive's Talk* dein Baby.«

»Es war eine schöne Erfahrung, bei *Radio 5* als Moderatorin zu arbeiten, und ich möchte die Zeit dort nicht missen, aber ich liebe meinen Job bei *BBC*. Stellt euch vor, nächste Woche kommt Elton John in meine Show.« Sie lächelte, und ihre blauen Augen funkelten.

»Wer hätte das gedacht? Von der Radiomoderatorin zum Fernsehstar.« Emily strich sich mit der Hand über das lockige Haar.

Olive lachte. »Hättest du mir vor einem Jahr gesagt, dass ich mich in einen Stripper verlieben und einen Job vor der Kamera haben würde, ich hätte dir einen Vogel gezeigt!«

»Da sieht man mal wieder: Das Leben schreibt die besten Liebesgeschichten.« Abby zwinkerte ihr zu. »Außerdem ist Liam ja eigentlich Kinderarzt und kein Stripper.«

»Das wusste ich damals aber nicht.«

Abby schmunzelte. Der Abend von Olives fünfunddreißigstem Geburtstag im *Tropicana Beach Club* war in jeder Hinsicht legendär gewesen. »Ich werde nie vergessen, wie er dich auf die Bühne geholt und vor dir gestrippt hat. Eigentlich sollten wir uns das Video davon mal wieder anschauen. Dein Gesicht, während Liam sich vor dir auszieht, sorgt bei mir immer für gute Laune.«

Holly klatschte sofort begeistert in die Hände.»Au ja!«»Unbedingt!«, jubelte Emily.

»Am besten gleich morgen«, schlug Zoey vor.

Olive stöhnte.»Untersteht euch! Das ist so peinlich! Ich habe gehofft, dass ihr das Ding längst gelöscht habt.«»Wovon träumst du eigentlich nachts?«Abby lachte.»Niemals!«Die Freundinnen kicherten bei der Erinnerung an damals.

»Wo ist Liam überhaupt?«Abby sah sich in der kleinen Küche um, als könnte sich Olives Verlobter irgendwo versteckt halten.

Diese machte eine leidende Miene.»In der Klinik. Der Arme hat Nachtdienst.«

Abby hob schnuppernd die Nase in die Luft.»Zoey, hast du die Pizza gebacken?«

»Ja. Da ich weiß, dass ihr alle nicht mit hausfraulichen Fähigkeiten ausgestattet wurdet, dachte ich mir, ich trage mal wieder etwas zu eurer *gesunden*«, sie machte mit den Fingern Gänsefüßchen in der Luft,»Ernährung bei.«

Zoey arbeitete als Köchin im *Heaven's Place*. Seit sie in der WG lebte, gab es vernünftiges Essen und der Kühlschrank war stets mit allen möglichen Leckereien befüllt, was zuvor nie der Fall gewesen war.

»Du bist zu gut zu uns.« Abby bedachte sie mit einem dankbaren Lächeln. Zoeys Pizzen waren einfach unglaublich lecker.

Emily hatte ihren Blick aufgefangen und deutete auf den Backofen.»Möchtest du ein Stück?«

Allein bei dem Gedanken lief Abby das Wasser im Mund zusammen und ihr Magen meldete sich lautstark knurrend zu Wort.

»Ich werte das als ein Ja.« Emily kicherte und stand auf, um einen Teller zu holen.

Holly legte den Kopf leicht schräg.»Ich stelle wieder einmal fest, dass du in der Uniform wie ein echter Bulle aussiehst.«

Zoey war ebenfalls aufgestanden und stellte das Pizzablech in die Mitte des Tisches.»Bitte, bedient euch!«

Das ließ sich Abby nicht zweimal sagen. Blitzschnell schnappte sie sich eines der Pizzastückchen.»Ich bin seit drei Jahren bei der Metropolitan Police. Davon wohne ich zwei Jahre hier. Du solltest dich also langsam an den Anblick gewöhnt haben.«

Mit einer geübten Bewegung klappte sie das Dreieck zu einer Rolle zusammen und stopfte es sich in den Mund. Fett tropfte auf ihre Finger. Aus dem Augenwinkel sah sie, wie Olive das Gesicht verzog.

»Hey, ich habe dir extra einen Teller geholt.« Emily stellte den Teller vor Abby auf den Tisch.

»Zu spät«, quetschte sie zwischen zwei Bissen hervor.

»Das sehe ich! Rose, sieh nicht zu, wie die Tante Marple isst«, flüsterte Emily ihrer Tochter ins Ohr. »Die ist ein richtiges Ferkel.«

»Lass dir von deiner Mum nichts einreden. Die ist ein richtiger Spießer geworden, seit sie dich hat«, konterte Abby mit vollem Mund.

»Spießer!«, wiederholte Rose.

Alle lachten.

Abby leckte sich über die Lippen. »Siehst du, deine Tochter ist ganz meiner Meinung.«

»Ich kann immer noch nicht ganz glauben, dass jemand, der so zierlich ist wie du, Gangster jagt«, stellte Holly fest.

»Bisher hatte ich es nur mit Verkehrsrowdies, Ladendieben und Kleinkriminellen zu tun.« Sie wischte sich mit dem Handrücken über das Gesicht.

Olive hielt ihr ein Papiertuch hin. »Dafür gibt es Servietten!«

»Wenn's denn sein muss.« Sie schnappte sich das Tuch und tupfte sich damit über die fettglänzenden Lippen. »Zufrieden, Mum?«

»Haha. Sehr witzig. Aber wir haben schließlich eine beeinflussbare Person mit am Tisch. Da willst du doch ein gutes Vorbild sein.« Olive machte eine knappe Kopfbewegung in Rose' Richtung. Die Kleine kaute noch immer vergnügt auf Abbys Mütze herum.

»Du willst doch auch, dass der Spatz später im Leben klarkommt und kein Weichei wird.« Abby sah Olive herausfordernd an.

»Ja, aber deshalb kann sie sich trotzdem gut benehmen.«

»Ich würde sagen, eins zu null für Olive.« Emily strich ihrer Tochter sanft über die Haare. »Wir machen aus dir schon noch ein echtes Portobello Girl.«

Abby sprang von der Bank. »Und ich bringe ihr bei, wie man die Typen zu Boden bringt, wenn sie lästig werden.«

»Das hat noch ein bisschen Zeit«, erwiderte Emily lächelnd.

»Damit kann man gar nicht früh genug anfangen.« Sie hatte schon als junges Mädchen mit Judo begonnen und war später auf Karate umgestiegen, was sich mehr als einmal in ihrem Leben als hilfreich erwiesen hatte. »Ich muss los.«

»Ach, kommt die Queen heute persönlich vorbei, um dich zu besuchen, oder weshalb hast du es so eilig?«, witzelte Holly.

»Pünktlichkeit ist wichtig in meinem Job. Außerdem, Ihre Majestät die Königin verlässt sich auf ihre treuen Untertanen. In ihrer Neujahrsansprache hat sie einmal mehr betont, wie wichtig ihr das Volk ist.«

»Ach Abby.« Olive seufzte. »Du bist wirklich die treuste Seele in diesem Land. Wenn die Queen wüsste, was für eine tolle Polizistin sie hat, wäre sie sehr stolz auf dich.«

»Und damit das auch so bleibt, muss ich schleunigst los. Ich saß schon zu lange hier rum.« Sie schnappte sich das letzte Stück Pizza.

»Hey, das wollte ich!«, protestierte Emily.

Abby nahm einen herzhaften Biss. »Du hast selbst gesagt, dass du abnehmen musst!«

Emily schürzte die Lippen. »Du bist gemein.«

»Nein, ich sorge lediglich dafür, dass du nicht zunimmst. Du solltest mir dankbar sein.« Sie gab Rose einen Kuss. Dort, wo ihre Lippen die Wange der kleinen Maus berührt hatten, glänzte die zarte Haut. »Ärgere deine Mum nicht und gib mir bitte meine Mütze zurück.«

Wie auf Kommando öffnete Rose die Hand, und die Mütze ging zu Boden. Abby bückte sich und hob sie auf. Ein feuchter Fleck, an dem einige Bröckchen Brei klebten, war zu sehen. Hastig wischte sie mit dem Unterarm darüber. So würde es gehen.

»Bis morgen«, verabschiedete sie sich.

»Lass dich von den bösen Jungs nicht ärgern«, rief Holly.

»Wenn hier jemand wen ärgert, dann bin ich es«, erwiderte sie gut gelaunt und verließ die Küche.

2

Warme Londoner Frühlingsluft schlug ihr entgegen, als sie aus dem Auto stieg. Sie hatte den Mini auf dem Parkplatz von New Scotland Yard geparkt – ihrem Arbeitsplatz. Die Metropolitan Police, umgangssprachlich auch als Kriminalpolizei bezeichnet, war dort untergebracht. Abbys Blick wanderte die weiße Fassade des Gebäudes hoch. Der Abendhimmel war wolkenlos, die letzten Strahlen der Sonne waren bereits hinter dem Horizont verschwunden. Es roch nach den Abgasen der Autos, die sich durch die engen Straßen Londons quälten. Trotz der späten Uhrzeit herrschte noch immer Hochbetrieb in Westminster. Touristen schlenderten über den Gehweg, und Geschäftsleute hetzten in Anzug vorbei, um im nächstgelegenen Pub ein Feierabendbier zu trinken. Die Ladenbesitzer waren dabei, ihre Geschäfte zu schließen.

Bald würde Stille einkehren, wenn die Bewohner in ihren Häusern saßen, um es sich im Kreise der Familie gemütlich zu machen. Eine trügerische Ruhe, wie Abby aus Erfahrung wusste. Wenn es dunkel wurde und der normale Bürger vor dem Fernseher saß, wurden die Verbrecher aktiv und die dunkle Seite der Gesellschaft erwachte. Kleinkriminelle, Trunkenbolde, Drogendealer, Zuhälter, Einbrecher und andere Gesetzesbrecher krochen aus ihren Löchern und gingen ihren Geschäften nach. In der Nachtschicht war die Zahl der Notrufe von Bürgern fast doppelt so hoch wie am Tag.

Abby gähnte laut. Es war ihre vierte Nachtschicht in Folge. Sie hätte heute frei gehabt, aber ein Kollege war krank und sie hatte seine Schicht übernommen. Seit sie einen personellen Engpass hatten, waren alle Kollegen gefordert, um die Dienste abzudecken. Sie würde jede Menge Kaffee brauchen, wenn sie die Nacht heil überstehen wollte.

Sie ging die wenigen Stufen hoch bis zum Haupteingang. Nach wie vor erfüllte es sie mit Stolz, wenn sie das silberne Schild mit der Aufschrift von Scotland Yard sah.

»Guten Abend, Sarge«, wurde sie von dem grauhaarigen Mann begrüßt, der hinter dem Empfangstresen stand.

»Guten Abend, Henry.«

Der Pförtner der Metropolitan Police war so etwas wie eine Institution. Jeder, der hier arbeitete, kannte ihn.

»Noch eine Nacht?« Henry schüttelte den Kopf. »Sie wollen wohl England alleine retten.«

Abby lächelte. »David ist krank, und wir sind chronisch unterbesetzt.«

Seit Josh die Einheit verlassen hatte, versprach ihnen der Chief, die Stelle neu zu vergeben. Bisher war leider nichts dergleichen geschehen.

»Na, dann wollen wir hoffen, dass es eine ruhige Nacht wird.«

»Ihr Wort in Gottes Ohr.«

»Ich weiß nicht, ob der liebe Gott da wirklich hilfreich ist.« Henry seufzte und ließ sich schwerfällig auf den Stuhl hinter dem Empfangstresen fallen.

Abby ging durch den Glasvorbau zu den Fahrstühlen. Rechts und links an den Wänden hingen alte Schwarz-Weiß-Fotografien, die Robert Peel, den Gründer von Scotland Yard, und die Entwicklung der Polizei bis zur heutigen Zeit zeigten.

Mit einem leisen *Pling* ging die Fahrstuhltür auf. Abby drückte auf den Knopf für die erste Etage.

»Halt!« Eine gebieterische männliche Stimme drang in den Aufzug, gefolgt von einer kräftigen Hand, die sich zwischen Tür und Rahmen schob.

Blitzschnell drückte sie den Knopf am Panel, um den Lift aufzuhalten. Die Tür öffnete sich, und ein Mann in der Uniform der Metropolitan Police betrat den Aufzug.

»Guten Abend, Miss.« Er ignorierte offensichtlich ihren Dienstgrad.

»Guten Abend«, grüßte sie säuerlich zurück, ohne seinen Rang zu nennen, wie es die Etikette vorschrieb.

Ein Kopfnicken war alles, was er ihr schenkte. Wortlos stellte er sich breitbeinig vor sie. Notgedrungen musste sie einen Schritt zurück machen, um nicht mit dem Unbekannten zusammenzustoßen. Er war gut zwei Kopf größer als sie und hatte ein Kreuz wie ein Kleiderschrank. Sie musterte ihn in der Spiegelung der Fahrstuhltür. Sie schätzte ihn auf

Anfang dreißig. Seine braunen Haare waren an den Seiten kurzgeschnitten und betonten sein markantes Gesicht. Er hatte die Mütze tief ins Gesicht gezogen, sodass sie seine Augen nicht sehen konnte. Sie roch aber sein Eau de Toilette: ein zarter Duft nach Gräsern. Der Fahrstuhl hielt mit einem Ruck, und der Unbekannte rauschte davon, ohne sie eines weiteren Blickes zu würdigen. Es war immer wieder erstaunlich, was für Rüpel es gab. Noch dazu unter Kollegen. Sie schüttelte den Kopf, um den Gedanken an den Unbekannten zu verscheuchen. Sie hatte Wichtigeres zu tun, als sich über einen unhöflichen Fremden zu ärgern.

Die Sohlen ihrer Schuhe quietschten auf dem grauen Linoleumboden. Vor den verschiedenen Büros standen einfache Holzstühle, wo die Wartenden Platz nehmen konnten, bis sie an der Reihe waren. Meist waren es Familienangehörige der Täter oder Opfer. Um diese Uhrzeit war es jedoch ruhig; lediglich eine Frau saß zusammengesunken auf einem der Stühle. Als Abby sich ihr näherte, hob sie den Kopf. Unter ihren Augen lagen dunkle Schatten, und tiefe Falten hatten sich in das verhärmte Gesicht eingegraben. Abby schätzte sie auf Anfang vierzig.

»Officer!« Die Frau sprang auf und stellte sich ihr in den Weg. »Wie lange wollen Sie meinen Jungen noch festhalten?«

Abby runzelte die Stirn. »Entschuldigen Sie bitte. Ich habe keine Ahnung, von wem Sie sprechen.«

Die Frau sah aus, als würde sie jeden Moment in Tränen ausbrechen. »Ben, mein Junge. Er ist doch erst sechzehn.« Die Unterlippe der Unbekannten zitterte. »Das sind seine Freunde, die ihn dazu überredet haben müssen. Er war immer so ein liebes Kind und ein guter Schüler.«

»Ma'am, ich bin gerade erst angekommen«, gestand Abby.

Die Mutter tat ihr leid. Es war offensichtlich, dass sie große Sorgen hatte. Ihre Kleidung war sauber, aber an einigen Stellen abgewetzt. Wahrscheinlich hatte die Familie nicht viel Geld.

»Mein Sohn, Benjamin Miller. Ihre Kollegen haben ihn festgenommen, als seine Kumpels versucht haben, ein Auto zu knacken.« Eine Träne kullerte über das Gesicht der besorgten Mutter. »Er hat doch nur Schmiere gestanden. Bitte, Officer, helfen Sie ihm.«

Ehe Abby es verhindern konnte, hatte sich Mrs Miller ihre Hand geschnappt und hielt sie fest umklammert. »Ma'am, lassen Sie meine

Hand los«, bat Abby sanft. Es hatte keinen Sinn, die Arme hart anzugehen. Ihr Kummer war schon groß genug. »Ich werde mal schauen, wie der Stand der Dinge ist.«

»Danke, Officer.« Sie schenkte Abby ein zaghaftes Lächeln unter Tränen und ließ sich wieder auf dem Stuhl nieder.

Abby nickte, froh, der Situation zu entkommen. Mit schnellen Schritten ging sie in das Dienstzimmer. Andrews saß am Schreibtisch und hackte auf die Tastatur seines Computers ein, neben ihm ein junger Mann. Das musste Ben Miller sein. Der Junge war blass um die Nase, und auf seinen Wangen hatten sich Flecken gebildet. Seine Augen schimmerten feucht, und sein schlechtes Gewissen sprang Abby förmlich entgegen.

»Hi, Andrews.« Sie ging an den Männern vorbei zu ihrem Schreibtisch und legte die Mütze ab.

»Hi, Langfort«, begrüßte ihr Kollege sie freundlich.

Abby warf einen Blick auf den Teenager. »Alles so weit ruhig?«

»Bis auf den da – ja.« Benjamin Miller zuckte zusammen. »Die Jungs von der Streife haben ihn geschnappt.« Andrews machte eine Kopfbewegung in Richtung des Besagten. »Wollte sich gerade zusammen mit seinen Freunden in einem geklauten Wagen davonmachen. Die beiden Mittäter sind entwischt und haben ihren *Freund*«, er machte mit den Fingern Anführungszeichen in der Luft, »zurückgelassen.«

»Tolle Freunde«, brummte Abby.

Der Junge senkte betroffen die Lider. Wahrscheinlich war ihm langsam bewusst, was er getan hatte.

Sie warf einen Blick auf die Akte. Ben Miller war ein unbeschriebenes Blatt. Die Gegend, aus der er stammte, war bekannt für ihre kriminellen Jugendbanden und der Ursprung für so manche Verbrecherkarriere, die meist mit langen Haftstrafen oder Schlimmerem endete. Der Junge tat ihr leid, wie er zusammengekauert und voller Angst auf dem Stuhl saß. Er hatte einen wachen Blick, der eine gewisse Intelligenz vermuten ließ.

»Kann man wohl sagen.« Andrews lehnte sich in seinem Stuhl zurück. »Leider will uns der kleine Scheißer nicht die Namen seiner Freunde nennen, sonst wären wir schon lange fertig und ich könnte einen Kaffee trinken.«

»Was hältst du davon, wenn ich übernehme und du dir einen Koffeinschub besorgst?«, schlug sie vor.

Ben war noch ein Kind, und Andrews war nicht gerade für sein Einfühlungsvermögen bekannt. Vielleicht gelang es ihr, an die Vernunft des Teens zu appellieren.

Andrews musterte sie. »Das würdest du tun?«

»Klar! Allerdings nur unter einer Bedingung.« Sie sah ihm direkt in die Augen.

Er stöhnte. »Ich wusste doch, dass die Sache einen Haken hat!«

»Du bringst mir einen Kaffee mit.« Sie grinste breit. »Deal?«

»Deal!« Er schlug ein und verschwand aus dem Raum.

»So, Ben, und jetzt zu uns beiden.« Sie baute sich breitbeinig vor dem Jungen auf. Die Hände seitlich an die Hüften gelegt, gewährte sie ihm einen freien Blick auf den Revolver. Ben schob trotzig die Unterlippe vor, aber das würde sie ihm schon austreiben. »Da draußen sitzt deine Mutter und weint sich deinetwegen die Augen aus.«

»Ist mir doch egal«, brummte er wenig überzeugend. Dabei starrte er angestrengt auf seine Fußspitzen.

»Dachte ich mir.« Sie ließ sich auf der Tischkante nieder. »Du bist ja ein harter Kerl, dem zwei Jahre im Jugendknast nichts ausmachen.«

Mit einem Ruck hob er den Kopf. Panik breitete sich auf seinem Gesicht aus. »Zwei Jahre? Aber ich habe doch gar nichts gemacht! Also fast nichts.«

»Das sagst du, aber solange wir nicht die Namen deiner Kumpels wissen, bist du unser Hauptverdächtiger.« Das war natürlich völliger Blödsinn, aber das wusste er ja nicht.

»Aber —«

»Nichts ›Aber‹. Du bist erwischt worden, als du in ein geklautes Auto einsteigen wolltest. Woher soll ich wissen, ob nicht du derjenige warst, der den Wagen aufgebrochen hat?« Sie schaute ihn betont gelangweilt an. »Aber im Knast bist du ja dann unter deinesgleichen, und ich kann dir versichern, mit uns ist es ein Kinderspiel im Vergleich zu dem, was dort abgeht.« Sie machte eine kurze Pause, um ihre Worte sacken zu lassen. »Hab‘ schon Jungs gesehen, die haben geweint wie Babys, damit wir sie da wieder rauslassen. Aber …«, sie holte Luft, »das wird dir nicht passieren, denn du bist ja einer von der harten Sorte.«

Du wirst dir deinen Platz da drin schon erkämpfen.« Sie deutete auf seine geballten Fäuste.

»Ich komme doch nicht zu den Verbrechern«, sagte Ben mit zitternder Stimme.

Sie zuckte gleichgültig mit den Achseln. »Wer weiß das schon?«

»Aber ich habe doch gar nichts Schlimmes gemacht!«

»Wie ich schon sagte, das weißt nur du.« Sie beugte sich zu ihm hinunter und sah ihm fest in die Augen. »Deine Mutter ist eine gute Frau, das kann ich sehen, und sie macht sich große Sorgen um dich. Vielleicht ist es dir egal, ob du zwei Jahre im Knast sitzt, aber ihr würde es das Herz brechen.«

Ein leises Schluchzen entwich dem Halbstarken, und er wich erneut ihrem Blick aus. »Ich will nicht ins Gefängnis.«

»Musst du auch nicht.« Abby legte die Hand unter Bens Kinn und zwang ihn so, ihr in die Augen zu schauen. »Wir alle machen mal Fehler, und manchmal bietet uns das Leben eine Chance, daraus zu lernen, damit wir sie nie wieder machen.« Ihre Augen hielten ihn gefangen. Ben nickte kaum merklich. Abby spürte, dass er kurz davor war nachzugeben. Er brauchte nur noch einen kleinen Schubs in die richtige Richtung. »Du hast jetzt die Chance, deinen Fehler wiedergutzumachen. Alles, was du tun musst, ist, uns die Namen der Kerle zu geben, die dich in diese Lage gebracht haben.« Sie verzichtete bewusst darauf, das Worte *Freunde* zu benutzen.

»Alfie Hayes und Corbin Jones.« Seine Stimme war kaum mehr als ein Flüstern.

»Gut gemacht.« Sie klopfte ihm auf die Schulter. Sie würde gleich eine Streife schicken, um die Mittäter festzunehmen, sobald sie ihre Daten im Computer gefunden hatte. Sie hatte keinen Grund anzunehmen, dass Ben log.

»Kann ich jetzt zu meiner Mum?« Tränen glänzten in seinen Augen.

»Gleich«, versicherte sie ihm. »Du musst noch deine Aussage unterschreiben, dann darfst du bis zur Verhandlung nach Hause.«

»Verhandlung?«

»Ja, der Richter wird entscheiden, wie es mit dir weitergeht. Allerdings wird er mildere Umstände walten lassen, da es deine erste Straftat ist und du mit uns kooperiert hast.«

Ben Miller nickte.»Und ich muss nicht ins Gefängnis?«
»Nein, aber ich denke, du wirst ein paar Stunden Sozialarbeit leisten müssen.« Er stöhnte. Sie legte ihm die Hand auf die Schulter.»Pass auf, Ben, und hör mir gut zu. Diesmal bist du mit einem blauen Auge davongekommen. Aber in Zukunft solltest du besser aufpassen, wen du als deine Freunde bezeichnest. Das nächste Mal könnte es sein, dass du tatsächlich im Gefängnis landest.« Er presste die Lippen fest aufeinander. Sie wusste, unter welchen Gewissensbissen er litt.

»Ich vertraue dir mal was an. Ich bin selbst in einer Gegend großgeworden, wo Jugendbanden den Alltag bestimmt haben. Wer nicht mitgemacht hat, wurde gehänselt und verspottet. Das war einer der Gründe, warum ich Judo und später Karate gelernt habe. Ich wollte mir nicht alles gefallen lassen.« Ben nickte bei diesem Satz.»Und ich habe mir in der Schule Mühe gegeben, denn ich wollte anderen Menschen helfen, die gemobbt und gezwungen werden, Dinge zu tun, die sie nicht wollen.« Sie hüpfte von der Tischkante.»Sieh mich an – ich habe es geschafft. Und das kannst du auch. Du musst nur an dich glauben, so wie deine Mutter und ich es tun. Versprichst du mir, darüber nachzudenken?« Sie sah direkt in sein blasses Gesicht.

Er lächelte gequält.»Ja, Ma'am.«

»Es ist ein steiniger Weg, aber ich verspreche dir, dass es sich lohnt.« Sie legte ihre ganze Zuversicht in ihre Stimme.

Dieser Junge war beispielhaft für viele andere. Es würde nicht leicht für ihn werden, aber sie war sicher, dass er es schaffen konnte.

Sie tippte seine Aussage auf ein Formblatt und legte ihm das Papier zum Unterschreiben vor. Der Junge las alles aufmerksam durch. Mit zitternden Fingern setzte er seine Unterschrift unter das Dokument.

»So, und jetzt holen wir deine Mutter.«

Mrs Miller saß zusammengesunken auf dem Stuhl. Ihr leises Schluchzen hallte durch den leeren Gang.

»Mrs Miller, Sie können Ihren Sohn nach Hause mitnehmen.«

Sie sprang auf.»Wirklich?«

»Ja. Ben hat seine Aussage gemacht und uns die Namen seiner Mittäter verraten.« Sie schenkte der Frau ein Lächeln.»Damit ist er nicht mehr der Hauptverdächtige.«

Ehe sie es verhindern konnte, kam Mrs Miller auf sie zugelaufen und nahm sie in den Arm. »Vielen Dank. Ich wusste gleich, dass Sie eine von den Guten sind.«

»Danken Sie mir nicht, sondern sorgen Sie dafür, dass Ihr Junge all die Unterstützung in der Schule bekommt, die er benötigt, um voranzukommen.«

Die Frau nickte eifrig.

»Mum?« Bens Stimme drang durch die offene Bürotür zu ihnen. Mrs Miller wischte sich mit der Hand über das Gesicht.

»Eine kleine ernste Ansprache könnte vielleicht nicht schaden«, flüsterte Abby ihr zu. »Er sollte schon wissen, dass es nicht gut war, was er getan hat. Aber seien Sie nicht zu hart mit ihm.«

»Danke, Officer ...«, sie blickte auf ihr Namensschild, »Langfort.«

»Sergeant Langfort. Keine Ursache, das ist schließlich mein Job.«

Ben kam hinaus und lief unter Tränen in die Arme seiner Mutter. »Es tut mir so leid, Mum.«

»Ich weiß, mein Junge.« Mrs Miller strich ihm sanft über die Wange. »Trotzdem wirst du zur Strafe deine kleine Schwester hüten und den Gottesdienst besuchen.«

Der Teenager stöhnte leise. Ob wegen des Gottesdienstes oder seiner kleinen Schwester, vermochte Abby nicht zu sagen.

Andrews kam zurück, bewaffnet mit einem Kaffeebecher und einer Tüte Fish 'n' Chips. Sein Blick wanderte von Ben und Mrs Miller zu Abby.

»Wir haben seine Aussage und die Namen der Täter«, beantwortete sie seine stumme Frage.

Er reichte ihr den Becher. »Wunderbar, dann ist die Sache ja so weit erledigt.«

»Wir würden gerne gehen, oder brauchen Sie noch etwas?« Mrs Miller hatte den Arm um ihren Sohn geschlungen. »Bens Schwester ist bei einer Freundin und muss dringend ins Bett.«

»Natürlich.« Abby nickte. »Sollten wir noch Fragen haben, melden wir uns bei Ihnen.«

Die beiden gingen Richtung Fahrstuhl.

»Ach Ben!«, rief sie den Jungen zurück. »Warte mal kurz.« Abby kritzelte ihren Namen und eine Adresse auf ihren Notizblock. Sie riss das Blatt ab und reichte es Ben.»Komm doch mal vorbei. Ich würde dir gerne ein paar Jugendliche in deinem Alter vorstellen. Wir treffen uns regelmäßig Freitagnachmittags dort.«Ben sah sie mit großen Augen an.»Ich arbeite seit geraumer Zeit mit einer Gruppe von Teenagern zusammen. Wir wollen anderen helfen, die sich in der gleichen Situation befinden wie du jetzt, und ihnen eine Perspektive bieten. Gemeinsam ist es leichter, Problemen die Stirn zu bieten. Ist 'ne ziemlich coole Sache.«

»Und was genau machen Sie da?« In seinen Augen spiegelten sich Neugier und Ablehnung.

Sie lächelte geheimnisvoll.»Wir arbeiten mit Bienen.«

»Bienen?«

»Ja. Unser Ziel ist es, überall in der Stadt Bienenkästen aufbauen, die von Jugendlichen betreut werden. Das ist eine äußerst anspruchsvolle Arbeit, die viel Feingefühl und Engagement erfordert. Ich könnte mir vorstellen, dass es dir gefällt.«

Ben lächelte zurückhaltend.»Ja klar.«

»Gut. Dann bis bald.« Mit diesen Worten entließ sie die Millers in die Freiheit.

»Für dich.« Andrews reichte ihr die Tüte mit den Fish 'n' Chips. Ein köstlicher Duft stieg ihr in die Nase.

»Woher wusstest du, dass ich Hunger habe?« Sie klemmte den Kaffeebecher in ihre Armbeuge, nahm sich ein paar Chips und tauchte sie in die Soße.

Andrews grinste.»Ich kenne dich schließlich schon ein wenig länger, und du hast immer Hunger.«

»Stimmt.« Genüsslich kauend gingen sie zurück ins Büro. Abby setzte sich auf die Tischkante. Der Fisch war absolut lecker.»Mhm, ist das gut.« Sie leckte sich über die Lippen.

Im selben Moment flog die Tür auf und ihr Boss, der Assistant Commissioner, stand im Raum. Fast wäre Abby die Tüte aus der Hand gefallen. Irritiert sprang sie auf und nahm Haltung an, die Fish 'n' Chips fest umklammernd. Der Chief war nicht alleine. Der Mann aus dem Fahrstuhl stand neben ihm.

»Assistant Commissioner!« Abby drückte den Rücken durch. Andrews neben hier stand ebenfalls stramm.

»Mhm. Gut, dass ich Sie beide antreffe.«

Assistant Commissioner Wilson war ein untersetzter Mann mit schütterem grauen Haar und einem blassen Gesicht, das aussah, als wäre es auf halbem Weg bei der Verwandlung in eine Maus gestoppt worden. »Ich möchte Ihnen Sergeant Kyle Fawner vorstellen.«

»Hallo, Sarge.« Fawner streckte Andrews die Hand entgegen. Abby beachtete er nicht.

»Sehr erfreut.« Andrews warf ihr einen unsicheren Seitenblick zu. Der Neue musterte sie finster und abweisend. »Miss.«

Sie räusperte sich. »Das ist das zweite Mal, dass Sie mich ohne meinen Rang ansprechen.«

Die Augenbraue des Sergeants schnellte nach oben. Im Raum herrschte absolute Stille.

Ihr Chief sah sie fragend an. »Sie kennen sich bereits?«

»Ja, wir sind uns im Fahrstuhl begegnet.«

»Entschuldigen Sie, aber ich dachte, Sie wären die Sekretärin«, erklärte Sergeant Fawner süffisant.

»Dann würde ich kaum die gleiche Uniform mit demselben Dienstgrad tragen«, entgegnete sie, ganz die Liebenswürdigkeit in Person.

Sie hatte im Laufe ihres Lebens festgestellt, dass Freundlichkeit die beste Waffe gegen Idioten wie diesen Fawner war. Trotzdem sollte er wissen, dass sie sich nicht von seiner arroganten Art einschüchtern ließ.

»Verzeihen Sie, eine Nachlässigkeit meinerseits«, antwortete er aalglatt. Seine Mundwinkel kräuselten sich. »Sie haben da etwas Remoulade an der Wange.«

Zu allem Überfluss deutete er mit dem Finger darauf wie bei einem kleinen Kind. Fehlte noch, dass er ein Taschentuch hervorzog und reinspuckte, um die Stelle sauberzumachen.

Sie wischte sich mit dem Handrücken über die Wange. »Daran sieht man wenigstens, dass es geschmeckt hat.«

»Ich wusste nicht, dass Essen während des Dienstes erlaubt ist«, sagte Sergeant Fawner gerade so laut zum Assistant Commissioner, dass Abby es hören konnte.

Was für ein Mistkerl! Er versuchte tatsächlich, sie vor ihrem Boss schlechtzumachen.

»Wenn gerade nichts los ist, ist das durchaus in Ordnung«, erklärte Abbys Vorgesetzter. »Die Gesundheit unserer Mitarbeiter geht vor, und

Sie wissen selbst, wie unregelmäßig die Dienste sind. Das lässt sich gar nicht anders bewerkstelligen.«

»In meiner Einheit hätte es das nicht gegeben. Aber da waren ja auch nur Männer«, bemerkte Sergeant Fawner beiläufig.

»Was wollen Sie damit sagen?«, hakte Abby nach.

»Dass Männer besser mit Extremsituationen umgehen können. Wir können eben auch mal auf Essen verzichten.« Er lächelte falsch.

Am liebsten hätte sie diesem arroganten Affen eine reingehauen.

»Ehrlich gesagt habe ich das Essen besorgt«, meldete sich Andrews zu Wort. Sie warf ihm einen dankbaren Blick zu.

Fawner sah ihn bedauernd an. »Tja, auch bei Männern soll es Ausnahmen geben.«

»Genug davon«, unterbrach der Chief ihren kleinen Schlagabtausch. »Sergeant Langfort, dürfte ich Sie kurz zusammen mit Sergeant Fawner in mein Büro bitten?«

»Natürlich, Sir.« Abby tauschte einen verwunderten Blick mit Andrews.

Was hatte das zu bedeuten?

»Viel Glück«, flüsterte er ihr mit verschwörerischer Miene zu.

Mit einem unguten Gefühl im Bauch folgte sie den beiden Männern in das nahe gelegene Büro.

»Bitte setzen Sie sich.« Der Assistant Commissioner deutete auf die beiden freien Stühle vor seinem Schreibtisch. Er selbst nahm auf dem Bürostuhl dahinter Platz.

»Wenn es Ihnen nichts ausmacht, bleibe ich lieber stehen.« Sie hatte keine Lust, neben diesem arroganten Idioten zu sitzen, der sich auf den Stuhl gefläzt hatte, als wäre er bei sich zu Hause im Wohnzimmer.

»Ganz wie Sie möchten.« Ihr Boss zog eine Akte von dem Stapel auf dem Schreibtisch. »Sergeant Fawner war bisher bei der MDP und ist nun uns zugeteilt worden.«

MDP. In Abbys Hirn ratterte es. Die *Ministry of Defence Police* war eine Spezialeinheit der Polizei und verantwortlich für die Sicherheit des Verteidigungsministeriums. Eine begehrte Stelle, für die man sich qualifizieren musste. Die Arbeit bei der Metropolitan Police war ein Rückschritt und äußerst ungewöhnlich. Etwas musste vorgefallen sein, dass man Fawner versetzt hatte.

»Ich bitte Sie, Ihren Kollegen freundlich bei uns aufzunehmen und ihm alles Nötige zu zeigen«, fuhr der Chief fort.

»Ich denke nicht, dass das nötig sein wird«, meldete sich Fawner ungefragt zu Wort.

»Umso besser«, erwiderte sie schnippisch. »Ich habe nämlich zu viel um die Ohren, um den Babysitter zu spielen.«

»Sergeant Langfort, Sergeant Fawner!«, schmetterte der Assistant Commissioner mit seiner Nebelhornstimme dazwischen. »Sie werden ab sofort im Team arbeiten. Es wäre also das Beste, wenn Sie sich so schnell wie möglich aneinander gewöhnen.«

Sie hatte die Worte zwar vernommen, aber ihr Hirn hatte den Inhalt in seiner ganzen Tragweite noch nicht erfasst.

»Ich soll mit einer *Frau* arbeiten?«, rief Fawner derart empört, als hätte man ihm gesagt, er müsse ab sofort die Toiletten putzen.

»Sie machen doch Witze, Sir?«, hakte Abby vorsichtig nach.

»Sehe ich so aus, Sergeant Langfort?« Die Augen des Assistant Commissioners funkelten gefährlich.

Sie nahm wieder Haltung an. »Ähm. Nein, Sir.«

»Gut. Und von Ihnen, Sergeant Fawner, erwarte ich etwas mehr Achtung einer Kollegin gegenüber. Haben Sie mich verstanden?«

Fawner nickte stumm.

»Bei allem Respekt, Sir, aber warum ausgerechnet ich?« Abby sah ihren Boss mit einer Mischung aus Entsetzen und Fassungslosigkeit an.

»Sie sind diejenige ohne Partner. Seit Blair weg ist, arbeiten Andrews und Jacobs zusammen, sodass Sie keinen Partner haben«, erwiderte der Chief unbeeindruckt. »Außerdem waren Sie es, die auf eine schnelle Abwicklung der Sache bestanden hat. Sie sollten froh sein, dass wir einen Ersatz bekommen haben.«

Abby schwieg. Tatsächlich hatte sie bei ihrem Boss vorgesprochen und Unterstützung angefragt. Hätte sie gewusst, welche Konsequenz das haben würde, hätte sie darauf verzichtet und lieber wie bisher doppelte Dienste geschoben.

»Ich dachte, Sie hätten gesagt, dass ich dem besten Sergeant Ihres Teams zugeteilt werde!« Fawner war offensichtlich genauso wenig scharf darauf, mit ihr zusammenzuarbeiten.

Zumindest in dieser Hinsicht waren sie sich einig.

»Das ist absolut richtig! Langfort ist einer unserer zuverlässigsten Sergeants und hat sich schon mehrfach bewährt. Sie sollten sich lieber mit dem Gedanken anfreunden, dass ihr neuer Partner eine Frau ist.« Seine Stimme hatte einen deutlich unterkühlten Unterton angenommen, wofür ihm Abby äußerst dankbar war.

Assistant Commissioner Wilson hatte von Anfang an klargemacht, dass er große Stücke auf sie hielt, und nie zwischen den Geschlechtern unterschieden. Leider verhielt es sich nicht überall so, wie man bei Sergeant Fawner deutlich feststellen konnte.

»Das ist natürlich kein Problem«, beeilte sich Fawner zu sagen – wenig überzeugend.

»Willkommen im einundzwanzigsten Jahrhundert«, murmelte Abby, was ihr einen irritierten Blick von ihrem neuen Partner einbrachte.

»Gut.« Der Chief faltete seine Hände. »Sergeant Langfort, ich weiß, dass ich mich auf Sie verlassen kann. Ich werde gleich morgen bekannt geben, dass Sie und Fawner ein neues Team sind.«

»Natürlich, Sir.«

»Dann haben wir das Wichtigste geklärt.« Er sah Abby gespannt an. »Gibt es noch Fragen?«

Sie schüttelte den Kopf. »Nicht, was mich betrifft.«

»Sergeant?« Der Blick des Chiefs fiel auf den Idioten.

Fawner sah aus, als hätte man ihm eine Ohrfeige verpasst. »Nein, Sir.«

»Sehr gut. Dann sind Sie entlassen.« Wilson erhob sich aus seinem Stuhl und reichte ihnen beiden die Hand. »Auf eine gute Zusammenarbeit und nochmals herzlich willkommen bei der Metropolitan Police.«

Fawner nickte hölzern. »Danke, Sir.«

Gemeinsam gingen sie zur Tür, wobei Abby peinlichst darauf achtete, ihren Kollegen nicht zu berühren.

Zu ihrer Überraschung öffnete der Neue die Tür. »Ladys first.«

»Danke, aber das ist nicht nötig«, entgegnete sie kühl.

»Dann eben nicht.« Er zuckte mit den Schultern und drängte sich an ihr vorbei nach draußen.

Abby stöhnte innerlich auf. Wie es aussah, würde dieser Dienst noch schlimmer werden, als sie gedacht hatte.

3

Müde schloss Abby die Tür auf. Leise Musik dudelte aus dem Radio in der Küche. Es war also schon jemand wach. Sie schlüpfte aus den Stiefeln und schlich auf Zehenspitzen über den warmen Dielenboden, um niemanden aufzuwecken. Hollys Zimmertür war noch geschlossen. Ebenso die von Zoey, was nicht ungewöhnlich war, denn wenn die Köchin arbeitete, kam sie erst nach Mitternacht nach Hause.

Abby streckte den Kopf durch die Küchentür. Olive stand im Pyjama vor der Arbeitsfläche und bereitete sich wie jeden Morgen Tee zu. Sie war die Einzige in der WG, die nicht koffeinabhängig, sondern eine bekennende Teetrinkerin war.

Olive blickte hoch. Ihre kurzen blonden Haare standen wild zu allen Seiten ab. Über ihre Wange verlief eine Schlaffalte wie bei einem zerknautschten Kissen.

»Hi.« Abby ging zur Sitzecke und ließ sich auf die Bank fallen. Ihr brummte der Schädel und sie war frustriert.

Olive sah sie mitfühlend an. »War wohl 'ne lange Nacht?«

»Eine lange und beschissene«, bestätigte Abby. »Miese Kombi.«

»Soll ich dir einen Kaffee machen?«

Abby zog die Mütze vom Kopf und legte sie auf den Tisch. »Lieber nicht, das wirft mich um Stunden zurück. Ich will nur noch ins Bett.«

»Tee? Ich habe erst letzte Woche einen Kräutertee auf dem Markt gekauft, der wirklich lecker ist und noch dazu beruhigend wirken soll.« Olive lächelte ihr aufmunternd zu.

»Warum nicht.« Sie zuckte mit den Schultern. »In meinem Zustand kann ich wahrscheinlich eh nicht schlafen.«

Olive ging zum Küchenschrank und zog eine Packung Tee hervor. »Möchtest du darüber reden?«

»Mhm.« Sie hatte verdammt schlechte Laune. Das Einzige, woran sie denken konnte, war dieser Idiot von Kollegen. Was hatte sie nur falsch gemacht, dass man ausgerechnet ihr den schlimmsten Macho als Partner zuteilte? Das war einfach nicht fair.

»Guten Morgeeeen.« Holly stand plötzlich in der Küche.

Sie trug einen winzigen Slip, der ihren perfekten runden Po gerade so bedeckte, und darüber ein pinkes T-Shirt mit dem Aufdruck ›Dramaqueen‹, das Abby ihr zu Weihnachten geschenkt hatte. Sie konnte ein Lächeln nicht unterdrücken, als sie die pinke Schlafmaske auf Hollys Stirn kleben sah. Sie war ein It-Girl durch und durch und sah selbst mit ihren zerzausten Haaren wie eines der Unterwäschemodels auf den Titelseiten der Modemagazine aus.

»Morgen«, brummte Abby. »Musst du immer so verdammt gut aussehen? Das ist ja unerträglich.«

»Oh, da hat jemand einen Clown gefrühstückt«, flötete Holly mit zuckersüßer Stimme.

»Pass auf, dass ich dich nicht gleich frühstücke!«

Jay kam in Boxershorts hereinstolziert. »Guten Morgen, Ladys.«

»Wenn du meinst, du kannst mich mit deinem gestählten Sixpack beeindrucken, hast du dich geschnitten.« Abby wedelte mit der Hand in der Luft. »Das ist Erregung öffentlichen Ärgernisses. Also zieh dir lieber was über.«

Jay sah fragend erst sie und dann Holly an.

»Mach dir keine Sorgen«, beruhigte diese ihn. »Das liegt nicht an dir. Miss Marple hat schlechte Laune, das ist alles. Ich finde, du siehst toll aus.« Wie zum Beweis strich Holly ihm mit der Hand über den nackten Oberkörper.

»Okay. Gut zu wissen.« Jay nahm am Ende des Tisches Platz. Er sah mit seinen wilden Locken, den stechend grünen Augen und dem gut definierten Oberkörper zugegebenermaßen echt heiß aus.

»Hier, dein Tee.« Olive stellte den dampfenden Becher vor Abby ab. »Pass auf, er ist noch heiß.«

»Danke.« Ohne auf Olives Worte zu achten, nahm sie einen großen Schluck. Augenblicklich breitete sich ein stechender Schmerz auf ihrer Zunge aus. »Ah!« Sie spuckte hektisch. Ein feiner Sprühregen traf auf Olives Schlafanzug.

»Shit! Abby, kannst du nicht ein wenig aufpassen?« Olive wischte sich mit angeekelter Miene über ihre Pyjamahose.

»Der ist kochend heiß!«, schimpfte Abby. Ihr ganzer Mund brannte und an ihrem Gaumen löste sich bereits die dünne Haut ab.

»Das hat frisch aufgebrühter Tee so an sich. Außerdem habe ich dich gewarnt«, verteidigte sich Olive, auf deren Wangen sich rote Flecken gebildet hatten.

Abby schob missmutig den Becher von sich. »Heute ist einfach nicht mein Tag.«

»Und ich dachte immer, in einer Mädels-WG wäre es lustig«, meldete sich Jay zu Wort.

»Du hältst besser die Klappe«, knurrte Abby. »Du wirst hier schließlich nur geduldet.«

Jay und Holly tauschten vielsagend Blicke.

»Vielleicht wäre es besser, wenn du im Bett auf mich wartest«, schnurrte Holly.

»Da gehört er auch hin, so wie er aussieht.« Abby schnalzte missbilligend mit der Zunge.

Jay küsste Holly länger als nötig. »Einverstanden.«

»Hey, hier sind noch andere anwesend«, unterbrach Olive sie.

Holly kicherte. »Bis gleich.«

So wie sie es sagte, klang es wie ein Versprechen zum wilden Sex. Abby stöhnte. Manchmal ging ihr dieses Harmoniegetue ganz schön auf den Wecker. Sie dachte an Kyle Fawner, der das beste Beispiel dafür war, dass die meisten Männer einfach nur Idioten waren, die Frauen als reine Sexobjekte sahen.

Jay zwinkerte ihr und Olive beim Rausgehen zu. »Bloß kein Neid.«

»Davon träumst du aber«, entgegnete Abby bissig.

»So, und jetzt erzählst du uns, was mit dir los ist«, forderte Olive sie auf. »Das ist ja sonst nicht länger auszuhalten.«

Abby verschränkte die Arme. »Ich habe einen neuen Partner.«

»Aber das ist doch gut«, bemerkte Holly fröhlich.

»Nicht in diesem Fall. Der Typ ist ein Arschloch und ein Macho, wie er im Buche steht.«

»Oh.« Ihre Freundinnen sahen sie betroffen an.

»Aber das ist doch für dich kein Problem. Das ist schließlich nicht das erste Mal, dass du einem Mann zeigen musst, wo der Frosch die Locken hat«, erwiderte Olive.

»Ja, aber der ist 'ne harte Nuss. Hat mich die ganze Nacht ignoriert und nur mit Andrews geredet. Die Krone hat er dem Ganzen aufgesetzt, als er unaufgefordert einen dreckigen Witz nach dem anderen erzählt hat, bis Andrews und ich ihm den Mund verboten haben. Ich bin mir vorgekommen wie im falschen Film. Polizisten sind oft Machos, aber im Gegensatz zu Fawner respektieren sie mich als Kollegin und verhalten sich auch dementsprechend.«

»Ach komm schon. So schlimm war es schon nicht. Du bist müde. Ich bin mir sicher, wenn du 'ne Runde geschlafen hast, sieht die Welt wieder anders aus.« Holly klopfte ihr auf den Rücken.

»Das glaube ich nicht. Dieser Fawner ist ein Sexist. So etwas legt man nicht einfach ab.« Sie verzog das Gesicht. »Aber ich werde es dem Vollpfosten schon zeigen. Das lasse ich mir kein zweites Mal gefallen.« Sie ballte die Hände zu Fäusten.

Olive schenkte ihr einen aufmunternden Blick. »Richtig so!«

»Wenn du Hilfe brauchst, komme ich gerne vorbei und geige dem Kerl mal die Meinung«, sagte Holly lächelnd.

»Lieber nicht. Beim letzten Mal, als du mich von der Wache abgeholt hast, war die gesamte Mannschaft völlig aus dem Häuschen und hat sich aufgeführt wie kleine Jungs, denen man gesagt hat, dass es den Weihnachtsmann doch gibt. Ich glaube, das wäre in diesem Fall kontraproduktiv.«

»Ganz wie du möchtest«, erwiderte Holly. »Aber du brauchst nur ein Wort zu sagen und ich komme.«

»Wir alle kommen«, bekräftigte Olive.

»Ach, ihr seid wirklich süß, aber das kriege ich schon hin.« Abby schmunzelte angesichts der Loyalitätsbekundung. Nach einem solchen Arbeitstag tat es gut zu wissen, dass man Freundinnen hatte, die bedingungslos hinter einem standen.

Es klapperte an der Haustür. Emily kam mit Rose auf dem Arm in die Küche gestürmt, ihren Beagle Ozzy an den Fersen. Ihre Augen funkelten wütend. »Möchte einer von euch ein Kind geschenkt?«

»Mir scheint, ich bin nicht die Einzige, die einen beschissenen Morgen hat«, stellte Abby fest.

»Ich brauche Kaffee, und zwar literweise. Rose war die ganze Nacht quengelig und hat mich alle halbe Stunde aus dem Bett geholt.«

»Doch nicht unsere kleine Rose.« Olive beugte sich zu ihrem Patenkind und streichelte es liebevoll. »Dabei bist du doch so süß.«

»Jetzt ja. Ich kann sie dir mal vorbeibringen, wenn sie mitten in der Nacht weint und schreit.«

»Na klar. Aber als allererstes mache ich dir einen Kaffee.« Olive ging zum Küchentresen.

»Halt. Nein.« Emily hielt sie zurück. »Bring mir lieber was Alkoholisches. Am besten Schnaps.«

»Was ist denn mit dir los?« Holly sah sie verwundert an. »Ich meine, das ist doch nicht deine erste schlaflose Nacht.«

»Ethan ist los!«, erwiderte Emily, als würde es sich bei dem Namen ihres Verlobten um das Codewort für den Eingang zur Hölle handeln. Ozzy nahm auf dem Boden zu Abbys Füßen Platz.

»Ethan?«, wiederholte Holly ungläubig.

»Ja, genau. Und das Einzige, was jetzt hilft, ist Alkohol, und zwar jede Menge davon.«

»Du weißt, dass es erst«, Abby schielte auf ihre Uhr, »acht ist?«

»Ist mir egal. Ich bin stinksauer und noch dazu völlig übermüdet. Für mich ist es gefühlt mitten in der Nacht.«

»Ich halte das für keine gute Idee«, sagte Olive vorsichtig und streckte die Hände aus, um ihr Patenkind auf den Arm zu nehmen.

»Musst du immer so schrecklich vernünftig sein?« Emily reichte Olive ihre Tochter, die begeistert juchzte.

»Wenigstens eine von uns, die gute Laune hat.« Olive gab Rose einen Kuss. »Na, Pumpkin, wie geht es dir?«

Rose schenkte ihrer Patentante wie auf Kommando ein Lächeln.

Emilys Blick wanderte durch die Runde. »Wieso, wer hat denn noch schlechte Laune?«

»Abby!«, riefen Holly und Olive wie aus einem Mund.

»Okay. Mein Mann hat mir beim Frühstück erzählt, dass er nach Asien fliegt – ohne mich.« Sie funkelte Abby wütend an. »Was ist deine Ausrede?«

»Ich habe einen neuen Kollegen. Kyle Arschloch Fawner. Das ist viel schlimmer. Du und Ethan, ihr habt euch spätestens heute Abend wieder vertragen. Ich hingegen muss mit dem Deppen für die nächste Zeit arbeiten.«

»Oha, und das aus deinem Mund.« Emily quetschte sich zu ihr auf die Sitzbank. »Was hat er dir denn getan?«

»Nichts. Aber genau das ist das Problem: Er tut so, als wäre ich gar nicht vorhanden.«

»Verstehe!« Emily schnappte sich Abbys Becher und nahm einen Schluck. »Bäh. Seit wann trinkst du Tee?«

»Zur Beruhigung.« Abby zuckte mit den Schultern. »Ich verstehe trotzdem nicht, was dein Problem ist.«

»Ich bin einfach stinksauer, weil Ethan die Reise geplant hat, ohne es vorher mit mir zu besprechen, und mich vor vollendete Tatsachen stellt. Dabei weiß er genau, dass ich gegen diesen Trip bin.«

»Schätze, das war der Grund, warum er es dir nicht gesagt hat«, bemerkte Olive trocken. Rose hatte die Hände in ihren Haaren vergraben und zog mit Begeisterung daran. »Autsch.« Olive verzog das Gesicht, und Rose gluckste vergnügt.

»Da hast du es.« Emily sah aus, als würde sie jeden Moment in Tränen ausbrechen.

»Komm schon, so schlimm ist es doch nicht. Die Zeit geht blitzschnell vorbei«, versuchte Holly sie zu trösten.

»Da merkt man mal wieder, dass du keine Kinder hast, sonst wüsstest du, was es bedeutet, ein Kleinkind großzuziehen!«

Holly senkte den Blick. »Das war gemein.«

Für einen Moment herrschte Stille in der kleinen Küche, unterbrochen von Rose' leisem Glucksen.

»Tschuldigung«, murmelte Emily. »War nicht so gemeint.«

»Schon gut.« Holly lächelte versöhnlich. »Wir haben alle unsere zwei Minuten, in denen wir Dinge sagen, die wir nicht so meinen.«

Abby gähnte. »Wo ist Ethan jetzt?«

»Keine Ahnung. Wahrscheinlich unter der Dusche.«

»Holly?« Jay stand wieder in der Tür – noch immer nicht bekleidet.

»Oh!« Emily starrte auf seinen durchtrainierten Oberkörper. »Welch erfreulicher Anblick für meine müden Augen. Zumindest *ein* Lichtblick. Hi, Jay.«

»Kannst du aufhören, meinen Freund anzustarren?«, bat Holly spitz.

»Mach mich nicht an. Ich bin nicht diejenige, die halbnackt im ist. Außerdem bin ich in festen Händen. Jay ist einfach ein netter Anblick.«

»Danke, Emily.« Jays Mundwinkel zuckten. »Holly, hast du Lust, wieder ins Bett zu kommen?«

»Geht leider nicht. Wir haben eine Portobello-Girls-Krisensitzung.«

»Aha. Dann will ich nicht länger stören.« Ich muss mich ohnehin auf das Meeting mit meinem Onkel vorbereiten. Wir sehen uns später.« Er beugte sich vor und gab Holly einen flüchtigen Kuss auf die Stirn. Sie seufzte. »Ich liebe dich.«

»Ich dich auch.« Jay verschwand wieder.

»Und was hast du jetzt vor?«, richtete Olive die Frage an Emily.

»Ich werde mir die zehn Tage ohne Ethan so nett wie möglich machen. Soll er doch sehen, was er davon hat, wenn er seine Frau so lange alleine lässt.« Sie sah düster in die Runde. »Vielleicht gehe ich shoppen und bringe die Kreditkarte zum Glühen.«

»Du hörst dich an wie eine von diesen unglücklichen verwöhnten Hausfrauen, die sie immer im Fernsehen zeigen«, bemerkte Holly.

»Das liegt daran, dass ich genauso bin. Seit Monaten verspricht mir Ethan, dass er weniger arbeiten will, mit dem Ergebnis, dass er noch mehr arbeitet.«

»Kein Wunder, schließlich hat er das Unternehmen gerade vergrößert.« Olive tätschelte Emilys Hand. »Was hast du erwartet?«

»Egal. Wir haben ein Kind, da kann er nicht die ganze Zeit im Büro sitzen und mich alles alleine machen lassen. Das war nicht der Deal.« Sie schenkte ihrer Tochter ein Lächeln. »Außerdem hat er mir vor einem Jahr versprochen, dass wir heiraten, und immer wieder kommt etwas dazwischen.« Emily verschränkte trotzig die Arme vor der Brust.

»Komm schon, lass den armen Mann leben«, versuchte Olive sie zu beschwichtigen. »Er macht das alles, damit es euch gut geht.«

»Das sagt er auch immer, wenn ich ihn darauf anspreche.«

Rose streckte die Arme nach ihrer Mutter aus. »Mummy, tragen!«

Seufzend nahm Emily die Kleine zu sich.

»Und was ist mit mir?« Abby fühlte sich vernachlässigt. Es kam selten vor, dass sie Kummer hatte, aber wenn es schon mal so war, dann wollte sie wenigstens die Aufmerksamkeit ihrer Freundinnen. »Nur weil Emily das süßeste Kind der Welt hat, bekommt sie euer ganzes Mitgefühl – und mich vergesst ihr völlig.«

Holly tätschelte ihren Arm. »Oh, arme Abby.«

»Mach dich nur lustig über mich. Die Nacht war der absolute Albtraum. Noch dazu hatten wir eine Gruppe Jugendlicher auf der Wache, die uns die Zellen vollgekotzt hat.« Sie rümpfte angewidert die Nase. »Hat durch den ganzen Flur bis zu uns gestunken.«

»Urgs.« Holly verzog das Gesicht. »Ich beneide dich wirklich nicht um deinen Job.«

»Ich mich auch nicht. Wobei ich auch ein positives Erlebnis hatte.« Sie berichtete von Ben Miller. »Wenn ich mich in dem Jungen nicht völlig getäuscht habe, wird er sich nun mehr auf die Schule und weniger auf falsche Freunde konzentrieren.«

»Du wirst es wahrscheinlich nie erfahren«, mutmaßte Olive.

»Ich habe ihm die Adresse von unserem Treffpunkt gegeben, in der Hoffnung, dass er dort vorbeikommt.«

»Wie kommst du mit deinem Projekt voran?« Olive goss frischen Kaffee in einen Becher und reichte ihn Emily.

»Du meinst mit den *Honey Hunters*?«

»Dann hast du endlich einen Namen gefunden?«

»Ja. Wir haben lange überlegt, und als der Vorschlag kam, waren alle einverstanden.«

Olive legte den Kopf leicht schräg. »Und du bist sicher, dass du das richtige Projekt gewählt hast?«

»Bisher sind die Jugendlichen mit Begeisterung bei der Sache.«

Abby hatte schon mehrfach mit ihren Freundinnen darüber diskutiert, was sie am besten machen konnte, um die Jugendlichen von der Straße fernzuhalten. Als sie vorgeschlagen hatte, ein Bienenvolk zu pflegen, waren die Jugendlichen begeistert gewesen.

»Hast du schon Sponsoren für die *Honey Hunters* gefunden?«, wollte Holly wissen.

»Na ja, wir arbeiten daran. Eine Schule hat zugesagt, uns bei dem Projekt zu unterstützen. Wir wollen einen Basar veranstalten, dessen Erlös den *Honey Hunters* zugutekommen soll.«

»Das klingt doch schon mal gut.« Olive lächelte ihr aufmunternd zu. »Ich bin mir sicher, du wirst das Ding rocken, genau wie diesen Kollegen von dir.«

Abby tat, als müsste sie sich übergeben. »Fawner.«

»Genau den.«

»Halloooo!« Emily wedelte mit den Armen. »Ich habe immer noch schlechte Laune. Ihr könntet euch ruhig wieder um mich kümmern!«

»Wenn du willst, nehme ich Ethan für eine Nacht in Polizeigewahrsam. Dann verpasst er den Flug und muss bleiben«, schlug Abby vor.

Emily sah sie mit großen Augen an. »Das würdest du tun?«

»Eine Nacht geht immer.« Abby grinste verschlagen. »Ich behaupte einfach, dass er randaliert hat.«

»Hm. Klingt verlockend. Ich bin mir allerdings nicht so sicher, ob das wirklich der richtige Weg ist«, erwiderte Emily mit einem Lächeln auf den Lippen.

»Oder du nimmst die Handschellen und fesselst ihn ans Bett«, schlug Holly vor.

Emily streichelte ihrer Tochter gedankenverloren über den Kopf. »Ich glaube nicht, dass Ethan sonderlich begeistert wäre.«

»Also bei Jay funktioniert das immer!«

»Lalalalaaa.« Olive hielt sich die Ohren zu. »Zu viele Informationen! Das will ich gar nicht wissen.«

»Du bist und bleibst ein Spießer.« Abby gab ihrer Freundin einen kleinen Stoß in die Seite.

Olive funkelte sie angriffslustig an. »Nur weil ich nicht alles über das Sexleben meiner Freundinnen wissen möchte, bin ich noch lange kein Spießer.«

»Bist du doch, aber ich liebe dich trotzdem«, erwiderte Abby.

»Na dann bin ich ja beruhigt.«

Holly lachte. »Du weißt schon, dass Abby das nur gesagt hat, damit du sie bei ihrem Projekt weiter unterstützt.«

Abby kniff ihr in den Arm. »Du bist ein alter Verräter!«

»Ich habe dich durchschaut. Das ist alles.«

»Hallooooo.« Emily tippte Abby auf die Schulter. »Fokus! Ich brauche Ideen, was ich mit Ethan machen soll.«

»Wie wäre es denn mit Reden?« Olive nahm einen Schluck aus ihrer Tasse. Für einen Moment herrschte Schweigen. »In meinen Augen kann man Probleme nur lösen, indem man miteinander spricht«, fuhr sie in die Stille hinein fort.

»Ich habe aber keine Lust, mit Ethan zu reden. Ich bin sauer auf ihn.« Emily verzog das Gesicht. »Und ich bin enttäuscht, weil er nicht merkt, dass er mich verletzt, wenn er mich für zehn Tage alleine lässt und wieder mal sein Unternehmen über die Familie stellt.«

»Emily, sei vernünftig. Ethan liebt dich abgöttisch. Das hat er ja wohl mehr als einmal bewiesen. Du solltest ihm wirklich eine Chance geben und dich mit ihm aussprechen«, forderte Olive.

Emily stieß laut die Luft aus. »Wahrscheinlich hast du recht.« Sie erhob sich mit Rose im Arm. »Dann gehe ich wohl mal rüber und spreche mit ihm, bevor er weg ist.«

»Das ist bestimmt die richtige Entscheidung.« Olive tätschelte ihren Arm.

Abby gähnte. »Ich glaube, für mich wird es Zeit, dass ich ins Bett komme. Ich bin todmüde.«

Olive stand auf. »Du Glückliche. Ich muss gleich zum Sender.«

»Na, wenn alle gehen, dann gehe ich auch.« Holly erhob sich ebenfalls. »Ich muss Jay und meinen Instagram-Account pflegen.«

»Sehen wir uns heute Abend?« Olive sah jede der Portobello Girls fragend an.

»Das klingt nach einem guten Plan«, meinte Abby. »So gegen acht Uhr?«

»Ich weiß noch nicht, ob ich kann.« Emily gab ihrer Tochter einen Kuss auf die Wange. »Hängt davon ab, ob ich einen Babysitter für Pumpkin finde.«

»Das passt. Jay ist mit seinem Onkel verabredet«, sagte Holly fröhlich.

Olive grinste. »Umso besser, dann sind wir ganz unter uns.«

Abby folgte den anderen auf den Flur. Sie konnte die Augen kaum noch offenhalten, aber ihre schlechte Laune war dank ihrer Freundinnen größtenteils verschwunden. Einmal mehr stellte sie fest, wie schön es war, in einer WG zu wohnen und nicht alleine auf sich gestellt zu sein.

»Bis später!« Sie winkte und drückte ihre Tür auf.

In dem Zimmer war es stickig. Sie riss das Fenster auf und frische Luft strömte herein, zusammen mit dem Zwitschern der Vögel. Der große Kastanienbaum, der direkt vor ihrem Fenster im Hinterhof wuchs, stand in voller Blüte und verströmte einen süßlichen Duft. Die Sonne fiel auf den honigfarbenen Dielenboden. Winzige Staubpartikel tanzten darin wie Ballerinas. Abby warf einen sehnsüchtigen Blick auf ihr Bett, zog die Uniform aus und hängte sie sorgfältig über den Bügel. Zum Glück hatte sie heute Abend frei. Noch eine Nacht hätte sie nicht durchgestanden. Es wurde Zeit, dass sie mal wieder ordentlich schlief. Sie schloss das Fenster und zog die blickdichten Vorhänge zu, die sie eigens angeschafft hatte. Wenn man wie sie im Schichtdienst arbeitete, war es wichtig, tagsüber zu schlafen. Bis auf einen winzigen Spalt, durch den etwas Tageslicht drang, war es im Zimmer stockdunkel. Nur in Unterhose bekleidet schlüpfte sie unter die kühle Decke. Das Letzte, an was sie dachte, waren die *Honey Hunters*. Dann schlief sie mit einem seligen Lächeln ein.

4

»Ihr wisst gar nicht, wie gut es sich anfühlt, endlich einen freien Abend zu haben und nicht zwischen lauter Machos auf der Wache zu sitzen.« Es war bereits dunkel. Aus den Schaufenstern fiel das kalte bläuliche Licht auf die Straße.

»Mir geht es genauso. Ich habe das Gefühl, nur noch im Sender zu sein«, stimmte Olive ihr zu.

Sie bogen in die kleine Seitenstraße ein, in der sich das *Heaven's Place* befand.

»So ist das eben, wenn man eine begehrte Fernsehmoderatorin ist.« Holly lächelte von der Seite. Trotz der Dämmerung konnte Abby sehen, wie ihre Augen funkelten.

Sie hatten das *Heaven's Place* erreicht. Schon von draußen waren lautes Lachen und Stimmen zu hören. Als sie eintraten, klingelte es leise.

Wie immer war der Laden brechend voll. Der frühere Geheimtipp hatte sich längst auch bei den Touristen etabliert und war dementsprechend gut besucht. Abby nahm die Menge in Augenschein, um sich einen Überblick über die Lage zu verschaffen. Eine Angewohnheit, die aus ihrer Tätigkeit als Polizistin herrührte und ihr in Fleisch und Blut übergegangen war.

Chris stand hinter dem Holztresen und bediente die Zapfanlage. Mehrere Männer hatten es sich davor auf den Barhockern gemütlich gemacht und unterhielten sich. Die roten Sessel im vorderen Teil des Raumes waren fast alle besetzt, ebenso die Tische, wo die Gäste Platz genommen hatten, die etwas essen wollten. Zoeys guter Ruf als Köchin hatte sich längst unter den Einheimischen herumgesprochen. Abbys Blick wanderte zum Billardtisch im hinteren Teil des Raumes. Eine Gruppe junger Männer hatte sich darum platziert. Ihre Gesichter waren gerötet und die Stimmen laut.

»Hast du wieder was entdeckt, das dir nicht gefällt?«, flüsterte Olive.

»Einmal Polizistin, immer Polizistin.« Sie zuckte mit den Achseln.

»Nein, soweit alles in Ordnung.«

»Oh, seht euch mal die beiden Prachtexemplare an.« Holly deutete auf zwei Männer, die nicht weit entfernt von ihnen an der Bar standen und sich unterhielten.

Abby gab ihr einen sanften Stups. »Du bist vergeben, wenn ich dich daran erinnern darf.«

»Ja, aber das bedeutet nicht, dass ich blind bin. Und das sind *wirklich* gut gebaute Exemplare!«

Abby folgte ihrem Blick. Tatsächlich handelte es sich um zwei äußerst attraktive Männer. Hochgewachsen, markante Gesichtszüge – nicht wie diese Schönlinge mit ihren gestutzten Bärten, die man in Portobello allzu häufig sah und die die sexuelle Ausstrahlung eines Waschbären im Regen hatten. Der Größere der beiden hatte ihr das Gesicht zugewandt. Er war nicht klassisch schön – dafür war die Nase zu groß und die Augenbrauen zu buschig –, trotzdem fand sie ihn anziehend. Er hatte wunderschöne hellbraune Augen, die freundlich lächelten, während er sich mit seinem Freund unterhielt. Sie hatte sich schon immer von Männern angezogen gefühlt, die eine besondere Ausstrahlung hatten. Dieser Mann sah aus, als könnte man mit ihm Pferde stehlen.

»Ich bleibe bei Liam«, riss Olives Stimme sie aus ihren Gedanken.

»Unsere Mutter Theresa«, witzelte Abby. »Allerdings wundert mich das nicht. Der Mann hat nicht nur einen coolen Body, sondern ist auch noch intelligent und kann gut tanzen. Das ist schon fast unfair.« Sie drehte sich in Richtung Bar. »Was haltet ihr von einem Bier? Ich bin am Verdursten.«

»Gute Idee.« Holly deutete auf drei freie Stühle. »Wollen wir uns zu Chris an den Tresen setzen?«

»Von mir aus. Dann habe ich wenigstens einen netten Ausblick.« Abby deutete auf die beiden Männer und leckte sich mit der Zungenspitze über die Oberlippe.

»Du schlimmes Ding, du.« Olive knuffte sie in die Seite. »Immer nur das Eine im Sinn.«

»Das Leben ist zu kurz und ich bin nur eine schwache Frau.« Abby machte einen Schmollmund.

Olive zog die Augenbrauen hoch. »Ausgerechnet du! Dass ich nicht lache. Du bist alles, aber nicht schwach.«

»Du weißt doch: Gute Mädchen kommen in den Himmel, böse Mädchen haben Spaß.«

Olive schürzte die Lippen. »Dem gibt es nichts hinzuzufügen.«

Sie schoben sich an den Stühlen vorbei bis zum Tresen.

»Da sind ja meine Lieblingsfrauen«, begrüßte Chris sie. Er hatte seine braunen Haare zurückgegelt und sich frisch rasiert. Wie immer, seit er mit Marcel, dem Leiter des Moderesorts der *Startouch,* zusammen war, trug er ein stylishes Shirt und schwarze Hosen.

»Hey, Chris. Länger nicht gesehen.« Abby gab dem Besitzer des *Heaven's Place* ein High Five.

»Allerdings, ich habe euch schon vermisst.« Chris begrüßte Holly und Olive mit einem Kuss auf die Wange. »Zoey hat mir erzählt, dass du die ganze Woche Nachtschicht hattest.«

»Erinnere mich nicht daran! Wie es aussieht, bleibt es in nächster Zeit dabei.« Sie sah sich um. »Ist Marcel auch da?«

Chris winkte ab. »Nein, der steckt in den Vorbereitungen für die nächste Modestrecke.«

»Als ich heute aus der Redaktion kam, saß Marcel noch in einem Berg von Klamotten und hatte diesen leicht irren Ausdruck im Gesicht, den er immer bekommt, wenn ihm eine Kollektion besonders gefällt.«

Alle lachten. Holly und Marcel waren Kollegen bei der *Startouch* und arbeiteten eng zusammen.

»Er wollte allerdings später noch vorbeikommen«, fügte Chris hinzu. »Was darf es für euch sein?«

»Ich nehme ein großes Pint«, bestellte Abby.

»Für mich einen Weißwein.« Holly wippte auf ihren Zehenspitzen, dabei hüpften ihre blonden Locken fröhlich auf und ab.

Olive lugte über Hollys Schulter. »Ich auch!«

»Was für ein Glück.« Freudig ließ sich Holly auf den Barhocker nieder. »Das ist mein absoluter Lieblingsplatz.«

»Prima, dann können wir ja entspannt den Abend genießen.« Olive strich sich mit der Hand eine blonde Strähne hinter das Ohr.

Chris kam mit der Bestellung zu ihnen. »Ich habe Zoey Bescheid gesagt, dass ihr hier seid.«

Abby nahm ihr Glas entgegen.»Danke.«

»Wo sind die anderen?«, wollte Chris wissen.

»Emily hat Stress mit Ethan. Ich glaube nicht, dass sie heute noch kommt«, plauderte Holly los.

»Tut mir leid.« Chris verzog das Gesicht.»Was ist mit dem Rest?«
»Cassie und Sam sind noch immer in Schottland. Mit Taylor habe ich erst letzte Woche gesprochen, die kommen uns in den Sommerferien besuchen«, teilte Olive mit.

»Wie alt sind Taylors Kinder denn jetzt?«, erkundigte sich Chris.

»Will ist gerade elf geworden und Stella ist neun«, sagte Olive. Sie, Cassie und Taylor hatten zusammen mit Emily die kleine WG gegründet. Als Abby dazugekommen war, hatte Taylor bereits mit Matthew und den beiden Kindern aus seiner ersten Ehe in Haworth gewohnt.

»Wahnsinn. An Kindern sieht man, wie die Zeit vergeht«, sagte Chris nachdenklich.

»Hör auf, sonst komme ich mir schrecklich alt vor«, schimpfte Abby.

»Geht mir genauso«, warf Olive ein.

»Stimmt. Heute Morgen, als ich in die Küche gekommen bin, dachte ich gleich, wie alt ihr beiden ausseht«, sagte Holly mit ernster Miene.

Olive gab ihr lachend einen Stoß.»Du blöde Kuh!«

»Okay, ich gehe dann mal lieber.« Chris grinste.»Ihr wisst ja, wo ihr mich findet.«

Holly hob ihr Glas in die Luft.»Auf uns!«

»Auf uns!«, stimmten Abby und Olive mit ein.

Das Bier lief Abby kühl die Kehle herunter.»Ahhh, das tut gut.«

Ihr Blick fiel auf den Unbekannten, der ebenfalls von seinem Bier trank. Meine Güte, der Typ hatte Hände so groß wie Klodeckel. Das Bierglas wirkte winzig zwischen seinen Pranken.

Genau in diesem Moment hob der Mann seinen Kopf. Ihre Blicke trafen sich. Seine Augen leuchteten goldbraun im Licht der Lampen, wie die einer Raubkatze. Seine Mundwinkel kräuselten sich. Lächelte er sie an? Sie grinste selbstbewusst zurück. Die Augenbraue des Fremden zuckte.

»Da seid ihr ja!« Zoey stand plötzlich neben ihnen.

Widerwillig riss Abby den Blick von dem Unbekannten los.»Wo kommst du denn her?«

Zoey deutete auf die Schwingtür neben dem Tresen. Sie hatte ihre Haare mit einem roten Tuch zusammengebunden. Ihre Wangen waren gerötet, und feine Schweißtropfen standen auf ihrer Stirn. »Aus der Küche. Woher sonst?«

»Ich habe dich gar nicht bemerkt.«

»Du warst ja auch damit beschäftigt, mit dem Typen zu flirten.« Zoey wippte auf den Zehenspitzen.

»Danke, Mr Watson, aber ich bin zivil hier und darf flirten, mit wem ich will.«

»Hast du denn gar kein schlechtes Gewissen wegen Jason?«

Abby hielt kurz inne. Sie hatte Jason seit Wochen nicht gesehen. Er war irgendwo in Europa unterwegs, um eine Unterwäsche-Kampagne zu shooten. »Nein, eigentlich nicht.«

»Gut so.« Holly klopfte ihr auf die Schulter.

Abby sah unauffällig zu dem Braunhaarigen. Zu ihrer Enttäuschung hatte er sich wieder seinem Freund zugewandt.

Lautes Lachen war zu hören. Zwei Frauen hatten sich zu den Männern am Billardtisch gesellt. Beide waren sichtlich angetrunken. Ihr Blick fiel erneut auf den Unbekannten an der Bar, der noch immer in das Gespräch mit seinem Freund vertieft war. Schade eigentlich. Sie wäre einem kleinen Flirt nicht abgeneigt.

»Die Jungs scheinen Spaß zu haben.« Holly machte eine leichte Kopfbewegung in Richtung Billardtisch.

»Hoffentlich nicht *zu* viel Spaß«, murmelte Abby.

Olive winkte ab. »Ach was, die sind doch harmlos. Denk daran, du bist heute nicht als Polizistin unterwegs. Keine Ermahnungen, keine Festnahmen, keine Observierungen. Heute ist einfach nur Entspannung angesagt.«

»Lass den Kerlen doch ihren Spaß. Wir sind schließlich aus dem gleichen Grund hier.« Holly schmunzelte und stürzte ihren Wein herunter.

»Na dann.« Abby folgte ihrem Beispiel und leerte ihr Glas.

»Das *Heaven's Place* ist wirklich eine Goldgrube. Die Arbeit, die Chris hier reingesteckt hat, macht sich langsam bezahlt«, stellte Olive fest. Er war mittlerweile brechend voll und die Leute drängten sich um den

Tresen. Sie lächelte Zoey an.»Vor allem, seit du den Löffel schwingst, brummt der Schuppen.«

»Habe ich gerade meinen Namen gehört?«Chris tauchte hinter dem Tresen auf. Sein Gesicht war leicht gerötet von der Arbeit.

»Nein, ich habe gerade Zoeys Küche gelobt«, teilte Olive ihm mit.

»Ich hoffe, du zahlst ihr genug, damit sie dir nicht wegläuft«, meinte Abby mit einem Grinsen.

Zoey tippte ihrem Boss auf die Schulter.»Hörst du das?«

»Klar und deutlich. Falls du auf eine Gehaltserhöhung anspielst, lautet meine Antwort trotzdem *Nein*«, antwortete Chris schmunzelnd.

Zoey zuckte mit den Schultern.»Schade, einen Versuch war es trotzdem wert.«

»Möchtet ihr noch etwas zu trinken?«Chris' Blick wanderte durch die Runde.»Ich gebe einen aus.«

»Danke.«Abby deutete auf ihr leeres Glas.»Ich würde noch ein Bier nehmen.«

»Für mich nicht«, lehnte Olive ab.

Holly hielt Chris ihr Glas entgegen.»Noch einen Weißwein.«

»Das muss ich ausnutzen, wenn du einen ausgibst!«Zoey grinste spitzbübisch.»Für mich einen Lillet Wild Berry.«

»Olive?«, hakte Chris noch mal nach.

»Okay, überredet. Aber das ist mein letzter Drink.«

»Ich weiß gar nicht, was ihr an diesem süßen Zeug so gut findet«, sagte Abby.»Ich bleibe bei meinem Bier. Da bekomme ich keinen dicken Kopf und —«

Sie wurde durch laute Pfiffe unterbrochen. Hastig drehte sie sich in die Richtung. Zwei der Männer am Billardtisch standen bei den Frauen, die Abby schon zuvor aufgefallen waren. Den Blicken der beiden nach zu urteilen, hatten sie mehr getrunken, als gut für sie war. Die Blonde schwankte bedenklich, und ihre Freundin klammerte sich am Billardtisch fest, um nicht das Gleichgewicht zu verlieren. Für die Männer waren die zwei eine leichte Beute.

Abby hatte den Gedanken noch nicht zu Ende gedacht, als einer der Kerle der Blonden an den Po fasste, was diese mit einem hysterischen Kichern quittierte. Ihr Körper sprach jedoch eine andere Sprache, denn jeder Muskel wirkte mit einem Mal angespannt.

Ihre Freundin trat unsicher einen Schritt zur Seite und wurde direkt von dem zweiten Typen bedrängt, der ihr ebenfalls etwas zurief.

Die Hände des ersten Mannes glitten vom Po herab, um unter dem Rock der Blondine zu verschwinden. Die Frau sah nicht so aus, als würde sie noch mitbekommen, was um sie herum passierte.

»Das reicht!«, rief Abby und sprang auf. Sie hatte schon zu oft heulende Frauen erlebt, die eine Nacht wie diese bitter bereut hatten.

»Abby, nicht. Die sind alt genug«, wollte Olive, die ihrem Blick gefolgt war, sie zurückhalten.

»Alt genug, ja, aber viel zu betrunken.« Ein solches Verhalten ging ihr gegen den Strich. Sie konnte einfach nicht mitansehen, wenn Frauen in ihrer Gegenwart ausgenutzt wurden.

»Lass sie doch«, bat Olive. »Das gibt nur unnötig Ärger, und wir wollten doch einen entspannten Abend verbringen.«

»Keine Sorge, die Jungs haben keine Chance gegen mich.« Sie holte tief Luft und ging mit energischen Schritten nach hinten.

Der attraktive Fremde sah auf, als sie an ihm vorbeiging. Für einen winzigen Moment trafen sich ihre Blicke. Verdammt, er sah *wirklich* gut aus. Zu schade, dass er nicht alleine hier war. Sie lächelte ihm zu, dann ging sie weiter. Vielleicht bot sich später noch eine Gelegenheit, mit ihm ins Gespräch zu kommen. Zuerst musste sie sich um die Frauen kümmern.

Der Anführer hatte die Blondine mittlerweile mit dem Rücken gegen den Billardtisch bugsiert. Ihr Blick war glasig, ihre Bewegungen wirkten unkoordiniert. Ihre Freundin sah ebenfalls nicht mehr ganz zurechnungsfähig aus. Ihr Mund war leicht geöffnet und sie stierte geistesabwesend vor sich hin, während der Typ sie vollquatschte.

Es wurde Zeit einzuschreiten. Abby baute sich vor den Männern auf. »Hey, ich glaube, es wäre besser, wenn ich die beiden in ein Taxi setze.«

»Wer sagt das?« Der Mann am Billardtisch drehte sich genervt um. Abby stemmte die Hände in die Hüften. »Ich.«

»Bist du ihre Freundin?« Sie konnte seinen Bieratem riechen.

»Es ist doch völlig egal, wer ich bin. Die Kleine kann kaum noch stehen.« Abby deutete mit einer Kopfbewegung auf die zweite Betrunkene. »Und sie sieht auch nicht so aus, als wäre sie ganz frisch.«

»Frisch genug für mich«, höhnte der Kerl.

Langsam wurde sie sauer. »Das glaube ich nicht.«

Es war sonnenklar, dass die beiden Typen die Mädels nur flachlegen wollten. Dass die Frauen keine klare Entscheidung mehr fällen konnten, war ihnen total egal. Es ging nur um ihren Spaß. Aber den würde sie den Spatzenhirnen gründlich verderben. »Möchtest du an ihre Stelle treten?« Der Blick des Neandertalers vor ihr wanderte einmal von oben an ihr herab.

»Das hättest du wohl gerne.« Abby schnalzte verächtlich mit der Zunge. »Ich fände es gut, wenn du dich wie ein Gentleman benehmen und die Frau in Ruhe lassen würdest«, appellierte sie an sein Ehrgefühl, immer noch darauf bedacht, die Situation zu entschärfen.

Ihr Puls hatte bereits einen Gang höher geschaltet und das Adrenalin rauschte durch ihre Adern.

»Was spielst du dich hier so auf?«, tönte der zweite Mann.

»Ich würde einfach nur gerne verhindern, dass die Ladys etwas tun, was sie später bereuen könnten.« Die blonde Frau lallte etwas Unverständliches und drückte den Typen mit den Händen von sich. »Selbst jemand wie du sollte merken, dass sie nicht möchte.«

»Das glaube ich nicht.« Er packte die Blondine erneut.« Nicht wahr, Süße?«

Sie warf Abby einen hilfesuchenden Blick zu und nuschelte einen unzusammenhängenden Satz.

Jede Faser von Abbys Körper war angespannt. »Lass sie los.«

»Warum bist du so zickig?« Er legte den Kopf leicht schräg und sah sie an wie ein besonders saftiges Steak. »Du siehst ganz süß aus. Vielleicht ein bisschen klein, aber groß genug an den richtigen Stellen.« Sein Blick klebte auf ihren Brüsten.

Er ließ die Blondine los und kam einen Schritt auf sie zu. Der zweite Typ hatte ebenfalls von seinem Opfer abgelassen und musterte sie feindselig.

»Halt!« Abby streckte ihm ihre Hand wie ein Stoppschild entgegen. »Keinen Schritt weiter.«

»Sonst?« Er grinste. »Willst du mich verprügeln?« Er lachte rau.

»Nein, aber im Gegensatz zu den beiden bin ich nüchtern und weiß mich zu wehren«, sagte Abby, ohne den Blickkontakt zu unterbrechen.

»Eine kleine Raubkatze.« Mit einer Geschwindigkeit, mit der sie nicht gerechnet hatte, schnellte seine Hand nach vorne und packte sie am Arm. »Wie wäre es mit einem Küsschen?« Seine Finger bohrten sich in ihre weiche Haut.

»Ich habe dich gewarnt, du Arschloch.«

Mit einem geübten Griff entwand sie sich und wirbelte herum. Der Mann schnappte nach Luft, als sie ihm ihrerseits den Arm auf den Rücken drehte und ihn mit etwas Druck zwang, sich mit dem Oberkörper vornüberzubeugen. Ihr Herz schlug wie verrückt gegen ihre Brust. Wieder einmal dankte sie ihrem Krav-Maga-Trainer dafür, dass er sie so gut auf ihren Alltag als Polizistin vorbereitet hatte. Ein Raunen ging durch die Bar.

»Ich möchte, dass du und dein Freund eure Sachen packt und geht. Hast du mich verstanden?«, sagte sie betont ruhig.

Ein Schweißtropfen lief ihr kitzelnd den Rücken herunter. Einige Gäste waren aufgesprungen und beobachteten das Geschehen.

»Achtung!«

Erschrocken riss Abby den Kopf herum. Der Freund ihres Angreifers stand keinen Meter von ihr entfernt. Sie hatte ihn völlig außer Acht gelassen. Ein unverzeihlicher Fehler, wie sich jetzt herausstellte. Der Kerl holte zum Schlag aus.

Sie saß in der Klemme. Wenn sie sich verteidigen wollte, musste sie ihren Klammergriff lösen. Dann hätte sie beide Männer gegen sich. Ein gezielter Tritt in die Eier war ihre einzige Chance. Sie holte tief Luft.

»Hey, du Feigling«, brüllte eine tiefe Stimme. »Wenn du dich prügeln willst, dann tu es mit jemandem, der dir gewachsen ist.«

Das ist der attraktive Hüne, durchfuhr es sie. Er war noch größer, als sie gedacht hatte. Seine bernsteinfarbenen Augen funkelten den zweiten Angreifer bedrohlich an. Er hatte seine riesigen Hände zu Fäusten geballt. Seine Lippen waren fest aufeinandergepresst, und es hätte sie nicht gewundert, wenn er angefangen hätte zu knurren.

»Was mischst du dich denn ein?« Ohne die Antwort abzuwarten, wirbelte der zweite Neandertaler herum.

Seine Faust schnellte nach vorne und traf ins Leere. Der Hüne war geschickt ausgewichen. Ein gezielter Schlag seinerseits traf den Idioten am Kinn. Der gesamte Unterkiefer des Widerlings wurde durch die

Wucht nach rechts gedrückt. Zeitgleich verrollte er die Augen, bis nur noch das Weiße zu sehen war, und ging wie eine gefällte Eiche zu Boden, wo er regungslos liegen blieb.

Jeder im *Heaven's Place* war mucksmäuschenstill. Nur die Musik lief unbeeindruckt fröhlich weiter.

»Alles okay?« Ihr Hüne eilte zu ihr. Er sah sie besorgt an.

Sie nickte, ohne den Klammergriff zu lösen. »Ja. Danke.«

Chris kam mit hochrotem Gesicht zu ihr gelaufen. »Abby, deine Kollegen sind unterwegs.«

»Okay.«

Der Unbekannte hob verwundert die Augenbraue. »Kollegen?«

»Sergeant Abigail Langfort«, stellte sie sich knapp vor. »Metro Police London.«

Der Kerl unter ihr stöhnte. »Scheiße!«

»Tja, man sollte sein Gegenüber niemals unterschätzen. Ich werde Sie jetzt loslassen. Allerdings rate ich Ihnen, keinen Fluchtversuch zu unternehmen, da ich sonst gezwungen bin, andere Maßnahmen zu ergreifen. Haben Sie mich verstanden?« Eine leere Drohung. Ihre Dienstwaffe lag sicher verstaut auf der Wache.

»Ja, Ma'am.« Die Stimme des Mannes klang klein und piepsig.

»Für Sie Sergeant Langfort!« Sie würde ihm schon zeigen, wie man sich einem Polizisten gegenüber verhielt.

»Ja, Sergeant Langfort«, wiederholte er gequält.

»Gut!« Sie lockerte den Griff.

Langsam richtete sich der Typ auf. Sein Gesicht war rot und er atmete schwer. Sein Kumpel stöhnte, als er aus seinem ungewollten Dornröschenschlaf erwachte. Alle Blicke im Lokal waren auf sie gerichtet.

»Abby, alles okay?« Holly stand keine drei Meter von ihr entfernt, Olive und Zoey dicht dahinter.

Jede von ihnen war mit einer Flasche bewaffnet. Fast hätte Abby bei dem Anblick laut gelacht. Sie hatte kurzzeitig vergessen, dass ihre Freundinnen auch noch da waren.

Der Mann am Boden fasste sich ans Kinn und machte Anstalten aufzustehen. Sofort war ihr Helfer zur Stelle und drückte ihn wieder zu Boden.

Von draußen war entfernt das Heulen einer Sirene zu hören. Abby atmete durch. Die Verstärkung würde jeden Moment da sein. Noch immer war es absolut still im Lokal. Alle warteten gespannt, was als Nächstes geschehen würde.

Die Tür ging auf und zwei ihrer Kollegen kamen im Eilschritt hinein. Ehrfürchtig bildeten die Gäste eine Gasse.

»Abby!« Ihr Kollege musterte sie mit einem Hauch Belustigung in den Augen. »Wie ich sehe, hast du Spaß!«

»Hi, Danny«, begrüßte sie ihn mit einem schiefen Grinsen. »Ich dachte mir, ich verschaffe euch ein bisschen Arbeit, damit euch nicht langweilig wird.«

Danny lachte heiser. »Danke. Zu lieb von dir.« Er machte eine Kopfbewegung zu den Männern. »Was ist passiert?«

»Der da«, sie deutete auf den ersten Kerl, »hat mich angegriffen. Sein Kumpel wollte ihm zu Hilfe kommen.«

»Wie überaus mutig von den beiden.« Der Sarkasmus in Dannys Stimme war nicht zu überhören.

Er gab seinem Kollegen ein Zeichen. Sofort war der andere Beamte zur Stelle und nahm die Männer in Gewahrsam.

Danny musterte sie besorgt. »Alles okay mit dir?«

Sie fuhr sich durch die Haare. »Dank des beherzten Eingreifens von diesem Herrn«, sie deutete auf den Hünen, »ist mir nichts passiert.«

»Owen Wright.« Der Fremde schenkte ihr ein Lächeln. »Es war mir eine Freude.« Sein Blick ruhte auf ihr, ohne aufdringlich zu wirken.

»Ganz meinerseits. Ich wüsste nicht, was ich ohne Ihre Hilfe getan hätte«, gab sie zu.

Wie es aussah, war Mr Wright nicht nur attraktiv, sondern auch noch ein echter Gentleman, der sich nicht scheute einzugreifen, wenn jemand in Gefahr war. Eine Rarität in der heutigen Zeit, wo jeder nur noch auf seinen Vorteil bedacht war.

Das Lächeln des Hünen wurde breiter. »Ehrlich gesagt war ich schwer beeindruckt, wie gut Sie die Situation gehändelt haben. Und das meine ich nicht auf Ihr Geschlecht bezogen«, versicherte er. »Ich bin mir sicher, den anderen Idioten hätten Sie auch noch geschafft.«

»Das klingt ganz nach unserer Abby.« Danny klopfte ihr auf die Schulter. »Wir müssten trotzdem kurz Ihre Personalien aufnehmen.«

Mr Wright fuhr sich mit der Hand über das Kinn. »Kein Problem.«

Die betroffenen Frauen waren aus ihrem tranceähnlichen Zustand erwacht.

»Danke für Ihre Hilfe«, nuschelte Blondie. Ihre Freundin hatte sich bei ihr untergehakt.

»Klar. Wir Frauen müssen doch zusammenhalten.« Abby sah den beiden tief in die Augen. »Ich würde euch empfehlen, ein Taxi zu nehmen und erst einmal euren Rausch auszuschlafen. Einverstanden?«

Beide nickten mit reuevollem Blick.

»Aber vorher hätte ich gerne noch Ihre Personalien aufgenommen«, mischte sich Danny eilig ein.

»Natürlich, Officer«, nuschelte eine der beiden.

Abby strich ihr T-Shirt glatt, das bei dem Gerangel aus der Hose gerutscht war. Dannys Blick ruhte auf ihr. »Was?«

»Du siehst richtig scharf aus«, flüsterte er ihr zu.

Es kam nur äußerst selten vor, dass er sie in legeren Klamotten sah.

Sie grinste ihn breit an und lehnte sich so weit zu ihm rüber, dass ihr Mund fast sein Ohr berührte. »Und du siehst so scheiße aus wie immer.« Sie zog sich abrupt zurück.

Danny räusperte sich verdutzt. »Charmant wie eh und je.«

Mr Wright, der einen Meter entfernt stand, sah sie mit hochgezogener Augenbraue an. Hatte er ihren kurzen Schlagabtausch mitbekommen?

Danny hatte sich wieder gefangen und zog seinen Notizblock aus der Brusttasche. »Abby, du kannst deine Aussage morgen machen.«

»Wie überaus gnädig von dir«, stichelte sie.

Danny seufzte gespielt. »So bin ich nun mal zu hübschen Frauen. Mr Wright, dürfte ich Sie ebenfalls kurz bitten?«

Ihr Retter nickte, ohne den Blick von Abby zu nehmen. »Natürlich.«

Dannys Kollege führte die Unruhestifter ab.

Abby deutete auf Holly, Zoey und Olive. »Ich bin bei meinen Freundinnen, wenn du mich brauchst.«

Danny folgte ihrem Blick. Ein Lächeln huschte über sein Gesicht. »Möchtest du mich nicht vorstellen?«

»Lieber nicht. Ich will nicht, dass du heute gleich vier Absagen bekommst«, erwiderte sie grinsend.

Das Lächeln verschwand aus seinem Gesicht. »Haha. Sehr witzig.«
»Wer dumm fragt, bekommt auch dumme Antworten«, konterte sie mit einem breiten Grinsen auf dem Gesicht.

Danny senkte seine Stimme. »Du weißt gar nicht, was dir entgeht.« »Tja, wie es aussieht, werde ich es wohl nicht herausfinden. Aber ich schätze, ich kann damit leben.« Sie wandte sich ab.

Die Mundwinkel des Hünen zuckten belustigt. Diesmal war sie sich sicher, dass er alles mitgehört hatte.

»Wir werden ja sehen«, murmelte Danny, bevor er sich wieder den Frauen zuwandte.

»Mr Wright, dürfte ich Sie und Ihren Freund anschließend noch auf ein Bier einladen?«, fragte Abby mit lauter Stimme, sodass Danny sie hören konnte.

»Mein Kumpel ist schon gegangen, aber ich nehme die Einladung ausgesprochen gerne an«, erwiderte er prompt.

»Gut.« Sie deutete zu den freien Hockern. »Ich sitze dort drüben.« Um seine Augen bildeten sich feine Lachfältchen. »Ich weiß.«

»Dürfte ich das Gespräch kurz unterbrechen?« Danny wirkte genervt. »Ich warte noch immer auf die Personalien des Zeugen.«

»Natürlich.« Mr Wright zwinkerte ihr zu. »Bis gleich.«

Gut gelaunt ging Abby zu ihren Freundinnen. Vielleicht würde der Abend doch noch nett werden.

5

»Sergeant Langfort in Aktion. Wahnsinn!« Holly klopfte ihr anerkennend auf den Rücken.

»Der Typ konnte gar nicht so schnell gucken, wie du ihn in den Polizeigriff genommen hast«, sagte Olive bewundernd. »Kannst du mir beibringen, wie das geht?«

Zoey hüpfte neben ihr auf und ab. »Das ging alles so schnell! Eben noch habt ihr geredet, und *schwupp*, hattest du das Arschloch in der Zange.«

»Typen wie der denken nicht rational. Die handeln aus dem Bauch heraus, was brandgefährlich für alle Beteiligten ist«, erklärte Abby. So langsam beruhigte sich ihr Puls. »Fast hätten sie mich gehabt.«

»Wir wollten dir gerade zu Hilfe kommen, als dieser gutaussehende Riese wie ein Wilder dazwischengegangen ist«, erklärte Zoey.

Abby lächelte. »Ihr verrückten Hühner! Den Anblick, wie ihr mit den Flaschen dagestanden habt, werde ich so schnell nicht vergessen. Schade, dass es niemand fotografiert hat. Das wäre mein neuer Bildschirmhintergrund geworden.«

Holly streckte ihr die Zunge raus. »Du Miststück.«

»Aber ein Miststück, das glücklich ist, Freundinnen wie euch zu haben.« Sie legte ihren Arm um Hollys Schulter. Ihr Blick fiel auf die Stöckelschuhe an ihren Füßen. »Du hättest gar keine Flasche gebraucht. Mit den Schuhen als Waffe machst du jeden fertig.«

Alle vier lachten.

»Zum Glück war niemand von der Presse da, sonst hätte ich mich morgen im Sender auf was gefasst machen können.« Olive verzog das Gesicht.

»Ich sehe schon die Schlagzeile«, warf Holly glucksend ein. »*Moderatorin bei Schlägerei in bekanntem Szenerestaurant aufgegriffen.*«

»Haha. Sehr witzig.«

Abby ließ den Blick durch die Bar schweifen. Die Aufregung hatte sich wieder gelegt. Einige Gäste waren gegangen, die übrigen hatten sich wieder ihren Gesprächen zugewandt. Sie war froh, dass die Sache so glimpflich ausgegangen war.

Mr Wrights hochgewachsene Gestalt tauchte vor ihr auf.

»Guten Abend, Ladys.« Er hatte eine angenehm melodische Stimme, was ihr schon zuvor aufgefallen war.

»Mr Wright, darf ich vorstellen: Das sind meine Freundinnen Olive, Zoey und Holly.« Sie deutete auf die drei.

»Sehr erfreut.« Er schenkte ihnen ein Lächeln, das selbst Steine zum Erweichen gebracht hätte. »Bitte nennen Sie mich doch Owen.«

Der Name gefiel ihr, so wie ihr der ganze Mann gefiel. Er stellte sich zu ihnen. Mit ihren ein Meter fünfundsechzig kam Abby sich winzig neben ihm vor, aber sie hatte schon immer eine Schwäche für große Männer gehabt.

»Was möchtest du trinken?«, fragte sie.

»Gerne ein Bier.« Der Blick aus seinen Karamellaugen ruhte auf ihr. Ein angenehmes Kribbeln breitete sich in ihrem Bauch aus.

Abby gab Chris ein Zeichen. Holly, Zoey und Olive hatten sich einem befreundeten Ehepaar zugewandt, das zu ihnen gestoßen war, was ihr ganz recht war. So konnte sie sich ungestört mit Owen unterhalten. Sie war neugierig, was für ein Charakter sich hinter diesem großen Mann verbarg.

»Du bist also Polizistin«, stellte er lächelnd fest.

»Ja. Stört dich das?«

»Ganz im Gegenteil. Ich finde es cool.«

Chris reichte ihnen das Bier über den Tresen. »Geht aufs Haus!«

Abby nahm die Flaschen entgegen. »Danke, Chris, aber das ist wirklich nicht nötig.«

»Nötig oder nicht – ich freue mich, dass die Sache so glimpflich ausgegangen ist.« Chris nickte ihnen beiden zu.

»Darauf sollten wir trinken.« Abby stieß ihre Flasche gegen Owens. Er sah sie immer noch durchdringend an. »Ganz deiner Meinung.«

Sie beobachtete, wie er einen kräftigen Schluck nahm. Dabei hüpfte sein Adamsapfel auf und ab, als hätte er einen Tischtennisball in seiner Kehle versteckt.

»Was passiert jetzt mit den Kerlen?« Owen stellte seine Flasche auf den Tresen.

Abby zuckte mit den Schultern.»Die werden die Nacht im Knast verbringen. Sobald sie ausgenüchtert sind, dürfen sie nach Hause.«

»Das klingt nach einer gerechten Strafe.« In seinen braunen Augen schwammen winzige goldene Punkte.

»Hoffentlich ist das den Typen ein Denkzettel«, sagte sie zweifelnd.

»Ja, das wäre zu wünschen.«

Hollys Gesicht tauchte unbemerkt hinter Owens Rücken auf. Ihr Mund formte ein lautloses ›Wow!‹. Abby musste sich Mühe geben, nicht laut aufzulachen.

»Ich habe dich hier noch nie gesehen«, stellte sie fest. Das *Heaven's Place* hatte eine hohe Zahl an Stammkunden, und Owen sah nicht aus wie ein Tourist.

»Ich bin gerade in die Gegend gezogen. Hab vorher etwas außerhalb gewohnt.« Er war also neu hier. Ihr Blick wanderte unauffällig zu seinen Händen. Kein Ring, der darauf hindeutete, dass er verheiratet war.

»Und, gefällt es dir hier?«

»Eigentlich schon. Ich habe es nicht weit zur Arbeit und die Wohnung ist bezahlbar, was für Portobello nicht selbstverständlich ist.«

Sie schmunzelte.»Das stimmt.«

Die Gegend rund um Portobello hatte sich in den letzten zwei Jahren stark verändert. Die Flohmärkte, die Portobello berühmt gemacht hatten, wurden mehr und mehr durch kommerzielle Händler ersetzt. Ableger von bekannten Kleidermarken zierten die Straßen. Mit ihnen waren die wohlhabenden Wohnungsbesitzer gekommen und hatten die einfachen Leute aus ihren Häusern verdrängt. Die Mietpreise waren in die Höhe geschossen.

Abbys Handy vibrierte in ihrer Hosentasche.»Entschuldige mich bitte kurz.«

Auf dem Display tauchte Emilys Gesicht auf. Abby runzelte die Stirn. Für gewöhnlich rief sie nicht um diese Uhrzeit an. Etwas musste passiert sein.

»Was ist los?«

»Ich glaube, Ethan liebt mich nicht mehr!«, erwiderte Emilys Stimme freudlos.

Sie schielte misstrauisch auf das Display.»Hast du getrunken?«
Anstatt zu antworten, brach Emily in Tränen aus. Owen sah sie fragend an. Wahrscheinlich hatte er das laute Aufheulen gehört.

Abby hielt das Mikrofon kurz zu, sodass Emily sie nicht hören konnte.»Beziehungskrise!« Owen nickte mit ernster Miene. Sie nahm die Hand wieder vom Mikrofon.»Hey, so schlimm wird es schon nicht sein!«

Emily und Ethan waren ihr Vorbild, wenn es um Beziehungen ging. Obwohl Ethan nicht Rose' biologischer Vater war, kümmerte er sich um das Kind, als ob es sein eigenes wäre, und trug Emily auf Händen. Es hatte nie Streit zwischen den beiden gegeben – bis jetzt.

»Ich glaube, Ethan hat eine Affäre«, platzte Emily heraus.

»Was?!« Abby schüttelte den Kopf. Das konnte unmöglich wahr sein! Ethan liebte seine Emily abgöttisch.»Bist du sicher?«

»Nein«, gab sie kleinlaut zu.

Abby atmete erleichtert aus. Emily neigte manchmal zu Übertreibungen.»Ist er bei dir?«

»Nein. Genau das ist ja das Problem.«

»Okay. Das ergibt zwar keinen Sinn, aber du kannst es mir bestimmt erklären.«

»Ich glaube, er ist bei *ihr*!« Erneut fing Emily an zu weinen.

»Beruhige dich bitte. Wir kommen zu dir. Okay?«

»Ich komme schon klar«, brachte Emily schluchzend hervor.»Ich will euch nicht den Abend verderben.«

»Tust du nicht«, versicherte Abby.»Gib mir zehn Minuten.«

Sie wäre lieber bei ihrem attraktiven Helfer geblieben, es kam schließlich nicht jeden Tag vor, dass sie einen Mann traf, der sie interessierte. Aber dies hier war eindeutig eine Krise und sie konnte ihre Freundin in dieser Situation unmöglich alleine lassen.

»Okay«, gab Emily erstaunlich schnell nach, was ein sicheres Zeichen dafür war, dass sie wollte, dass sie zu ihr kam.

»Bis gleich.« Abby legte auf.

Olive, die beobachtet hatte, dass sie am Handy hing, sah fragend zu ihr. Abby gab ihr das Zeichen zum Abmarsch. Mittlerweile verstanden sich die Freundinnen auch ohne große Worte.

Sie drehte sich zu Owen, der geduldig wartete.

»Ich muss leider los«, sagte sie bedauernd und leerte ihr halb volles Glas in einem Zug.

Sie glaubte Enttäuschung in seinen Augen zu sehen. »Das ist wirklich sehr bedauerlich. Ich hoffe, nichts Ernstes.«

»Meine beste Freundin hat eine mittelschwere Ehekrise.«

»Das tut mir gleich in zweierlei Hinsicht leid«, gestand er ihr. »Einmal für deine Freundin, aber auch für mich. Ich hätte mich gerne noch länger mit dir unterhalten.« Seine Augen versenkten sich in ihre.

»Ich auch.« Sie schenkte ihm ein Lächeln. Der Mann sah wirklich verdammt gut aus und war nett dazu. Eine Mischung, die man nicht allzu häufig fand. Fieberhaft überlegte sie, wie sie es anstellen konnte, ihn wiederzusehen.

»Sehe ich dich wieder?«, kam Owen ihr zuvor.

»Wenn du möchtest.« Sie hielt einen Moment inne. Übermorgen wechselte sie vom Spät- auf den Zwischendienst und würde rechtzeitig nach Hause kommen, um abends noch wegzugehen. »Wie wäre es mit übermorgen? Gleiche Uhrzeit, gleicher Ort?«

»Das klingt nach einem guten Plan.« Sein geschwungener Mund lächelte. Dabei legte er strahlend weiße Zähne frei.

Als sich ihre Blicke trafen, durchfuhr sie ein leichtes Kribbeln. Seine Augen scannten jeden Millimeter ihres Gesichts, als wollte er sich alles genau einprägen. Plötzlich überfiel sie der Wunsch, ihn zu küssen, was sie selbst überraschte. Unbewusst trat sie einen Schritt auf ihn zu. Die Geräusche im Hintergrund verschwammen. Ihre Gesichter näherten sich.

»Ähm, wir wären so weit.« Olive tippte ihr auf die Schulter.

Der Blickkontakt zwischen ihr und Owen riss ab. Sie räusperte sich.

»Bis übermorgen.«

»Ich werde da sein.« Er lächelte sie an.

Ihr Blick fiel auf seinen geschwungenen Mund. Sie hätte zu gerne gewusst, wie es sich anfühlte, ihn zu küssen. In ihrem Leben hatte sie schon einige Frösche geküsst, aber Owen machte den Eindruck, als könnte er sich in einen Prinzen verwandeln.

Olive zog an ihrem Arm. »Abby!«

Widerwillig folgte sie ihren Freundinnen nach draußen. Kurz bevor die Tür zuschwang, drehte sie sich ein letztes Mal um. Owen stand noch immer an der Bar. Sein Blick war fest auf sie gerichtet. Wie es aussah, war sie nicht die Einzige, die an einem Wiedersehen interessiert war. Gutgelaunt trat sie ins Freie.

»Ich bin mir sicher, dass Ethan dich nicht betrügt«, sagte Abby entschieden.

Sie saßen im Wohnzimmer. Emily, Olive und Holly hatten es sich auf dem Sofa gemütlich gemacht. Abby und Zoey saßen auf den beiden Sesseln davor. Die Stimmung war angespannt, nachdem Emily sie völlig aufgelöst empfangen hatte. Es hatte eine Ewigkeit gedauert, bis die Freundinnen sie so weit beruhigt hatten, dass sie sprechen konnte.

»Aber wie erklärst du dir dann das: Mir hat er erzählt, er hätte ein spätes Meeting im Büro, und als ich angerufen habe, damit Rose ihrem Dad Gute Nacht sagen kann, hat mir seine Sekretärin erklärt, dass er schon vor einer Stunde gegangen ist.« Emilys Augen waren vom vielen Weinen zu kleinen Knöpfen zusammengeschrumpft.

»Hast du ihn darauf schon angesprochen?«, fragte Olive.

»Wann denn? Ethan war danach mit seinem Bruder verabredet.«

»An deiner Stelle würde ich mir keine Sorgen machen«, sagte Abby bestimmt.

Emily sah mit traurigen Augen zu ihr. »Nein?«

»Nein. Ethan ist ein anständiger Kerl, und das hat er schon mehr als einmal bewiesen.« Alle nickten. »Wenn es einen Mann gibt, der seine Frau vergöttert, dann ist es Ethan. Immerhin hat er dir schon einen Heiratsantrag gemacht. Das machen Männer nicht einfach so.«

»Das ist zwei Jahre her, und seitdem ist nichts passiert. Immer hat er seine Firma vorgezogen, wenn ich darauf zu sprechen gekommen bin.« Emilys Hände verknoteten sich ineinander. »›Jetzt ist der richtige Zeitpunkt, um sich zu vergrößern‹, ›Es läuft gerade so gut‹«, äffte Emily Ethan nach. »Ausreden. Nichts als Ausreden.« Sie ballte die Hände zu Fäusten.

»Ich bin ja ein großer Freund des offenen Worts«, sagte Olive. »Wenn ich etwas aus meiner Sendung gelernt habe, dann, dass die Leute viel zu wenig miteinander reden. Die meisten Missverständnisse entstehen dadurch, dass einer von beiden etwas annimmt oder fehlinterpretiert. Ich kann dir nur raten, mit Ethan zu sprechen.«

»Ich bin ganz Olives Meinung«, stimmte Abby zu.

»Na gut. Sobald er nach Hause kommt, rede ich mit ihm«, lenkte Emily ein.

Holly klopfte ihr auf die Schulter.»Braves Mädchen.«

»Aber ich bin mir nicht sicher, ob es was bringt. Als ich letztens wegen seiner Reise mit ihm gesprochen habe, war er irgendwie komisch.«

»Vielleicht interpretierst zu viel in ihn hinein. Wir Frauen neigen dazu uns viel zu viel Gedanken zu machen und alles zu hinterfragen. Männer sind in dieser Hinsicht wesentlich pragmatischer.« Abby gähnte.»Ich weiß nicht, wie es euch geht, aber ich muss ins Bett.« Die Nachtdienste der letzten Tage saßen ihr noch in den Knochen. Sie musste dringend Schlaf nachholen.

»Ich bin auch kaputt«, gestand Zoey.»Seit Wochen ist der Laden voll, und mir wächst die Arbeit langsam über den Kopf.«

Abby erhob sich schwerfällig.»Hast du schon mit Chris darüber gesprochen?«

»Ja, aber es ist gar nicht so einfach, einen guten Koch zu finden.«

Abbys Po war eingeschlafen und sie kratzte sich ausgiebig an der Stelle.»Kann ich mir vorstellen.«

»Manchmal könnte man dich wirklich für einen Kerl halten.« Holly schmunzelte.»Die kratzen sich auch immer am Hintern, als wären sie alleine auf der Welt.«

»Hey, ich bin hier zu Hause. Da kann ich machen, was ich will. Außerdem arbeite ich den ganzen Tag mit Kerlen. Das färbt ab.« Sie salutierte gespielt.»Gute Nacht, Ladys.«

»Gute Nacht, und danke für deine Hilfe«, sagte Emily.

»Das war ein echter Liebesdienst«, antwortete Abby.»Dieser Owen war wirklich eine Sahneschnitte.«

»Das hat man gemerkt. Du hast den Typen ja förmlich mit deinen Blicken aufgefressen«, bemerkte Holly trocken.

»Nicht ganz, aber ich war kurz davor.« Sie grinste.»Das mache ich dann übermorgen.«

Mit diesen Worten schlenderte sie in ihr Zimmer. Das Letzte, woran sie an diesem Abend dachte, war Owens Gesicht. Sie freute sich schon jetzt darauf, ihn wiederzusehen.

6

Abby parkte den Mini auf dem Seitenstreifen vor dem alten Stadthaus. Heute war ihr freier Tag. Der Himmel war wolkenlos, und obwohl es bereits spät am Nachmittag war, schien die Sonne noch mit voller Kraft auf sie herab. Blinzelnd sah sie zu dem Gebäude vor sich. Das Haus war ein Schmuckstück inmitten der vielen Rotklinkerbauten in dem Arbeiterviertel. Zwar war die Fassade zum Teil rissig und die weiße Farbe an den Fensterläden abgeblättert, aber trotzdem strahlte es eine majestätische Ruhe aus. Der Vorgarten war verwildert. Uralte Rosenbüsche wuchsen entlang der Hausmauer. Gerade jetzt im Frühsommer war alles grün und farbenprächtig. Überall sprießten die Blumen aus der Erde, und auch die uralten Obstbäume standen in voller Blüte.

Mit schnellen Schritten folgte sie dem kleinen Weg, der hinter das Haus führte. Leise Stimmen waren zu hören. Wie es aussah, waren ihre Schützlinge bereits eifrig zu Gange.

Einige der Jugendlichen hatten sich um die Bienenkiste versammelt und bewunderten, wie die Tierchen emsig ein- und ausflogen. Ein anderer Teil der Gruppe kümmerte sich um die Blumenbeete im hinteren Teil des Gartens. Miss Jenkins, die Besitzerin des Hauses, stand wild gestikulierend daneben, während sie sich mit einem der Mädchen unterhielt.

Jeder der hier anwesenden Teens war bereits mit dem Gesetz in Berührung gekommen. Meist waren es nur kleine Delikte gewesen; einige hatten bereits eine Jugendstrafe abgesessen, andere befanden sich auf Bewährung. Aber alle hatten eines gemeinsam: Sie wollten aussteigen aus der Spirale der Kriminalität und ihr Leben selbst in die Hand nehmen.

»Hi! Wie ich sehe, sind schon alle da.« Abby blieb neben dem Bienenkasten stehen. Das Summen der Tiere war allgegenwärtig.

Lionel begrüßte sie als Erster.»Hi, Sarge!«

Sie hatte lange überlegt, ob sie sich von den Jugendlichen mit ihrem Vornamen ansprechen lassen sollte, war aber dann zu dem Entschluss gekommen, dass die kurze Anrede mit ihrem Dienstrang einen gewissen respektvollen Umgang förderte.

»Hallo, Abigail!« Miss Jenkins kam langsam, auf ihren Gehstock gestützt, in Begleitung von drei Mädchen durch den Garten gewackelt.

»Hallo, Helen!«

Helen Jenkins war neunundsiebzig Jahre alt und konnte auf ein bewegtes Leben zurückblicken. Ihr verstorbener Mann war ein Schulfreund von Abbys Vater gewesen. Als Abby ihr bei einem ihrer Besuche von ihrem Projekt mit den Jugendlichen erzählt hatte, war Helen von der Idee begeistert gewesen. Es war auch ihr Vorschlag gewesen, den ersten Bienenkorb in ihrem Garten aufzustellen. Einzige Bedingung dafür, dass sie den Platz zur Verfügung stellte, war, dass die Jugendlichen ihr bei der Gartenarbeit behilflich sein mussten. Sie hatte im letzten Jahr eine künstliche Hüfte bekommen und war seitdem nicht mehr gut zu Fuß.

Abby hatte das Angebot begeistert angenommen. Es hatte fast ein halbes Jahr gedauert, bis sie die Genehmigung für ihr Projekt bekommen hatte. Letzte Woche war es endlich so weit gewesen. Ein befreundeter Imker hatte den Naturschwarm in die Bienenkiste einlogiert und den Jugendlichen erklärt, was sie die ersten Tage danach zu tun hatten, um bei der Einnistung zu helfen. Alle waren gekommen und hatten fasziniert dem Ereignis beigewohnt. Helen hatte Abby berichtet, dass die Jugendlichen fast täglich vorbeischauten, um das Bienenvolk zu kontrollieren.

Ihre Schützlinge, vor allem die Mädchen, halfen der alten Dame auch gelegentlich bei der Hausarbeit. Abby hatte Helen gebeten, sie nicht mit Geld zu belohnen, da sie fürchtete, dass das überhandnehmen könnte – aber gegen ein Stück Kuchen hatte sie nichts einzuwenden. So hatte sich schnell eine mittägliche Kaffeerunde etabliert. Abby war froh über diese Entwicklung, da Helen eine zusätzliche Vertrauensperson darstellte, wenn sie im Dienst war. Viele ihrer Schützlinge kamen aus zerrütteten Familienverhältnissen und konnten jede Unterstützung gebrauchen, die man ihnen gab. Zwar hatte sie jedem in der

Gruppe ihre Privatnummer gegeben, damit die Kids sie jederzeit anrufen konnten, aber während eines Einsatzes konnte sie keine Gespräche annehmen, seien sie noch so wichtig. Helen brachte eine Menge Lebenserfahrung mit und war ein Meister im Umgang mit schwierigen Situationen.

Abby gab Helen einen Kuss auf die faltige Wange. »Wie ich sehe, habt ihr schon ohne mich angefangen.«

»Ja, ich habe den Mädchen erklärt, welche Pflanzen hinten wachsen und worauf sie achten sollen.« Der Blick aus den veilchenblauen Augen der älteren Dame glitt liebevoll über die jungen Frauen hinweg. Helen selbst war kinderlos. »*Der liebe Gott hatte andere Pläne für mich*«, hatte sie mit einem Glitzern in den Augen zu Abby gesagt.

»Sarge«, rief Noah, ein schlaksiger Junge mit Pickeln im Gesicht, der wegen bewaffneten Diebstahls eine Jugendstrafe abgesessen hatte. »Wir möchten Ihnen etwas zeigen.«

»Na klar.« Sie umrundete den Bienenkasten in einem sicheren Abstand, um die Bienen nicht aufzuscheuchen. Die anderen stellten sich zu ihnen.

»Wir haben uns ein paar Gedanken gemacht und dachten, es wäre doch eine coole Idee, wenn wir unser eigenes Logo hätten«, fing Noah an.

»Das klingt interessant.« Es gefiel ihr, wie die Gruppe sich langsam zusammenfügte und die Teenager eine Bindung zueinander verspürten. Das machte sie gegen äußere Einflüsse stärker.

»Deshalb haben wir uns gestern nach der Schule zusammengesetzt und ein paar Entwürfe ausgearbeitet.« Noah zog einen Block aus seinem Rucksack, den er sich lässig über die Schulter geworfen hatte. Er hielt ihr ein Blatt unter die Nase.

Abby kniff die Augen zusammen, um jedes Detail zu erfassen. Um sie herum herrschte gespanntes Schweigen.

Noah hatte einen Bärenkopf von der Seite skizziert, der grimmig den Mund aufgerissen hatte. Darunter war mit geschwungener Schrift *Honey Hunters* geschrieben. Seitlich kam eine kleine Biene angeflogen.

Abby war völlig baff. Niemals hätte sie damit gerechnet, dass die Jugendlichen – und am allerwenigsten Noah – sich derart mit dem Projekt identifizieren würden. Jeder, den sie am Anfang dazu gefragt hatte,

hatte ihr geraten, etwas Sportliches auf die Beine zu stellen, aber sie war bei ihrer Idee mit den Bienen geblieben. Es hatte sie viel Überzeugungsarbeit gekostet, die Jugendlichen für diesen Plan zu gewinnen.

Ein Besuch bei einem Imker und der Hinweis auf die Wichtigkeit der Bienen für die Umwelt und die Menschen hatten schließlich den durchschlagenden Erfolg gebracht. Vor allem die Jungs waren begeistert gewesen, als der Imker in voller Schutzmontur inmitten eines Schwarms gestanden hatte, um Honig einzusammeln.

»Ich weiß gar nicht, was ich sagen soll.« Abby war noch immer völlig überwältigt. Ein professioneller Grafiker hätte die Zeichnung nicht besser hinbekommen.

»Dann gefällt es Ihnen also nicht.« Noah nahm ihr das Blatt aus der Hand. Enttäuschung zeichnete sich auf seinem jungen Gesicht ab.

»Halt!« Sie hielt ihn schnell davon ab, das Blatt zu zerreißen. »Das habe ich nicht gesagt. Das Logo ist der absolute Hammer. Mega, wahnsinnig, unglaublich gut.«

»Wirklich?« Ein Leuchten zog sich über Noahs Gesicht. Einige seiner Freunde klopften ihm auf den Rücken.

»Ja Mann, das ist voll der Shit!«, bestätigte Abby mit einem Kopfnicken. »Das sieht aus wie von einem Profi entwickelt. Ich wusste gar nicht, was für ein großartiges Talent in dir schlummert.«

Die Mädchen kicherten.

Eine zarte Röte zeigte sich auf Noahs blassen Wangen, dann strahlte er. »Mensch, Sarge, Sie haben mir echt einen ordentlichen Schreck eingejagt. Ich dachte schon, Sie finden es voll scheiße.«

»Ganz im Gegenteil. Ich überlege gerade, was wir damit alles bedrucken lassen können.« In Gedanken ging Abby ihre Kontakte durch, um jemanden zu finden, der Noah eventuell fördern könnte.

»Sarge, was halten Sie davon, wenn ich das Logo auf die Kiste male?«, fragte Izzie.

»Hm. Ein guter Vorschlag – ich weiß allerdings nicht, ob sich die Bienen durch den Farbgeruch gestört fühlen könnten.«

»War ja auch 'ne blöde Idee.« Izzies Gesichtsausdruck drückte Verschlossenheit aus.

»Ist es nicht. Ich muss nur Rücksprache mit unserem Imker halten, aber wir könnten zum Beispiel den Raucher mit dem Logo bemalen.

Was hältst du davon?«Abby sah dem Mädchen fest in die Augen. Sie hatte einen Kurs zum Thema Imkern besucht, aber bei manchen Fragen war sie einfach noch unsicher.

»Okay«, meinte Izzie versöhnlich.

»Gut. Was gibt es sonst noch Neues?« Abbys Blick wanderte durch die Runde. Dabei blieb er an Fanny hängen, die sonst recht vorlaut war, sich heute jedoch im Hintergrund hielt.

Etwas stimmte mit ihr nicht, das sagte Abby ihr Instinkt. Sie war eines von den Sorgenkindern. Ihre Mutter war eine Alkoholikerin, die mit der rebellischen jungen Frau völlig überfordert war. Fanny war beim Konsumieren von Drogen erwischt worden.

»Fanny?«, sprach sie sie direkt an.

Die Sechzehnjährige zuckte resigniert mit den Schultern, ohne den Kopf zu heben. »Der übliche Scheiß. Überhaupt geht mir der ganze Mist hier auf den Sack.«

»Du hast doch keinen!«, witzelte Steve aus dem Hintergrund.

Fanny zeigte ihm den Stinkefinger. »Fick dich!«

»Fick dich selber, blöde Kuh«, murmelte Steve.

»Hey, hey, hey!« Abby ging beschwichtigend zwischen die beiden Streithähne. »Steve, du merkst doch, dass Fanny nicht gut drauf ist.«

»Na und?«, brummte der Fünfzehnjährige. »Die ist nur gut drauf, wenn sie was zu kiffen kriegt.«

»Es reicht. Du entschuldigst dich bitte bei Fanny, und umgekehrt genauso.«

Das Mädchen stand mit verschränkten Armen da und starrte noch immer zu Boden. Der Rest der Gruppe beobachtete sie aufmerksam.

Abby seufzte. »So kommen wir nicht weiter. Fanny, komm mit mir ins Haus und hilf mir bitte beim Kaffeemachen.« Sie warf Helen einen fragenden Blick zu. Die ältere Dame nickte kaum merklich.

»Einen Scheiß werde ich!« Fanny kickte mit dem Fuß einen nicht vorhandenen Stein weg.

Abby legte die Hand auf ihre Schulter.

»Komm schon. Ich bin nicht dein Feind«, sagte sie mit einladend weicher Stimme. Sie wollte das Mädchen nicht verlieren, deshalb war Vorsicht geboten. Fanny war erst vor einem Monat zu ihnen gestoßen und noch nicht voll in der Gruppe integriert.

»Okay«, gab das Mädchen zögerlich nach. »Wenn es Sie glücklich macht.«

»Danke.« Abby wandte sich an die Gruppe. »Ihr anderen helft Helen im Garten. Wenn ihr fertig seid, gibt es Kaffee und Kuchen.« Sie war auf dem Weg extra noch beim Bäcker vorbeigefahren.

Sie legte den Arm um Fanny und führte sie ins Haus. Wie es aussah, lag noch viel Arbeit vor ihr.

7

»Hallo, jemand zu Hause?« Sie blieb stehen und lauschte. Keine Antwort. Wie es aussah, waren alle Vögel ausgeflogen. Sie schlüpfte aus den Chucks und feuerte sie in die Ecke. Nur auf Socken tapste sie in die Küche. Alles war aufgeräumt. Selbst das Geschirr aus der Spüle war verschwunden. Umso besser. Sie war nicht gerade mit großen hausfraulichen Fähigkeiten ausgestattet. Sie hatte schon mehrfach vorgeschlagen, eine Putzfrau einzustellen, um das Chaos, das vier berufstätige Frauen hinterließen, zu beseitigen. Aber Olive hatte dagegen gestimmt und stattdessen einen Putzplan erstellt. *Typisch Olive. Immer praktisch.*

Abby warf einen Blick nach draußen. Die Sonne stand schräg und würde demnächst untergehen. Sie liebte es, sich den Sonnenuntergang vom Dach anzusehen und dabei ihren Gedanken nachzuhängen, vor allem nach einem langen Tag wie diesem. Das Gespräch mit Fanny hatte ihr zugesetzt und sie wieder darin bestätigt, dass sie das Richtige tat.

Sie schnappte sich ein Bier aus dem Kühlschrank und hangelte sich aus dem Küchenfenster. Sie kletterte auf der Feuerwehrleiter, die direkt daneben entlang der Wand verlief, hoch zum Dach.

Es war ungewöhnlich warm. Das Thermometer war während des Tages bis auf fünfundzwanzig Grad gestiegen. Sie nahm die letzte Stufe und sprang mit einem Satz aufs Dach. Etwas außer Atem blieb sie stehen. Zu ihrer Überraschung war sie nicht alleine.

Holly und Jay hatten es sich auf den Rattanmöbeln unter dem weißen Sonnensegel gemütlich gemacht. Im Hintergrund lief leise Musik.

Schleierwolken, die so dünn waren, dass man sie durch ein Nadelöhr fädeln könnte, schimmerten in einem zarten Rosa.

»Da bist du ja«, grüßte Holly, die dicht an Jay gekuschelt dasaß.

»Ich wollte euch nicht stören«, entschuldigte sie sich und wandte sich zum Gehen.

»Quatsch«, meldete sich Jay zu Wort. »Du störst nie. Setz dich.«

»Seid ihr sicher?«

»Na klar, sonst würden wir es doch nicht sagen.« Holly deutete mit der Hand auf den freien Sessel.

»Wo sind die anderen?«

»Zoey arbeitet, Olive ist bei Liam und von Emily habe ich seit gestern nichts gehört.« Sie runzelte die Stirn. »Hoffentlich haben sie und Ethan sich wieder eingekriegt.«

»Möchtest du auch Sonne im Glas?« Holly deutete auf den Aperol Spritz in ihrer Hand.

»Ich habe mir Bier mitgebracht.« Sie zog die Flasche aus ihrer Hosentasche. »Habt ihr einen Öffner?« Sie ließ sich auf den Sessel fallen.

»Nein, sorry. Ich hol dir einen.« Jay machte Anstalten aufzustehen.

»Warte. Kein Problem.« Sie setzte den Flaschenhals an der Tischkante an. Mit einem Ruck schlug sie auf den Deckel. Mit einem leisen *Plöp* flog er von der Flasche und landete auf dem Tisch.

»Selbst ist die Frau.« Jay schmunzelte. Seine grünen Augen blitzten belustigt. »Ich muss sagen, das hätte ich nicht besser gekonnt.«

»Das lernst du auf der Polizeiakademie.« Sie setzte die Flasche an den Mund und trank gierig.

»Und was lernt man da noch so?«, erkundigte sich Jay.

Abby grinste. »Das willst du nicht wissen. Ahhh, das tat gut!«

»Du siehst irgendwie nicht so glücklich aus.« Holly sah sie fragend an. »Immer noch dein Kollege?«

»Du meinst Fawner?« Abby winkte ab. »»Nachdem ich ihn heute zum Glück nicht sehen musste, habe ich den Gedanken an ihn verdrängt. Nein, ich hatte heute ein ziemlich ernstes Gespräch mit einem der Mädchen aus der Gruppe.«

»Darfst du darüber reden?« Holly kuschelte sich in Jays Arm.

Abby nahm einen Schluck aus der Flasche und fasste ihr Gespräch mit wenigen Worten zusammen. »Als sie mir erzählt hat, dass ihr Onkel sie sexuell belästigt, war mir klar, dass ich schnell handeln muss, bevor das Arschloch noch Schlimmeres macht.«

Hollys Dauerlächeln war verschwunden. »Und was tust du in so einem Fall?«

Abby schnalzte abfällig mit der Zunge. »Ich persönlich würde am liebsten hinfahren und dem Typen die Eier wegschießen, aber es lohnt sich nicht, wegen so einem Arsch ins Gefängnis zu gehen.«

Jay schwenkte nachdenklich das Glas in seiner Hand. »Wenn du Unterstützung brauchst, komme ich mit. Was für ein Schwein, sich ein hilfloses Mädchen – noch dazu seine Nichte – zu schnappen!«

»Leider bildet dieser Fall keine Ausnahme«, sagte sie nachdenklich.

»Wie gehst du mit so einer Situation um?«, erkundigte sich Holly.

»Ich habe Fannys Sozialarbeiterin angerufen, damit sie der Sache nachgeht und das Mädchen erst einmal aufnimmt, damit es in Sicherheit ist, bis die ganze Sache geklärt ist.«

»Wie schrecklich.« Holly schüttelte den Kopf. »Wenn ich daran denke, wie behütet ich dagegen großgeworden bin ...«

Unwillkürlich musste Abby an ihre eigene Kindheit denken. Sie waren nicht sonderlich wohlhabend gewesen, aber ihre Eltern hatten ihr all die Liebe geschenkt, die man einem Kind nur geben konnte, und sie immer bedingungslos unterstützt. Bei der Vorstellung, in einem Umfeld wie Fanny groß zu werden, wo man noch nicht einmal zu Hause sicher war, drehte es ihr den Magen um.

»Abby!« Eine bekannte männliche Stimme rief von der anderen Seite des Daches zu ihnen rüber.

Sie sah erfreut hoch. »Jason!«

»Läuft die Sache mit dir und Jason noch immer?«, wollte Jay wissen.

»Ich habe ein bisschen den Anschluss verloren.«

»Das ist nichts. Wir sind gute Freunde«, wiegelte sie ab.

Das entsprach nicht ganz der Wahrheit. Jason und sie hatten seit einem halben Jahr eine Affäre miteinander. Nichts Ernstes. Unkomplizierter Sex mit rein freundschaftlichen Gefühlen füreinander.

»Also das, was ich da manchmal aus deinem Zimmer gehört habe, klang aber ganz und gar nicht wie *nichts*!« Holly machte bei dem letzten Wort Gänsefüßchen mit den Fingern in der Luft.

»Man wird als Frau doch auch seinen Spaß haben dürfen«, verteidigte sich Abby. »Guter Sex ohne Verpflichtungen ist schließlich nicht nur Männern vorbehalten.«

Jason kam lässig zu ihnen gelaufen. Wie immer sah er fantastisch aus. Die helle Jeans saß perfekt auf seiner Hüfte und betonte seine durchtrainierten schlanken Beine. Er hatte ein schlichtes weißes T-Shirt an, das seine wohlgeformten Schultern hervorhob.

»Hey Leute.« Er stellte sich vor Abbys Sessel. Sein Blick wanderte zu Jay. »Du bist auch wieder da.«

»Ja Mann, ich bin froh, wieder bei meiner Süßen zu sein.« Wie zum Beweis gab er Holly einen Kuss.

»Bist du heute gekommen?« Abby hatte den Überblick über Jasons Termine verloren. Wahrscheinlich, weil es ihr nicht wirklich wichtig war. Das war das Gute an ihrer Beziehung: Sie war völlig unkompliziert und beschränkte sich im Wesentlichen auf das Eine.

»Heute aus Mallorca eingeflogen.« Das erklärte die leichte Bräune in seinem Gesicht. Jason quetschte sich zu ihr auf den Sessel.

»Hey!«, protestierte sie. »Bist du dicker geworden?«

»Auf keinen Fall!« Er sah an sich herunter. »Findest du?«

»Ja, ich finde, du hast ein kleines Bäuchlein bekommen.« Sie konnte sich ein Lachen angesichts seines entsetzten Gesichtsausdrucks kaum verkneifen. Es bereitete ihr immer einen Höllenspaß, ihn auf den Arm zu nehmen.

»Shit!« Jason war aufgesprungen und zupfte an seiner Bauchdecke herum, was natürlich totaler Blödsinn war. Er war schlank und durchtrainiert – wie man es von einem Unterwäschemodel erwartete.

Holly lachte. »Du bist schlimmer als jede Frau!«

Jason runzelte die Stirn. »Ihr verarscht mich doch!«

»Könnte sein«, erwiderte Abby vergnügt.

Jason setzte sich wieder. »Miststück.«

»Möchtest du was?« Sie schwenkte die Bierflasche vor seinem Gesicht hin und her.

Jason zwinkerte. »Dich!«

»Du schlimmes Ding!«, hauchte sie.

»Nicht so schlimm wie du.« Sein Daumen massierte ihre empfindliche Stelle im Nacken. Er wusste genau, dass es sie antörnte.

»Tja, ähm, es tut uns leid, aber Jason und ich haben noch eine Kleinigkeit zu besprechen.« Sie gab ihm das Zeichen zum Aufstehen.

Er sah sie fragend an. »Haben wir?«

Abby runzelte die Stirn. Manchmal war er wirklich schwer von Begriff. »Du wolltest mir noch die neuste Unterwäsche zeigen.«

»Welche Unterwäsche?« Jason hatte noch immer nicht kapiert, was sie von ihm wollte.

»Die, die du anhast!« Sie grinste ihn unverschämt an.

Holly gluckste vergnügt im Hintergrund.

Ein Leuchten huschte über Jasons Gesicht. »Ach so.« Endlich hatte er es kapiert!

»Tja, wir sind dann mal weg.« Abby zog Jason am Arm.

»Die Pflicht ruft.« Er grinste schief. »Es wäre schön, wenn einer von euch beiden kommt, falls ich um Hilfe rufe.«

»Vergiss es, Bruder! Ich habe gesehen, wozu Abby fähig ist. Da bin ich raus«, sagte Jay ernst.

Jason seufzte gespielt.

»Und immer schön aufpassen!«, rief Holly ihnen lachend hinterher.

Abby konnte es kaum noch abwarten, endlich in Jasons Armen zu liegen. Sex mit ihm war wie einen guten Wein zu trinken. Genussvoll, und wenn es vorbei war, blieb ein angenehmes Gefühl zurück. Nach dem heutigen Tag würde ihr etwas Zärtlichkeit guttun.

»Das war echt scharf«, keuchte Jason.

Er lag auf dem Rücken und hatte die Arme hinter dem Kopf verschränkt. Sein Atem ging schwer und sein Brustkorb hob und senkte sich schnell. Ein feuchter Film überzog seine nackte Haut und ließ sie im Licht der Kerzen golden schimmern.

»Ja, das war toll.«

Sie fuhr mit den Fingerspitzen die Linien seiner wohldefinierten Muskeln nach. Sein Körper war wie gemeißelt. An ihm könnte man locker ein Anatomiestudium betreiben. Er selbst sagte immer, dass sein Körper sein Kapital war.

Jason war ein zärtlicher, rücksichtsvoller Liebhaber, der sie zielsicher zu ihrem Höhepunkt brachte. Trotzdem war er nicht mehr als ein Freund, mit dem sie gelegentlich ins Bett ging. Schon mehrfach hatte sie sich vorgenommen, ihr Verhältnis zu beenden, aber genau dann verschwand er aus ihrem Leben, um wiederaufzutauchen, wenn sie sich nach Zärtlichkeiten sehnte. Es war, als ob er ein untrügliches Gespür dafür besitzen würde, wann sie ihn brauchte und wann nicht. Er selbst hatte immer wieder betont, wie wichtig ihm seine Freiheit war und dass sie einander nicht exklusiv versprochen waren. Sie redeten nie darüber, was er tat, wenn er sich nicht in London aufhielt, aber Abby vermutete, dass sie nicht die einzige Frau in seinem Leben war. Es störte sie nicht. Im Gegenteil. So war sie frei.

Unwillkürlich musste sie an Owen denken. Sie hatte keine Ahnung, ob er Single war oder vielleicht sogar verheiratet. Er hatte nicht den Eindruck gemacht, als ob es eine Frau in seinem Leben gab. Aber wirklich wissen konnte sie es nicht.

»Wie lange bleibst du diesmal?«, fragte sie leise und gab Jason einen Kuss auf seinen perfekten Oberkörper.

»Ich muss morgen nach Mailand, für die Kampagne eines relativ unbekannten Wäschelabels, das aber gut zahlt.«

»Und wann kommst du wieder?«, fragte sie höflichkeitshalber.

»Keine Ahnung.« Er zuckte mit den Achseln. »Die Agentur hat schon angedeutet, dass ich eventuell noch mehr Jobs dort bekomme. Und du? Wann musst du wieder in den Dienst?«

»Ich habe morgen die mittlere Schicht.«

Der Gedanke, den Tag mit Kyle Fawner zu verbringen, war alles andere als verlockend. Sie hatte viel darüber nachgedacht, wie sie mit der neuen Arbeitssituation umgehen sollte, und beschlossen, es ruhig angehen zu lassen. Sie würde ihre Frau stehen und Fawner klarmachen, dass sie eine genauso gute Polizistin war wie ihre Kollegen. Sie hatte schon andere harte Nüsse geknackt – Fawner würde keine Ausnahme bilden.

»Dann bleibt uns noch die Nacht«, schnurrte Jason und schlang seine Arme um ihre Taille. Sie fuhr mit der Hand nach unten, dort, wo sein prachtvoller Schwanz auf ihrem Oberschenkel ruhte. Er lachte heiser. »Du machst mich fertig!«

»Genau das ist der Plan. Ich muss es schließlich ausnutzen, wenn du schon mal hier bist.«

»Irgendwie komme ich mir wie dein Toyboy vor. Das verletzt mich ein wenig.« Sein breites Grinsen strafte seine Worte Lügen.

»Bist du doch auch.« Sie beugte sich nach vorne und gab ihm einen Kuss. »Und jetzt hör auf zu quatschen.«

8

»Hi.« Gähnend betrat Abby die Wache. Die Nacht war kurz gewesen, und sie hatte sich mit einem schlechten Gewissen Jason gegenüber aus dem Bett gequält. Es kam ihr ein wenig verlogen vor, mit ihm zu schlafen, während sie bereits im Kopf die Klamotten für ihre heutige Verabredung plante. Auf der anderen Seite war das Verhältnis zwischen ihnen, wenn man es als solches bezeichnen wollte, von Anfang an klar gewesen. Sex, Freundschaft und Spaß miteinander. »Alles klar bei euch?« Ihr Blick fiel auf Andrews und Jacobs, die gerade dabei waren zu gehen. Fawner hatte es sich bereits hinter dem Schreibtisch gemütlich gemacht. Das Hemd spannte an den Oberarmen über seinen Muskeln. Seine einzige Begrüßung für sie war ein müdes Zucken der Mundwinkel.

Was für ein selbstherrlicher Idiot!

Im Hintergrund brabbelte der Polizeifunk vor sich hin, den sie immer im Standby mitlaufen ließen. Ansonsten war es ruhig.

»Langfort, pünktlich wie immer«, begrüßte Andrews sie freudig.

»Gerade so.« Fawner sah von seinem Schreibtisch hoch. »Ich bin schon seit fünf Minuten da.«

»Andrews, würdest du Fawner bitte ein Strebersternchen in den Kalender eintragen«, schoss sie zurück.

Die Kollegen lachten und Fawner verzog das Gesicht.

»Mary hat schon gedroht, sich von mir zu trennen, wenn ich wieder zu spät komme«, nahm Andrews den Gesprächsfaden wieder auf. Sie konnte anhand seines gequälten Gesichtsausdrucks sehen, dass er keinen Witz machte.

»Vielleicht solltest du ihr auf dem Weg ein paar Blumen besorgen«, schlug sie mit gesenkter Stimme vor. »Ich könnte mir vorstellen, dass Mary sich darüber freuen würde und sich die Situation vielleicht etwas entspannt.«

»Keine schlechte Idee. Das könnte ich tatsächlich tun.«

»Aus meiner Erfahrung hilft es am meisten, wenn man die Frauen mal richtig durchvögelt, dann sind sie fromm wie die Lämmchen«, bemerkte Fawner beiläufig, ohne den Blick von seinem Bildschirm zu nehmen.

Abby zuckte kaum merklich zusammen. Sich unaufgefordert in ein Gespräch einzumischen, war eine Sache. Aber noch dazu eine eindeutig sexistische Anmerkung zu machen, war in ihren Augen nicht mehr akzeptabel. Sie baute sich vor seinem Schreibtisch auf wie ein Mahnmal. »Sag mal, du glaubst auch, dass man alle Probleme mit Sex und dummen Sprüchen aus dem Weg räumen kann und wir Frauen hirnlose Wesen sind, die es nur besorgt bekommen wollen.«

»Lass nur, Langfort.« Andrews legte ihr beschwichtigend eine Hand auf die Schulter. »Das war nur ein blöder Spruch.«

Sie schüttelte seine Hand ab. »Nein, Andrews. Das ging unter die Gürtellinie und war gegen deine Frau und uns Frauen allgemein gerichtet. Ich habe die Nase voll von diesen blöden, sexistischen Machosprüchen, die ich mir schon mein Leben lang anhören muss.« Ihr Blick suchte den von Fawner. »Hör mal zu, Großmaul. Ich habe Neuigkeiten für dich: Wir Frauen sind durchaus in der Lage, uns eigene Gedanken zu machen, und wenn wir uns ärgern oder schlecht gelaunt sind, dann ist es nicht, weil wir nicht genügend Sex hatten, wie es bei dir anscheinend der Fall ist.« Sie machte eine kleine Kunstpause, um ihren Worten Nachdruck zu verleihen. »Andrews' Frau hat drei kleine Kinder, die sie alleine versorgt, wenn ihr Mann im Dienst ist. Was diese Frau braucht, ist sicher kein notgeiler Mann, sondern einer, der ihr zeigt, dass er sie liebt und für sie da ist.«

»Meine Güte.« Fawner richtete sich in seinem Stuhl auf. »Welche Büchse der Pandora habe ich denn da geöffnet? Du hast mich total missverstanden.«

»Ach, habe ich das?« Sie sah ihm forschend ins Gesicht. »Wie war es denn dann gemeint?« So schnell würde sie ihn nicht aus der Zange lassen. Sie tippte ungeduldig mit dem Fuß auf den Boden.

»Ich wollte die Situation nur ein wenig auflockern«, wiegelte er ab.

»Auflockern!« Abby schnaubte. »Wenn es so ist, solltest du dir in Zukunft überlegen, was du in meiner Gegenwart sagst, denn ich bin nicht bereit, mir solchen Mist noch länger anzuhören. Davon abgesehen erwarte ich von meinen Kollegen etwas mehr Respekt. Ich bin mir sicher, Ihre Majestät die Königin wäre alles andere als begeistert, wenn sie wüsste, wie die Männer, die ihr Königreich schützen sollen, über den weiblichen Teil ihrer Untertanen reden.«

Ein dumpfes Schweigen hatte sich über sie gelegt. Fawner starrte sie regungslos an.

Andrews räusperte sich verlegen.»Tja, ich geh dann mal und besorge meiner Frau einen Strauß Blumen. Danke für den Tipp, Langfort.«

Sie zwang sich zu einem Lächeln. Andrews hatte schließlich nichts verkehrt gemacht.»Grüß Mary von mir.«

»Das mache ich gerne.« Andrews schlurfte schwerfällig durch die Tür nach draußen.

Fawner sagte kein Wort, den Blick starr auf sie gerichtet.

»Es wäre schön, wenn du wenigstens blinzeln würdest, damit ich weiß, dass du keinen Schlaganfall erlitten hast«, forderte sie ihn auf.

»Das ist nicht witzig«, brummte er.

»Du lebst!« Sie schaltete den Computer an.»Schade eigentlich.« Sie zuckte gleichmütig mit den Achseln.»Aber du weißt ja: Die Hoffnung stirbt zuletzt.«

»Ach, lass mich in Ruhe.« Er sah sie mit verächtlicher Miene an.

Im Stillen freute sie sich, dass er offensichtlich nicht so schlagfertig war, wie sie gedacht hatte.

»Nichts lieber als das!« Triumphierend wandte sie sich ihrer Arbeit zu, ohne weiter auf ihn zu achten. Sie nahm sich vor, nur noch dienstlich mit ihm zu sprechen. Niemand konnte sie zwingen, nett zu diesem Arschloch zu sein.

Mit beschwingten Schritten betrat sie das *Heaven's Place*. Abby ließ den Blick durch den Raum gleiten. Das Restaurant war einigermaßen voll und nur noch wenige Tische waren frei. In knapp einer halben Stunde würden sich die Gäste um den Tresen drängen, in der Hoffnung, noch einen Platz zu ergattern.

Chris polierte hinterm Tresen die Gläser. Die Bedienung war mit einer Gruppe Gäste beschäftigt, bei denen es sich um Touristen handelte, wie Abby vermutete. Sie entdeckte einige bekannte Gesichter. Owen war nicht unter ihnen. Noch waren es knapp fünf Minuten bis zu ihrer Verabredung. Abby hatte sich beeilt, um pünktlich zu sein. Wie so häufig war kurz vor Ende des Dienstes ein Notruf reingekommen und sie war später als geplant losgekommen, sodass ihr nur wenig Zeit geblieben war, um zu duschen und sich umzuziehen.

Sie hatte sich für eine enge schwarze Jeans und eine locker fallende Bluse entschieden, die ihr Holly erst letzte Woche aus dem Fundus der *Startouch* mitgebracht und geschenkt hatte. Ihre Haare hatte sie mit etwas Gel in Form gebracht. Dabei hatte sie festgestellt, dass es wieder Zeit wurde, zum Friseur zu gehen. Die Spitzen reichten bereits über die Ohren.

Chris hatte sie entdeckt und winkte ihr zu.»Abby!«

»Hi.« Sie ließ sich auf einen der freien Barhocker nieder.

»So ganz alleine unterwegs?« Er zog verwundert die Augenbraue hoch.

»Ja, ich bin verabredet«, gestand sie freimütig.

Chris lehnte sich mit verschwörerischer Miene über den Tresen.

»Gehe ich recht in der Annahme, dass es sich um einen Mann handelt?«

»Du hättest zur Polizei gehen sollen«, entgegnete sie.

»Wer ist es denn? Kenne ich ihn?«

Sie grinste ihn breit an.»Seit wann bist du denn so neugierig?«

»Hey, ich bin doch einer von euch. Mir kannst du es anvertrauen.«

»Stimmt auch wieder.« Sie zuckte mit den Achseln.»Erinnerst du dich noch an den Hünen, der mir geholfen hat, die Typen abzuservieren?«

»Ah!« Chris nickte.»Der gutaussehende Holzfäller.«

»Treffer, versenkt.« Abby deutete auf die Zapfanlage.»Ist die nur zur Dekoration da oder könnte ich ein Bier bekommen?«

»Du musst dir wohl Mut antrinken?«

»Du solltest mich eigentlich besser kennen«, erwiderte sie. In Wahrheit war sie tatsächlich ein wenig aufgeregt. Owen Wright war der erste Mann seit langer Zeit – wenn man mal von Jason absah –, der ihr gefallen hatte. Sie mochte die Mischung aus seiner männlichen Art und seinem Humor. Sie war gespannt, wie er sich auf den zweiten Blick präsentierte.

Sie schielte zum Eingang. Ein eng umschlungenes Paar betrat das Restaurant. Leider nicht Owen. Enttäuscht wandte sie sich ab. Chris reichte ihr das Glas, und sie prostete ihm zu. »Auf dich!« Das Pärchen setzte sich keine zwei Meter entfernt an einen der Tische, ohne die Augen voneinander zu lassen. Sofort eilte Chris zu ihnen, um die Bestellung entgegenzunehmen. Abby sah sich weiterhin etwas verloren um.

»Abby!«, ertönte eine bekannte Stimme hinter ihrem Rücken. Überrascht drehte sie sich um. »Danny! Wo kommst du denn so plötzlich her?«

Ihr Kollege stand in schwarzer Jeans und weißem T-Shirt vor ihr. Auf seinem Gesicht lag ein breites Grinsen.

»Ich war auf Toilette.« Er schielte auf den freien Hocker neben ihr. »Bist du alleine da?«

Sie zögerte einen Moment. Danny hatte noch nie einen Hehl daraus gemacht, dass er sie mochte. »Eigentlich warte ich auf jemanden.«

»Hast du was dagegen, wenn ich mich zu dir setze, bis derjenige kommt?« Er schenkte ihr ein strahlendes Lächeln und legte seine makellosen weißen Zähne frei.

»Woher willst du wissen, dass es sich dabei um einen Mann handelt?«, protestierte sie ertappt.

»Langfort, du hältst mich wohl für total bescheuert.« Er rutschte auf den Hocker und gab Chris ein Zeichen, ihm ein Bier zu bringen. »Du siehst aus wie ein Model und trägst sexy Klamotten. Wo steckt der Kerl denn?«

Ihr Blick wanderte zum Eingang. Noch immer keine Spur von Owen. Hatte er ihre Verabredung vergessen?

»Hat sich wohl verspätet.« Sie versuchte gleichgültig zu klingen, was ihr nicht so recht gelingen wollte. Es ärgerte sie, dass Owen sie offenbar versetzt hatte.

Chris schob Danny das Bier über den Tresen. Er prostete ihr zu. »Auf uns.«

Schweigend nahm sie einen Schluck.

»Ich freue mich, dass wir uns endlich mal außerhalb des Dienstes treffen«, sagte Danny und leckte sich dabei über die schmalen Lippen.

»Mhm.« Sie schielte unauffällig zur Tür.

»Du siehst toll aus. Steht dir richtig gut. Der Typ muss ein ziemlicher Idiot sein, dass er eine Knallerfrau wie dich versetzt.«

»Danke«, murmelte sie abwesend. Es war bereits eine Viertelstunde nach dem verabredeten Zeitpunkt. Sie hasste es, wenn Leute unpünktlich waren.

»Abby, hörst du mir überhaupt zu?«, riss Danny sie aus ihren Gedanken.

»Entschuldige.« Sie wandte sich ihm zu. Sein Blick ruhte auf ihren Brüsten. Typisch!

»Ey!« Sie deutete mit dem Zeige- und Mittelfinger auf ihre Augen und dann auf seine. »Wenn du dich mit mir unterhalten willst, kein Problem. Aber hör auf, mir auf die Titten zu starren, sonst fühle ich mich gezwungen, dir kollegial eine reinzuhauen.« Sie funkelte ihn angriffslustig an.

»Sorry.« Danny hob beschwichtigend die Arme. »Aber ich bin es echt nicht gewohnt, dich als Frau und nicht als Polizistin zu sehen.«

»Pass mal auf, Danny, damit das gleich mal klar ist.« Sie tippte ihm auf die Brust. »Du und ich – das wird nicht passieren. Also bilde dir nichts ein.«

»Autsch! Das tat weh.« Er sah sie mit gespieltem Entsetzen an.

»Du kennst mich doch. Hart, aber herzlich.« Sie hielt ihm ihr Glas entgegen. »Kollegen und Freunde?«

Danny seufzte. »Von mir aus. Aber ich werde nicht aufgeben.«

»An mir beißt du dir jedenfalls die Zähne aus.«

Ihr Blick wanderte ein letztes Mal zum Eingang. Wie es aussah, hatte Owen Wright ihr eine Absage erteilt, wie sie mit Bedauern feststellen musste. Schade.

Verschlafen schlurfte sie in die Küche. Der Abend mit Danny war überraschenderweise doch noch ganz nett gewesen. Nachdem Abby die Hoffnung aufgegeben hatte, dass Owen noch kommen würde, hatte sie sich auf ein Billardduell mit Danny eingelassen, was darin geendet hatte, dass sie bis kurz nach Mitternacht unerbittlich gegeneinander gespielt hatten. Am Ende hatte Abby einen knappen Sieg errungen, was schwer an Dannys männlichem Ego gekratzt hatte. Müde und enttäuscht war sie nach Hause gegangen und erschöpft ins Bett gefallen.

Sie hatte traumlos sechs Stunden geschlafen. Was sie jetzt brauchte, waren ein starker Kaffee und eine heiße Dusche. Letzteres hatte Zeit.

Zoey stand neben der Kaffeemaschine und war gerade dabei, sich einzuschenken. Sie hatte sich bereits ihre Kochklamotten übergezogen und das rote Kopftuch umgebunden. »Dich hat wohl der Kaffeeduft aus den Federn gelockt.«

»Allerdings.« Abby gähnte herzhaft. »Das ist der einzige Grund, warum ich überhaupt noch wach werde.«

»Hier.« Zoey reichte ihr den vollen Becher. »Schickes Outfit, übrigens. Sehr sexy.«

Abby hatte sich ein überlanges T-Shirt angezogen, auf dem ein Bild von Prinz Harry aufgedruckt war, der die Zunge rausstreckte. Dazu trug sie kurze Boxershorts und die Bärentatzen-Hausschuhe, die ihr die Mädels zu Weihnachten geschenkt hatten.

»Haha. Sehr witzig. Aber ich konnte einfach nicht dran vorbei, als ich das Shirt im Schaufenster gesehen habe«, gestand Abby und nahm einen Schluck des schwarzen Gebräus. Sie lehnte sich gegen die Arbeitsplatte, die Finger fest um den warmen Becher gelegt.

»Hat sich der Typ noch mal gemeldet?«

»Du meinst Owen?«

Zoey nickte.

»Leider nicht. Wie auch? Ich habe ihm meine Nummer nicht gegeben, und da er nicht gekommen ist, gehe ich davon aus, dass er kein Interesse hatte.«

»So kann man sich täuschen.« Zoey zuckte mit den Schultern. »Ich hatte erst letzte Woche eine Verabredung mit einem wirklich gutaussehenden Typen, der einen ganz soliden Eindruck auf mich machte. Wie sich herausgestellt hat, ist der Kerl verheiratet und suchte nur eine kleine Abwechslung von seinem eintönigen Ehealltag. Zum Glück habe ich es gemerkt, bevor ich mit ihm im Bett gelandet bin.«

»Mhm.« Abby leckte über den Becherrand.

»Vielleicht ist dieser Owen auch verheiratet und hat kalte Füße bekommen.«

Abby überlegte. »Vielleicht. Wobei ich nicht das Gefühl hatte, als wäre er liiert.«

»Hast du gerade deine Tage?« Zoey sah sie fragend an.

Abby schüttelte verwirrt über den plötzlichen Themenwechsel den Kopf. »Ich wüsste nicht, was das damit zu tun hat, aber nein.«

»Wann man sich verknallt, ist zyklusabhängig«, erklärte Zoey. »Das habe ich gerade in einer Frauenzeitschrift gelesen.«

»Ich bin nicht verknallt. Ich fand den Typen einfach nett.«

»Aha. Und was ist mit deinem Kollegen, diesem Danny? Der sieht doch schnuckelig aus.« Zoey fuhr sich mit den Fingern durch die Haare. »Danny ist ein Kollege, mehr nicht. Außerdem hat es der Kerl faustdick hinter den Ohren. Legt alles flach, was nicht bei drei auf dem Baum ist.«

»Würde mich nicht stören.« Zoey versenkte ihr Gesicht in den Becher.

»Du nimmst auch alles, was du kriegen kannst«, stellte Abby fest.

»Hey, wir Mädchen dürfen auch Spaß haben. Ich sage nur ein Wort: Jason!«

»Da hast du auch wieder recht.« Abby seufzte. »Wobei, manchmal beneide ich Emily um ihren Ethan. Die beiden sind so ein süßes Paar. Ganz zu schweigen von Rose.«

»Bei dem *süßen Paar*«, Zoey ahmte ihren Stimmfall nach, »herrscht immer noch Krisenstimmung.«

»Das tut mir leid. Ich dachte, die beiden hätten die Sache geklärt.«

Zoey schüttelte den Kopf. »Als ich Emily gestern im Treppenhaus getroffen habe, sah sie ganz schön scheiße aus und hatte verweinte Augen.«

Abby stützte die Ellbogen auf den Tisch. »Soll ich mit Ethan reden?«

»Bei dir wird das gleich zu einem Verhör. Nein. Ich denke, wir sollten uns nicht einmischen«, schüttelte Zoey den Kopf. »Das ist eine Sache zwischen den beiden.«

»Mhm. Wahrscheinlich hast du recht. Wünschst du dir nicht manchmal einen Kerl an deiner Seite?«

»Klar, irgendwann«, gab Zoey freimütig zu. »Aber ehrlich gesagt habe ich momentan lieber guten Sex mit einem Typen, der vielleicht nicht der Mann meines Lebens ist, als an die große Liebe zu denken.«

»Deshalb habe ich ja auch Jason«, gestand Abby nachdenklich.

»Aber das meinte ich nicht. Ich spreche von einem Ehemann mit Kindern und so. Das ganze Glückspaket.«

»Natürlich wünsche ich mir später mal eine Familie, aber ich kann es schließlich nicht erzwingen, und alleinerziehende Mutter zu sein, kommt für mich nicht in Frage.« Zoey leerte ihren Becher mit einem Zug.

»Auch wieder wahr. Manchmal habe ich Angst, ich könnte meine Chance verpassen.«

»Darüber mache ich mir keine Gedanken. Ich bin glücklich, so wie alles ist. Wenn der Richtige vor mir steht, dann werde ich es hoffentlich merken. Olive, Holly und Emily haben schließlich auch den Mann fürs Leben gefunden, und die drei sind nicht gerade einfach.« Zoey zwinkerte ihr zu. »Wenn sie es schaffen, dann schaffen wir es auch.«

»Das stimmt«, erwiderte sie lachend. »In diesem Sinne werde ich mich mal langsam umziehen, um meinen Tag wieder mit dem größten Idioten, den die Londoner Polizei aufzuweisen hat, zu verbringen.«

»So schlimm wird es schon nicht werden«, tröstete Zoey sie.

»Wahrscheinlich nicht.« *Hoffentlich*, fügte sie im Stillen hinzu.

»Und wenn wir beide übrigbleiben, machen wir es uns eben zu zweit nett und gründen eine Alters-WG«, fügte Zoey hinzu und zwinkerte.

»Abby und Zoey gegen den Rest der Welt. Klingt nach einem guten Plan!«

9

»Scheint ruhig zu sein heute Abend«, sagte Abby vom Beifahrersitz des Polizeiwagens. »Ist schon die ganze Woche verdächtig ruhig«, murmelte Fawner. »Ein bisschen Action könnte nicht schaden.«

»Verschrei es nicht!« Tatsächlich waren die letzten Tage nur mit Büroarbeit angefüllt gewesen. Keine aufregenden Verbrecherjagden oder spannende Einsätze. Es schien, als hätte sich die Londoner Kriminalwelt zur Ruhe gesetzt. Zwischen ihr und Fawner herrschte eine Art Waffenstillstand, der darauf beruhte, dass sie nur mit ihm sprach, wenn es absolut nötig war.

Fawner lenkte den Wagen in die Treadgold Street, eine kleine Seitenstraße in Notting Hill. Es dämmerte bereits und in den meisten Häusern brannte Licht. Die Gegend war eine ehemalige Arbeitergegend mit einfachen Reihenhäusern und winzigen Vorgärten. Abby warf einen gelangweilten Blick nach draußen. Alles schien ruhig. Um diese Uhrzeit waren kaum noch Menschen unterwegs.

»Und du wohnst mit drei Frauen zusammen in der Portobello Road?« Fawner sah vom Fahrersitz zu ihr rüber.

Sie beäugte ihn misstrauisch. »Seit wann interessiert dich mein Privatleben?«

»Man wird doch mal fragen dürfen. Schließlich sind wir Partner.«

»Davon habe ich bisher nicht viel gemerkt«, erwiderte sie knapp.

»Ach komm schon. Wohnst du nun mit drei Frauen zusammen oder nicht?«

Sie runzelte die Stirn. Fawner hatte ihr, seit sie zusammenarbeiteten, noch nie eine private Frage gestellt, und jetzt wollte er plötzlich mehr über ihre Mitbewohnerinnen wissen. Das konnte nur eines bedeuten.

»Vergiss es, Fawner.«

»Was?«

»Du kriegst meine Freundinnen nicht zu sehen.«

»Warum nicht? Ich sehe gut aus, bin schlau, habe Humor und trage Uniform.« Ein selbstgefälliges Lächeln zierte sein Gesicht. »Das ist bei Frauen immer ein schlagendes Argument.«

Abby stöhnte. »Mir wird gleich schlecht bei so viel Selbstverliebtheit.«

Das Funkgerät sprang an und forderte sie auf, sich zu melden. Sie ergriff das Mikrofon. »Hier ist Sergeant Langfort, zusammen mit Sergeant Fawner. Standby.«

»Wo seid ihr gerade?«, ertönte es am anderen Ende des Funks. Abby nannte ihre Position. »Gut. Ein alarmierter Nachbar hat einen Fall von häuslicher Gewalt gemeldet, nur einen Block von euch entfernt. Könnt ihr bitte nach dem Rechten schauen?« Der Beamte nannte ihnen die Adresse.

Abby warf Fawner einen fragenden Blick zu. »Hast du verstanden?«

»Ja, alles klar.« Er schlug das Lenkrad ein. Der Wagen machte eine scharfe Linkskurve, um gleich darauf in die Hauptstraße einzubiegen.

»Sind unterwegs«, gab Abby durch.

»Roger. Meldet euch, wenn ihr Verstärkung braucht«, schepperte es blechern durch den Lautsprecher.

»Roger und over«, bestätigte sie knapp.

»Wahrscheinlich wieder eine hysterische Ehefrau, die ihren Mann nervt«, brummte Fawner neben ihr.

»Sag mal, was haben wir Frauen dir getan, dass du immer derart negativ über uns reden musst?«

»Ach komm schon.« Fawner setzte den Blinker. »Du weißt doch selbst, wie ihr Frauen seid.«

Sie richtete sich in ihrem Sitz auf. »Wie sind wir denn?«

»So emotional.« Er hatte die Augen fest auf die Fahrbahn gerichtet.

»Du findest mich also emotional?« Ihre feinen Härchen entlang der Arme stellten sich auf wie kleine Borsten.

»Viele Frauen sind es.«

»Und du glaubst wirklich, das ist etwas Schlechtes?« Sie spürte, wie die Wut in ihr hochkroch. »Ja, wir Frauen haben Gefühle, und das ist auch verdammt gut so, denn sonst wäre die Welt ein trauriger Ort, an dem es nur um Sex gehen würde.«

»Mann, wenn man dich hört, könnte man meinen, du wärst Vorsitzende der Frauenbewegung,«

Sie schnaubte. »Wenn ich weiter mit Männern zusammenarbeiten muss, die so denken wie du, werde ich es vielleicht noch.«

»Asche auf mein Haupt«, sagte Fawner schmunzelnd. »Ich nehme alles zurück. Ihr Frauen seid emotionslose, eiskalte Dinger und wollt nur unser Geld.«

»Das Blöde ist nur, dass wir beide gleich viel verdienen.«

»Dann gibst du also zu, dass du auf mich stehst!« Seine Mundwinkel zuckten.

»Niemals.«

»Autsch. Das tut weh!« Fawner fasste sich gespielt an sein Herz. »Ich bin auch nur ein Mann mit Gefühlen.«

»Mir kommen gleich die Tränen.«

Er stoppte den Wagen. Abby sah aus dem verschmierten Seitenfenster, um sich einen ersten Überblick zu verschaffen.

»Was ist denn das?« Sie deutete auf einen hellen Punkt im Erdgeschoss des Hauses. »Sind das …?«

Sie hatte den Satz noch nicht ausgesprochen, als eine Flamme gegen das Fenster schlug und das Geräusch von zersplittertem Glas zu hören war.

»Verdammt!«, fluchte sie und riss die Wagentür auf. »Das Haus brennt!«

Fawner war ebenfalls aus dem Wagen gesprungen. Abby schnappte sich das Walkie-Talkie. So schnell sie konnte, sprintete sie zum Haus.

Ein dunkler Schatten kam ihr entgegen und stoppte abrupt. Für einen winzigen Augenblick sah sie sein Gesicht – blanke Panik! –, dann rannte der Mann weiter, an ihnen vorbei zur Straße. Ihr polizeiliches Gespür sagte ihr, dass er Dreck am Stecken hatte.

»Halt! Bleiben Sie stehen. Polizei!«, schrie sie, so laut sie konnte.

Keine Reaktion. Der Mann schlug einen Haken und raste weiter.

»Ich schnapp mir den Kerl«, rief Fawner und setzte sich in Bewegung. »Ruf die Feuerwehr!« In einem Affentempo sprintete er dem Kerl hinterher.

Abby schnappte sich ihr Walkie-Talkie und gab einen Notruf an die Feuerwehr ab. Die Flammen züngelten schon die Außenwand hinauf.

Es würde nicht lange dauern, bis das ganze Haus brannte. Mit wenigen Worten informierte sie die Leitstelle über die Situation und forderte Verstärkung an.

Eine Frau kam in Hausschuhen auf sie zugelaufen, dabei ruderte sie mit den Armen.

»Gott sei Dank, Sie sind da.« Sie war völlig außer sich und ihr Atem ging stoßweise. »Haben Sie Lydia gesehen?« Angst verzerrte ihr faltiges Gesicht.

»Haben Sie uns gerufen?«

»Ja. Wo ist Lydia?«

Abby sah die Frau fragend an. »Wer ist Lydia?«

»Meine Freundin. Ich wohne nebenan. Sie und ihr Mann haben sich schrecklich gestritten. Ich hatte Angst, dass er ihr etwas antut«, sprudelte es aus der Frau heraus. »Lydia und das Baby waren im Haus.«

»Shit!« Abby lief es eiskalt den Rücken herunter. »Bleiben Sie hier. Ich kümmere mich um Ihre Freundin.«

So schnell sie konnte, rannte Abby den schmalen Weg zum Haus hoch. Die Eingangstür stand weit offen. Es roch stark nach verbranntem Plastik. Je näher sie kam, desto schlimmer wurde die Hitze, die das Haus ausstrahlte. Der Brand hatte sich bereits ausgebreitet. Sie musste schnell sein, bevor die Situation völlig außer Kontrolle geriet.

Rauch schlug ihr entgegen, als sie durch die Eingangstür trat. Ihre Augen brannten und sie wurde von einem Hustenreiz geschüttelt. Sie riss den Vorhang von dem kleinen Seitenfenster und wickelte sich den Stoff um den Kopf, damit Mund und Nase bedeckt waren. So war sie zumindest notdürftig vor dem Rauch geschützt. Ihre Augen tränten. Sie blinzelte wiederholt. Alles um sie herum war verschwommen.

»Lydia!« Sie schrie, so laut sie konnte, gegen den Stoff des Vorhangs und das Fauchen des Feuers an.

Keine Antwort.

Verdammt. Abby kam sich vor wie in einem Backofen. Sie rannte geradeaus, wo sie Wohnzimmer und Küche vermutete. Glimmende Funken segelten durch die Luft. Mit jedem Schritt, den sie machte, nahm die Hitze zu.

»Lydia!«

Nichts.

Keuchend zwang sie sich zum Weitergehen, bis sie das Wohnzimmer des kleinen Reihenhauses erreicht hatte. Das Licht war an und der Fernseher lief. Die ersten Flammen hatten den Raum erreicht und fraßen sich gierig durch alles, was ihnen im Weg stand.

Kein Zeichen von der Frau und dem Kind.

Hastig wandte sie sich ab. Der Weg in die Küche war ihr durch eine Wand aus Feuer versperrt. Sie konnte nur hoffen, dass sich Mutter und Kind nicht dahinter befanden. Dann hatte sie keine Chance. Sie machte auf dem Absatz kehrt und lief in die entgegengesetzte Richtung. Wo steckten Lydia und das Baby? Dicke Rauchschwaden behinderten ihre Sicht. Sie kämpfte sich bis zur Treppe vor, die in die oberen Stock führte. Vorsichtig tastete sie sich nach oben. Der Rauch drang durch den Stoff und reizte ihre Lungen. Sie hustete. Trotzdem machte sie weiter, getrieben von der Angst um die Frau und ihr Kind.

Oben angekommen, blieb sie einen Moment stehen, um sich zu orientieren. Vor ihr lag ein langer Flur. Hier war der Rauch noch nicht so dicht. So schnell sie konnte, rannte sie zum ersten Zimmer. Mit einem Ruck stieß sie die Tür auf. Es war stockdunkel. Hektisch suchten ihre Hände den Lichtschalter. Zu ihrer Erleichterung fand sie ihn sofort.

Es handelte sich um ein Schlafzimmer. Klamotten lagen auf dem Boden. Die Schränke waren aufgerissen und die Sachen wahllos herausgezogen, aber kein Mensch war hier.

Fluchend ging sie wieder raus. Die Hitze drang durch den Boden und ihre Schuhe. Eine zweite Tür kam in ihr Sichtfeld. Sie drückte die Klinke hinunter. Im gleichen Moment durchfuhr sie ein brennender Schmerz. Das Metall war glühend heiß.

Abby warf sich mit ihrem Körpergewicht gegen das Holz. Mit einem lauten Knall sprang die Tür auf. Sie stolperte benommen nach drinnen. Ihre Hand ertastete den Lichtschalter. Es flackerte einen Moment, dann wurde es hell.

Ein Kinderzimmer! Auch hier war der Rauch durch die Ritzen im Holzboden bereits vorgedrungen und verschlang alles. Abby blinzelte. Vor ihr am Fenster stand ein Kinderbettchen. Ein leises Wimmern war zu hören.

So schnell ihre Beine sie trugen, lief sie zum Bett. Ihr blieb fast das Herz stehen, als sie das kleine Mädchen entdeckte. Die feinen braunen

Locken klebten an ihrem Kopf. Das Gesichtchen war tränenverschmiert.

»Alles wird gut, meine Süße.« Abby schnappte sich das Kind. Mit einem Ruck hob sie es hoch. Instinktiv schlang die Kleine ihre Arme um Abbys Hals. »Ich bin ja da.«

Überall um sie herum knackte und knisterte es.

»Mummy«, schluchzte das Mädchen.

Verdammt! Die Mutter musste auch noch im Haus sein. Hilflos sah sich Abby um. Das Zimmer war mittlerweile von beißendem Rauch erfüllt.

Die Kleine weinte noch immer, unterbrochen von einem quälenden Husten. Sie musste das Kind in Sicherheit bringen, ansonsten war das Risiko einer Rauchvergiftung zu hoch. In Windeseile schnappte sie sich eines der herumliegenden Kleidungsstücke und wickelte es dem Mädchen schützend vor das Gesicht. Im Hintergrund waren Sirenen zu hören. Die Feuerwehr war auf dem Weg.

»Halt dich ganz doll fest«, murmelte sie. »Ich bringe dich nach draußen, dann hole ich deine Mummy.« Sie presste das Kind fest an ihre Brust, dann rannte sie los.

Der Rauch behinderte ihre Sicht und drang bei jedem Atemzug in ihre Lungen ein. Sie wurde erneut von einem Hustenkrampf geschüttelt. Das Kind in ihren Armen wimmerte.

Sie musste hier raus. Ihr Herz raste, jeder Atemzug tat weh. Sie arbeitete sich bis zur Treppe vor. Glühende Stückchen segelten durch die Luft und setzten sich in ihren Haaren fest. Es roch verbrannt. Hektisch wischte sie sich mit der freien Hand über den Kopf.

Schwarzer Rauch schlug ihr entgegen, zusammen mit einer schier unbändigen Hitze. Mit beiden Armen umklammerte sie das Kind. Sie stolperte an einer Stufe. In letzter Sekunde gelang es ihr, sich zu fangen. Ihr Atem ging flach und stoßweise. Lange würde sie der Hitze und dem Rauch nicht mehr standhalten. Sie musste raus. Sie brauchte Luft.

Gelbe Flammen züngelten gierig die Treppe hinauf. Es würde nicht mehr lange dauern und sie hätten das Erdgeschoss erreicht. Sie betete, dass es für die Mutter nicht zu spät sein würde. Endlich hatte sie ebenen Boden unter den Füßen. Von hier waren es nur wenige Meter bis zum Ausgang.

Sie stolperte mit letzter Kraft nach vorne, ihre kostbare Fracht fest umklammert. Das Blut rauschte in ihren Ohren und mischte sich mit dem Zischen des Feuers. Das Kind hatte aufgehört zu weinen. Sie fühlte das kleine Herz gegen ihre Brust schlagen. Zumindest lebte es noch. Der Rauch war so dicht, dass sie nichts mehr erkennen konnte. Nur ihrem Instinkt folgend, lief sie weiter.

Hustend trat sie in Freie. Mit einem Ruck riss sie sich das Tuch vom Gesicht, um ihre Lungen mit frischer Luft zu füllen. Überall standen Menschen und starrten zu ihr rüber.

Die Nachbarin kam auf sie zugelaufen. »Gott sei Dank!« Abbys Augen brannten wie verrückt. Sie blinzelte unaufhörlich, um die Tränen zu verscheuchen.

»Haben Sie Lydia gesehen?«, fragte die Frau überflüssigerweise.

»Das Baby muss versorgt werden.« Vorsichtig lockerte sie den Griff der kleinen Händchen, die sich wie die eines Äffchens an ihren Hals klammerten. »Ich muss zurück … die Mutter … noch im Haus«, stammelte sie und hielt der Nachbarin das weinende Kind entgegen. »Alles wird gut«, flüsterte sie. »Ich hole jetzt deine Mummy.«

In ihrem Kopf hämmerte es wie in einem Bergwerk. Ohne weiter auf die Frau zu achten, rannte sie los. Ihre Beine waren schwer und sie hatte Mühe, das Tempo zu halten. Ihr Mund war trocken und sie sehnte sich nach einem Schluck Wasser.

Die Hitze war noch schlimmer geworden. Sie stand an den Pforten zur Hölle, aber das war egal. Wenn sie die Mutter retten wollte, musste es schnell gehen. Niemand konnte lange in der Flammenhölle, die da drinnen herrschte, überleben. Sie holte tief Luft, um ihre Lungen ein letztes Mal zu füllen, dann band sie sich das Tuch erneut vors Gesicht.

Sie wurde von einem plötzlichen Schwindel erfasst. Nur mit Mühe hielt sie sich auf den Beinen. Sie durfte jetzt nicht schwach werden!

Sie machte einen weiteren Schritt nach vorne. Plötzlich umfassten sie kräftige Arme und zogen sie zurück.

»Halt!« Sie schrie, so laut sie konnte, gegen das Fauchen der Flammen an.

»Ma'am, Sie können da nicht rein«, ertönte eine männliche Stimme.

»Die Mutter ist noch da oben!« Sie riss sich los und rannte ins Innere des Hauses.

Der Mann war schneller und hatte sie in Sekunden eingeholt. Seine Arme umklammerten sie unerbittlich, und ehe sie es sich versah, hatte er sie hochgehoben und trug sie nach draußen.

»Sie Idiot!«, schrie sie gegen den Stoff ihres Tuchs an. Dabei trommelte sie mit den Fäusten gegen ihn. »Ich muss die Mutter retten!« Der Mann ging unbeirrt weiter. Erst jetzt bemerkte sie seine Feuerwehruniform. Er hatte einen Sauerstoffapparat auf dem Rücken. »Haben Sie verstanden, was ich Ihnen gesagt habe?« Sie wurde von einem Hustenkrampf geschüttelt. Ihre Lunge brannte, als hätte jemand Säure hineingegossen, und ihr Mund war staubtrocken.

Sie traten ins Freie, wo sie von Feuerwehrmännern empfangen wurden, die allesamt in ihren feuerfesten Uniformen steckten.

»Bringt die Frau in Sicherheit«, befahl der Feuerwehrmann und übergab sie einem anderen Mann, als würde es sich bei ihr um einen Sack Kartoffeln handeln. »Sie muss dringend medizinisch versorgt werden.«

Der Kollege nickte.

Abby versuchte, einen Blick auf das Gesicht des Mannes zu erhaschen, aber dank der Rauchschutzhaube, die er trug, konnte sie nichts erkennen.

»Hey!«, protestierte sie. Ihre Stimme war nur noch ein schwaches Krächzen.

»Sie hat die Lungen voller Ruß. Sie darf auf keinen Fall da rein, egal was sie euch sagt. Verstanden?«, brüllte er.

Der Mann, auf dessen Arm sie lag, hob den Daumen. Wie sein Kollege trug er eine Rauchschutzhaube.

»Ich gehe rein und hole die Frau«, teilte ihr Retter ihnen mit.

»Im ersten und zweiten Zimmer oben ist niemand«, brachte sie mit letzter Kraft heraus.

Der Unbekannte nickte, dann wandte er sich ab und stapfte los.

Sie wurde von einem überwältigenden Schwindel erfasst. In ihrem Kopf summte es. Das Letzte, was sie sah, war die hochgewachsene Gestalt des Mannes, die in dem brennenden Haus verschwand. Dann wurde ihr schwarz vor Augen.

10

Sie blinzelte. Ihr Körper fühlte sich eigenartig an. Schwer und träge, als würde sie in einem Topf Honig stecken. Ihr fehlte jegliche Orientierung. In ihrem Kopf drehte sich alles, und das Atmen fiel ihr schwer. Etwas zischte leise. Ihr Kopf drohte jeden Moment zu zerspringen. *Was ist nur los mit mir?* Es piepte leise. *Wo bin ich?* Bilder eines brennenden Hauses purzelten durch ihren Kopf. *Feuer.* Überall Flammen und Rauch. Ein Kind sah sie mit angsterfülltem Blick an. Sie sah sich selbst, wie sie in ihrer Uniform, ein Tuch um das Gesicht gebunden, durch ein Flammenmeer stolperte. Plötzlich waren da Arme, starke Arme, die sie aus der Hölle zurückholten. *Die Mutter!* Sie hatte die Frau im Haus zurückgelassen. *Oh mein Gott! Was ist passiert?* Warum piepste es um sie herum? Sie nahm einen starken Geruch nach Desinfektionsmittel wahr. *Riecht so der Himmel?* Sie zwang sich, die Augen zu öffnen. Sie musste wissen, wo sie war. Es fiel ihr unendlich schwer. Nur einen Millimeter. Grelles Licht fiel wie ein Laserstrahl durch den winzigen Schlitz und verbrannte ihre Augäpfel. Sie wollte stöhnen, aber alles, was aus ihrer Kehle kam, war ein tiefes, unmenschlich klingendes Geräusch.

Erneut öffnete sie die Augen. Alles war verschwommen. Ein dunkler Schatten beugte sich über sie.

»Abby?«

Sie stöhnte erneut, verzweifelt darum bemüht, die Augen offen zu halten. Es war so schwer und alles tat ihr weh.

»Nicht sprechen.« Der Mann klang besorgt. »Schwester!« Seine Stimme war angenehm warm. Sie versuchte zu reden, aber alles, was herauskam, war heiße Luft. Die Augen fielen ihr zu. »Du darfst nicht reden«, ermahnte die Stimme sie sanft. Jemand nahm ihre Hand und

drückte sie vorsichtig. Seine Gegenwart hatte etwas Beruhigendes.
»Schlaf, Abby.«

Sie musste wissen, was mit der Mutter und dem Kind passiert war. Lebten sie beide? Ging es ihnen gut? Unter großer Anstrengung formulierte sie ein Wort. »Mutter!«

»Beide haben es geschafft. Mach dir keine Sorgen.«

Sie nickte schwach.

»Du musst dich ausruhen. Ich bleibe hier und passe auf dich auf.«

Sie hätte seiner Stimme ewig lauschen können. Seine Hand hielt die ihre noch immer umschlossen. Sie versuchte erneut, die Augen zu öffnen, aber ihre Lider waren zu schwer.

»Alles wird gut«, war das Letzte, was sie vernahm, dann wurde sie von Dunkelheit umschlossen.

Jemand schrie. War sie das?

»Abby.« Die warme Stimme holte sie aus ihren unruhigen Träumen.

»Abby!«

Jemand streichelte ihr sanft über die Hand. Sie versuchte, die Augen zu öffnen. Licht fiel zwischen ihre Lider. Sie ächzte.

Eine große Gestalt stand an ihrem Bett. *Warum? Wo bin ich?*

Erschöpft schloss sie die Augen und leckte sich mit der Zunge über ihre spröden Lippen. Krächzend bemühte sie sich, ihre stumme Frage diesmal laut zu stellen.

Etwas Kühles strich ihr über die Stirn. »Du bist im Krankenhaus. Alles wird gut.« Da war sie wieder, die Stimme, die sie einhüllte wie in einen warmen Kokon aus Worten. »Abby, du brauchst ganz viel Ruhe. Ich bin da und passe auf dich auf.«

Woher kennt die Stimme meinen Namen?

Sie versuchte erneut, die Augen zu öffnen, aber ihre Lider waren so schwer, als hätte jemand kleine Bleigewichte daran gehängt. Sie hatte Angst. *Was passiert mit mir?*

Ihre Finger tasteten über die kühle Bettwäsche.

»Ich lasse dich nicht alleine.« Eine warme Hand umschloss erneut die ihre. Erleichtert stieß sie die Luft aus. Sofort wurde sie von einem Hustenanfall geschüttelt.

»Schwester!« Die Stimme klang alarmiert.

Leise quietschend näherten sich Schritte. Flüstern drang zu ihr durch. Eine zweite weibliche Stimme kam hinzu. Abby hustete erneut. Ein stechender Schmerz durchfuhr ihre Brust und sie verzog das Gesicht. Das Piepsen im Hintergrund wurde lauter. Abby wurde von einem starken Schwindel erfasst.

»Das wird gleich besser, Miss Langfort.« Eine Frauenstimme war plötzlich ganz nah an ihrem Ohr.

»Keine Angst. Ich bleibe bei dir«, versicherte die Stimme des Mannes. Sie driftete erneut in die Dunkelheit ab, die schon verheißungsvoll auf sie wartete.

Als sie das nächste Mal wach wurde, waren die Schmerzen verschwunden. Sie hatte das Gefühl zu schweben. Ihr Körper fühlte sich eigenartig leicht an. Sie schlug die Augen auf. Das Licht im Zimmer war schummrig. Die Umrisse ihrer Umgebung waren unscharf. Ein Mann und eine Frau standen mit dem Rücken zu ihr und unterhielten sich leise. Die Frau musste eine Krankenschwester sein, denn sie trug eine typische rosafarbene Schwesterntracht. Der Mann hatte eine dunkle Hose an und darüber ein helles Hemd. Er war mindestens einen Kopf größer als die Schwester. Seine braunen Haare standen zu allen Seiten ab, als hätte er sich gar nicht erst die Mühe gemacht, sie zu kämmen. Abby lauschte angestrengt, konnte jedoch kein Wort verstehen.

Sie war entsetzlich durstig und hob die Hand, um auf sich aufmerksam zu machen, aber keiner der beiden reagierte. Bleierne Müdigkeit nahm erneut von ihr Besitz ein. Sie ließ die Hand wieder auf die Decke fallen. Sie flatterte mit den Lidern. In diesem Moment drehte sich der Mann um. Goldbraune Augen musterten sie besorgt. Eine Hand strich ihr über die Wange, zart wie die Flügel eines Schmetterlings. Wärme breitete sich in ihrem Körper aus.

War der Mann vielleicht ein Engel? Ist das doch der Himmel?

Eine bekannte Stimme weckte sie.

Holly?

Wo ist der Mann? Immer wieder war die Stimme in ihrem Kopf aufgetaucht und hatte sie aus ihren wirren Träumen zurückgeholt. Sie konnte die Wärme seiner Hand spüren, die sie festgehalten und ihr die Angst, alleine zu sein, genommen hatte.

Sie öffnete die Augen. Für Sekunden schwebte Hollys Gesicht keine Handbreit entfernt über ihr.

»Abby, kannst du mich hören?« Sie nickte, noch immer orientierungslos. »Du hast eine Rauchvergiftung.«

Das ist eindeutig Olive.

Jemand tätschelte ihre Hand. Es war nicht der Mann. Diese Hand war weich, ohne die Schwielen, die sie bei ihm gespürt hatte. »Die Ärzte tun alles in ihrer Macht Stehende, damit es dir schnell wieder besser geht.«

Emily ist auch hier. Das ist kein gutes Zeichen. Fehlt nur noch Zoey.

»Sobald du schlucken kannst, bringe ich dir dein Lieblingsessen vorbei, aber du darfst nicht schlappmachen«, drang prompt Zoeys Stimme durch den Nebel in ihrem Kopf zu ihr durch.

Verdammt, es muss mir schlecht gehen, wenn alle Portobellos hier sind. Liege ich im Sterben?

»Zoey!«, ermahnte Olives Stimme.

»Wieso? Ich meine ja nur.« Sie konnte förmlich sehen, wie Zoey Olive mit Unschuldsmiene ansah.

Wenn sie gekonnt hätte, sie hätte gelacht. Aber dafür war sie zu schwach. Sie versuchte erneut, die Augen zu öffnen. Langsam, ganz langsam. Es dauerte einen Moment, bis sich ihre Augen an die Helligkeit gewöhnt hatten.

Sie sah in die besorgten Gesichter von Zoey, Emily, Holly und Olive. Alle vier hatten Tränen in den Augen. Langsam bekam sie es mit der Angst zu tun.

»Bin ich tot?«, stieß sie hervor. Der Schmerz, der sie dabei durchfuhr, trieb ihr die Tränen in die Augen.

»Du bist nicht tot! Du bist auf der Intensivstation«, sagte Olive. »Du warst mehr tot als lebendig, als man dich hergebracht hat.«

»Du bist eine Heldin.« Holly strich ihr mit der Hand über die Wange.

Emily trat vor. »Was machst du nur für Sachen?«

»Wie … Baby … Mutter …?«, krächzte sie unter größter Anstrengung. Ihr Hals brannte wie Feuer, und ihre Stimme klang wie der Schrei eines Raben, nur viel, viel leiser.

»Beiden geht es den Umständen entsprechend gut.« Olive kam in ihr Sichtfeld. »Sie haben wie du eine Rauchvergiftung erlitten. Die Mutter hat dazu noch Verbrennungen dritten Grades und liegt auf der Intensivstation. Aber sie werden durchkommen.«

»Gott sei Dank.« Abby schloss erschöpft die Augen.

Die Mutter hatte überlebt. Dann hatte der Feuerwehrmann sein Wort gehalten.

»Es ist wichtig, dass du schläfst und deinem Körper Ruhe gönnst«, hörte sie Hollys tränenerstickte Stimme.

Abby nickte kaum merklich. Sie war so unendlich müde. Ihre Lider waren so schwer.

»Wir haben dich lieb.«

Die Stimmen ihrer Freundinnen wurden leiser, und sie fiel in einen traumlosen Schlaf.

Es war still um sie herum. Lediglich ein leises Piepsen war zu hören. Wie lange hatte sie geschlafen? Ihr ganzer Körper fühlte sich geschunden an und es gab keinen Muskel, der ihr nicht wehtat. Der Druck auf ihrer Brust war noch immer da, und sie hatte Mühe zu atmen. In ihrem Kopf hatte eine Gruppe Arbeiter Platz gefunden, die mithilfe von Presslufthämmern versuchten, ihre Schädeldecke zu öffnen. Sie stöhnte leise und fasste sich mit der Hand an den Kopf.

»Sie wacht auf!«, scheppertre Olives Stimme gegen ihre Ohren.

Sie öffnete die Augen.

Olive, Holly, Zoey und Emily standen an der Bettkante und starrten sie besorgt an. Überall piepste es. Mehrere Apparate waren rund um ihr Bett aufgebaut. Erst jetzt bemerkte sie die Schläuche, die an ihrem Arm hingen. Ihr Blick wanderte nach unten. Selbst ihre Brust war verkabelt und notdürftig mit einem weißen Tuch bedeckt.

»Hallo.« Olive hatte dunkle Schatten unter den Augen und war noch blasser als sonst.

»Was macht ihr denn hier?«, stieß sie hervor. Anscheinend hatte ihre Stimme beschlossen, wieder für sie zu arbeiten.

»Du kannst sprechen!«, jubelte Holly.

Olive lächelte unter Tränen. »Geht es dir gut? Tut dir was weh?«

»Alles«, stieß sie schwerfällig hervor. »Geht mir besser.«

»Das halte ich für geprahlt«, bemerkt Olive in ihrer typisch trockenen Art.

Sie streckte vorsichtig den Arm aus. Sofort schnellten vier Hände nach vorne und griffen danach. »Ich bin froh, euch zu sehen.«

»Und wir sind froh, dass es dir besser geht.« Zoey lächelte. »Du hast uns einen ganz schönen Schrecken eingejagt.«

»Am Anfang hat es gar nicht gut ausgesehen«, erklärte Olive. »Du hast ziemlich viel Rauch eingeatmet.«

»Hm. Wo ist der Mann?«, stieß sie heiser hervor.

Olive sah sie verwundert an. »Welcher Mann?«

»Der an meinem Bett gesessen hat.«

Verständnislose Blicke.

Habe ich mir alles nur eingebildet? Die Stimme. Die Hände. Die Worte.

Die Tür klapperte.

»Wie ich sehe, ist die Patientin wach«, meldete sich eine männliche Stimme zu Wort.

Olive, Emily, Holly und Zoey traten zur Seite. Ein hochgewachsener Mann in einem weißen Kittel tauchte vor ihrem Bett auf. Er war nicht alleine, sondern wurde von einer Krankenschwester begleitet. Er sah sie mit freundlichen grauen Augen an. »Wie geht es unserer Nationalheldin?«

»Beschissen.«

Ein Lächeln huschte über das Gesicht des Arztes. »Genau diese Antwort habe ich erwartet.« Er warf einen Blick auf die Krankenakte, die ihm die Krankenschwester reichte. »Sie hatten Glück, Miss Langfort. Noch ein paar Minuten länger in dem Rauch, und Sie würden jetzt nicht mit mir reden. Sie haben eine massive Rauchvergiftung und leichte Verbrennungen an den Armen und im Gesicht.«

Instinktiv fuhr sie mit der Hand über ihr Gesicht. Erst jetzt spürte sie die Verbände, die Teile ihrer Haut bedeckten.

»Das sollten Sie lieber lassen«, ermahnte sie der Arzt. »Wir wollen doch nicht, dass sich die Wunden entzünden und Narben in Ihrem hübschen Gesicht hinterlassen, nachdem ich mir so viel Mühe gegeben habe, alles so gut wie möglich zu behandeln. Ich denke, wenn alles nach Plan läuft, dürfen Sie die Klinik in ein paar Tagen wieder verlassen.

Aber bis dahin sollten Sie sich ruhig verhalten und Ihrem Körper die Möglichkeit geben, sich zu erholen. Ich habe der Presse bereits mitgeteilt, dass Sie nicht in der Lage sind, Interviews zu geben.«

»Der Presse?«, wiederholte sie verwundert.

»Vor dem Krankenhaus wartet eine Armada von Reportern, die mit dir sprechen möchten«, erklärte Olive ruhig aus dem Hintergrund.

Der Arzt klappte die Akte zu und reichte sie der Schwester.

»Aber wieso?« Abby schüttelte den Kopf, was sie im gleichen Moment bereute. Ein scharfer Schmerz schoss ihr durch den Schädel. Sie stöhnte leise auf.

»Wie ich schon sagte, Sie sollten sich ruhig verhalten. Wir mussten Sie zwei Tage lang beatmen, um Ihrem Körper zu helfen, mit dem Gift klarzukommen. Sie brauchen viel Ruhe. Die Schwester wird Ihnen gleich ein Schmerzmittel verabreichen.« Er gab der Frau ein Zeichen, was diese mit einem Kopfnicken quittierte. »Wir sehen uns dann morgen früh wieder. Bis dahin ruhen Sie sich aus.« Er schenkte ihr ein strahlendes Lächeln, dann verschwand er aus ihrem Blickfeld.

»Ganz England feiert dich für deine selbstlose Rettungsaktion«, klärte Holly sie auf. »Die Londoner Presse berichtet darüber. Stell dir vor, du warst sogar im Fernsehen. Du und dieser Feuerwehrmann.«

Der Feuerwehrmann. Sie hatte ihn schon fast vergessen. Sie dachte daran, wie sie ihn angeschrien hatte.

Die Krankenschwester trat an ihr Bettende. »Ich glaube, Sie sollten jetzt lieber gehen. Die Patientin braucht Ruhe.«

»Aber ...«, protestierte sie.

»Keine Widerrede. Sie haben selbst gehört, was der Doktor gesagt hat. Ruhe ist jetzt das Wichtigste. Meine Damen, wenn ich Sie bitten dürfte.« Die Schwester machte eine Kopfbewegung in Richtung Tür.

»Wir kommen heute Abend wieder.« Emily winkte aus dem Hintergrund.

»Wieso, wie lange bin ich schon hier?«, stieß sie mit letzter Kraft hervor.

»Drei Tage.«

Drei Tage! In ihrem Kopf herrschte völlige Leere. Drei Tage, und sie konnte sich an nichts erinnern. Sie machte die Augen zu. Nur für einen kurzen Moment ...

Sie hatte keinerlei Zeitgefühl, aber sie fühlte sich deutlich besser. Das Taubheitsgefühl war verschwunden und mit ihm die Schmerzen in den Beinen und Armen. Dafür brannte ihr Hals noch immer. Sie schluckte in der Hoffnung, sich so Linderung zu verschaffen. Leider ohne Erfolg. Sie schlug die Augen auf.

»Guten Morgen«, begrüßte sie Jasons ebenmäßiges Gesicht. Er sah aus, als hätte er nächtelang nicht geschlafen. Dunkle Ringe und kleine Knitterfältchen hatten sich um seine Augen gebildet. Sie konnte sich nicht erinnern, ihn jemals so gesehen zu haben.

»Jason«, krächzte sie.

»Warte.« Er reichte ihr eine Schnabeltasse. »Hier, trink.«

Sie nahm einen winzigen Schluck der lauwarmen Flüssigkeit. »Danke.«

Ah, das tut gut. Gierig trank sie die ganze Tasse leer.

»Du hast noch immer einen guten Zug drauf.« Jason lächelte und füllte die Tasse erneut.

»Was machst du hier?« Zumindest konnte sie wieder sprechen, auch wenn es noch immer wehtat. Sie hob den Kopf. Sofort setzte ein leichter Schwindel ein.

»Als ich gehört habe, dass du einen Unfall hattest, habe ich mich in die nächste Maschine nach London gesetzt. Ich habe mir solche Sorgen um dich gemacht.«

Es rührte sie, dass er ihretwegen so besorgt und extra aus Italien gekommen war.

»Wie fühlst du dich?« Die Matratze gab nach, als er sich auf die Bettkante setzte.

Sie versuchte zu lächeln. Sofort spannte ihre Gesichtshaut und sie ließ es lieber. »Viel besser.«

Seine Augen scannten ihr Gesicht. »Du siehst ganz schön zerrupft aus.«

»Danke, jetzt fühle ich mich gleich noch besser.« Sie schluckte.

Sehe ich wirklich so schlimm aus?

»Ich finde, du hast was von Rod Steward.« Seine Mundwinkel zuckten, wie sie es immer taten, wenn er kurz davor war, laut zu lachen.

»Wow, das wird ja immer besser.« Sie deutete ihm an, ihr noch einen Schluck Wasser zu geben.

Er reichte ihr die Tasse.»Na ja, zumindest die Haare.«

Gierig trank sie, um ihre Stimme zu ölen.»Wieso, was ist mit meinen Haaren?«

Sie ließ den Kopf wieder erschöpft auf das Kissen sinken.

»Die sehen aus, als ob Mäuse daran gefressen hätten.« Sein Blick sprach Bedauern aus.

Mit einem Anflug von Panik fuhr sie sich mit der Hand über den Kopf. Es fühlte sich strohig an und irgendwie an manchen Stellen kürzer.»Mist.«

»Ach, das wächst schon wieder«, versuchte er sie zu beruhigen.»Hauptsache, du behältst keine Narben im Gesicht.«

Wieder schnellte ihr Puls in die Höhe. Sie tastete vorsichtig über ihre Wange. Tränen stiegen ihr in die Augen, als sie das Pflaster spürte. Sie schluckte sie runter.

»Hey, das gibt dir einen verwegenen Look. Wie eine Piratin der Neuzeit.« Jason gab ihr einen flüchtigen Kuss auf die Lippen.»Außerdem bin ich mir sicher, dass man in ein paar Tagen nichts mehr davon sehen wird.«

»Hoffentlich. Wie war Italien?« Sie wollte nicht länger über ihr Aussehen reden.

Jason stockte einen Moment, dann stürzte er sich begeistert in seine Erzählung. Sie hörte ihm kaum zu. Ihre Gedanken wanderten zu dem Unfall. Die Bilder vom Feuer tauchten in ihrem Kopf auf und die Stimme des Feuerwehrmanns. Irgendwie kam ihr der Klang bekannt vor.

»Ich muss morgen wieder zurückfliegen. Der Kunde hat die Produktion extra wegen mir einen Tag verschoben. Mehr konnte ich leider nicht rausholen«, beendete Jason seinen Bericht.

»Das ist schon in Ordnung«, murmelte sie.

»Möchtest du, dass ich bleibe?«

Sie sah ihm das schlechte Gewissen an. Jason war noch nie besonders gut darin gewesen, seine Gefühle zu verbergen.

»Auf keinen Fall.« Sie schüttelte den Kopf.»Der Job geht vor. Ich bin in guten Händen, und die Mädels sind ja auch noch da.«

Jetzt war der Zeitpunkt, die Beziehung – oder was immer es war, das sie miteinander verband – zu beenden. Aber Jason hatte wegen ihr den weiten Weg von Mailand nach London auf sich genommen, und sie brachte es nicht übers Herz.

»Gut.« Er wirkte erleichtert.

»Hast du die Mädels schon getroffen?« Holly, Olive und Zoey hatten den gestrigen Tag abwechselnd an ihrem Bett gesessen und Wache gehalten. Es würde nicht lange dauern und eine von ihnen würde bei ihr auftauchen.

»Nein, ich bin direkt vom Flughafen hierhergekommen.« Er deutete auf die Reisetasche neben dem Bett, die ihr bisher nicht aufgefallen war. »Ich habe dir auch eine Kleinigkeit mitgebracht.«

Er bückte sich und fummelte an der Tasche herum. Sekunden später tauchte er mit einer Schachtel in der Hand wieder auf.

»Was ist das?«

Er reichte ihr das Geschenk. Das Kästchen war in einfaches Papier eingeschlagen. »Mach es auf.« Ein Lächeln huschte über sein Gesicht. »Es ist nur eine Kleinigkeit, die ich am Flughafen entdeckt habe.«

Sie schob das Papier beiseite und öffnete die Schachtel. Ein Glas lag darin, das mit einer goldenen Flüssigkeit gefüllt war.

»*Miele di Limone*«, las sie.

»Da ich deine Schwäche für Honig kenne, musste ich sofort an dich denken. Das ist feinster italienischer Limonenhonig«, erklärte er. »Und dazu habe ich dir noch ein paar frische Teilchen mitgebracht, damit du ihn gleich genießen kannst.« Er zauberte zwei Croissants aus der Tasche. »Ich wusste nicht, ob du schon normale Sachen essen darfst.«

Es war wirklich rührend, wie er sich um sie kümmerte. »Das ist echt lieb von dir.« Sie reichte ihm die Hand. »Danke, Jason. Ich werde bei jedem Bissen an dich denken.«

Er zwinkerte ihr zu. »Das hoffe ich doch.«

Apropos Honig ...

»Welcher Tag ist heute?«

»Donnerstag.«

»Ach du Schande.« Sie schlug mit der flachen Hand auf die Bettdecke.

Morgen war das Treffen mit den *Honey Hunters*. Die Schulveranstaltung zu ihren Gunsten kam in Riesenschritten näher und es gab noch einiges zu regeln. Sie musste unbedingt jemanden finden, der für sie einspringen konnte. Aber wer? Olive war um diese Zeit im Studio. Zoey war im Restaurant mit den Vorbereitungen beschäftigt und Holly war noch im Verlag. Emily kam nicht infrage. Ratlos sah sie Jason an.

»Was ist?«

»Ich muss mich um die *Honey Hunters* kümmern«, stieß sie hervor.

»Abby.« Er legte die Hand auf ihren Arm. »Du musst dich um gar nichts kümmern, außer darum, dass du gesund wirst.«

»Du verstehst das nicht«, widersprach sie. »Das ist mein Projekt, und die Jugendlichen verlassen sich auf mich. Fanny hat Probleme, und wer weiß, was sonst noch los ist.«

»Da wird sich schon eine Lösung finden«, sagte er zuversichtlich. »Und jetzt probierst du den Honig.« Er öffnete das Glas und tauchte die Spitze des Croissants hinein. »Mund auf.«

Brav gehorchte sie. Sofort hatte sie den süßen, aromatischen Geschmack des Honigs, gepaart mit dem buttrigen Aroma des Croissants, im Mund. Sie stieß einen genussvollen Seufzer aus. »Das ist das Beste, was ich in den letzten Tagen zu mir genommen habe.«

Er deutete auf die Infusion über ihrem Kopf. »Das wundert mich nicht.«

Sie lachten beide. Es tat gut zu lachen, und sie war froh über die Abwechslung, aber wenn sie sich das nächste Mal wiedersehen würden, würde sie ihm sagen, wie sie zu ihm stand. Er war ein süßer Kerl, der nur ihretwegen nach England gekommen war. Es war nicht fair, ihn länger hinzuhalten und mit seinen Gefühlen zu spielen.

11

Zufrieden und satt ließ sich Abby zurück auf das Kissen sinken. Jason hatte darauf bestanden, dass sie beide Croissants aufaß. Dabei hatte er von seinen Erlebnissen in Italien erzählt. Es war ihr aufgefallen, wie entspannt und glücklich er gewirkt hatte. Die Rastlosigkeit, die sonst Teil seines Lebens war, war seit seinem Aufenthalt dort verschwunden. Abby schaltete ihr Handy ein. Sie musste dringend ihre Eltern anrufen, die ahnungslos auf Mallorca Urlaub machten. Außerdem wollte sie sich bei Helen melden, um ihr mitzuteilen, dass sie nicht kommen konnte. Wahrscheinlich wusste sie längst über die Medien, dass Abby im Krankenhaus lag.

Der Arzt war kurz bei ihr gewesen und hatte sie untersucht. Er hatte ihr versichert, dass keine Narben zurückbleiben würden und sie wieder völlig genesen würde. Die beste Nachricht allerdings war, dass sie zum Wochenende nach Hause durfte, unter der Bedingung, dass sie sich schonte.

Es dauerte nur wenige Sekunden und das Foto von Holly, Emily, Olive, Cassie, Zoey, Taylor und ihr tauchte auf dem Display ihres Handys auf. Ein Schnappschuss zu Olives Verlobung im *Heaven's Place* letztes Jahr.

Ihre Mailbox war voll. Sie holte tief Luft, dann hörte sie die Nachrichten ab. Ihre Mutter hatte fröhlich aus Mallorca angerufen, nicht wissend, dass ihre Tochter schwer verletzt im Krankenhaus lag. Die zweite Nachricht stammte von Benjamin Miller. Ein Lächeln huschte über ihr Gesicht, als sie die zögerliche Stimme des Jungen hörte. Er wollte zu einem der Treffen kommen. Die dritte stammte von Helen, die durchs Fernsehen von ihrem Unfall erfahren hatte und sich besorgt nach ihrem Befinden erkundigte.

»Bitte ruf mich an, Liebes, sobald du kannst. Die Kinder und ich machen uns schreckliche Sorgen«, lautete ihr letzter Satz.

Es folgten mehrere Anrufe von Kollegen und der Presse. Sie checkte ihre WhatsApp-Nachrichten. Die meisten Freunde und Bekannten hatten ihr Besserungswünsche hinterlassen.

Es klopfte an der Tür.

»Ja?« Neugierig reckte sie sich, um zu erkennen, wer der Besucher war. »Fawner? Was machst du denn hier?!«

»Nach was sieht es denn aus?«, erwiderte er grinsend.

Er hatte einen geradezu monströsen Blumenstrauß in der Hand. Es war das erste Mal, dass sie ihn in normalen Klamotten sah. Er trug eine äußerst stylishe schwarze Lederjacke und dazu anthrazitfarbene Jeans. Seine Haare glänzten frisch gewaschen und waren locker zurückgekämmt. Seine blauen Augen scannten jeden Millimeter ihres Gesichts.

»Mann, Langfort, dich hat es ganz schön erwischt.«

Sie lachte. »Danke für das Kompliment.«

»Hier, die sind für dich.« Er streckte ihr den kunstvoll gebundenen Strauß aus Rosen und Jasmin entgegen.

»Die sind wunderschön!« Sie hatte selten einen so hübschen Strauß gesehen. Ein süßlicher Duft erfüllte das Zimmer. »Sind die von euch allen?«

Er lächelte verlegen. Dabei tauchten zwei Grübchen auf seinen Wangen auf. »Die sind von mir.«

Wer hätte das gedacht? Sie sah ihn verwundert an.

»Jetzt bilde dir bloß nichts ein«, wiegelte er ab. »Ist nichts Besonderes. Nur ein paar Blumen.«

»Ziemlich großer Strauß für ›nur ein paar Blumen‹.« Sie deutete auf den Schrank, wo sich die Vasen befanden.

»Wenn du so weitermachst, nehme ich sie wieder mit«, warnte er sie. Seine Augen straften ihn Lügen.

»Bloß nicht! Die sind wirklich wunderschön.«

Sie beobachtete, wie er Wasser in die Vase füllte und die Blumen hineinstellte. Jede seiner Bewegungen war gezielt und von einer gewissen Eleganz begleitet, als ob er einen Tanz einstudieren würde. Das Shirt spannte dabei über seinen wohlgeformten Schultern. Eines musste man Fawner lassen: Er war ein absoluter Hingucker.

Er drehte den Kopf zu ihr. Ertappt sah sie zur Seite. Er stellte die Vase mit den Blumen auf ihrem Nachttisch ab und blieb mit verschränkten Armen vor ihrem Bett stehen, als hätte er Angst, ihr näher zu kommen.

»Hey, du kannst dich ruhig setzen«, forderte sie ihn auf. »Ich beiße nicht.«

»Also, ich wollte dich nicht stören.«

»Mache ich den Eindruck, als ob ich schwer beschäftigt wäre?«

»Nicht wirklich. Wenn ich ehrlich bin, siehst du aus, als hättest du einen Boxkampf verloren.«

»Du solltest mal den Gegner sehen.« Sie grinste breit und deutete auf den Stuhl. »So, und nun quatsch keine Arien und setz dich.«

»Okay, Boss.« Er ließ sich neben ihrem Bett nieder. Von seiner gewohnten Selbstsicherheit war nichts zu sehen. Lag es daran, dass sie sich das erste Mal nicht in Uniform gegenüberstanden?

»War das dein Freund?«

»Wer?«

Fawner machte eine Kopfbewegung in Richtung Tür. »Na der Typ, der vor deiner Tür stand. Groß, sportlich, dunkle Haare, sympathisches Gesicht.«

Jason war es jedenfalls nicht. Sie zuckte mit den Schultern. »Keine Ahnung. Bei mir war jedenfalls niemand.«

»Komisch, sah so aus, als ob er zu dir wollte, und als er mich gesehen hat, ist er abgehauen.«

Sie schmunzelte. »Ich bin eben sehr beliebt bei der männlichen Bevölkerung.«

»Abby.« Fawner sah sie mit wilder Entschlossenheit an. Instinktiv hielt sie die Luft an. »Ich bin hier, weil ich mich bei dir entschuldigen möchte.«

»Wirklich? Oder verarschst du mich jetzt?« Sie war ein wenig fassungslos. Sie hatte mit einem Höflichkeitsbesuch gerechnet, aber nicht mit einer Entschuldigung. »Das fände ich überhaupt nicht komisch.«

»Über so etwas mache ich keine Witze.« Fawner wirkte sichtlich zerknirscht. »Ich habe mich dir gegenüber wie ein Arschloch benommen.«

»Das hast du jetzt gesagt, nicht ich«, unterbrach sie ihn.

»Ich weiß, dass es so ist.« Er holte tief Luft und sah ihr dabei fest in die Augen. »Ich habe die letzten zwei Jahre in einer Einheit von Männern verbracht. Da herrschte einfach ein rauer Umgangston. Frauenwitze, Machosprüche waren bei uns an der Tagesordnung. Wer nicht mitgemacht hat, wurde als Schwächling oder Tunte bezeichnet.« Seine Augen glänzten. »Ich bin nicht sonderlich stolz auf diese Zeit, obwohl ich mein Leben lang davon geträumt habe, in diese Einheit zu kommen. Nachdem ich eine Weile dort verbracht habe, wurde mir klar, dass ich nicht so bin wie die anderen Männer. Deshalb habe ich zur Metro Police gewechselt. Als du vor mir standest, bin ich in das Verhaltensmuster der letzten zwei Jahre verfallen. Kannst du das verstehen?«

Sie nickte bedächtig.

»Als ich gesehen habe, wie du ohne Zögern in das brennende Haus gerannt bist, war mir klar, dass du mehr Mut in den Knochen hast als viele Kollegen, mit denen ich zusammengearbeitet habe. Ich möchte mich von ganzem Herzen bei dir entschuldigen.« Er senkte den Kopf.

Abby griff nach seiner Hand. »Hey, schon vergessen.«

Fawner sah zu ihr hoch. Ihre Blicke trafen sich. Er hatte wirklich hübsche Augen. »Du kannst mir verzeihen?«

»Natürlich. Wir alle machen Fehler. Ich bin auch nicht perfekt. Das wirst du schon noch merken«, bestätigte sie ernst.

»Dann sind wir Freunde?« Seine Arroganz, die ihn sonst umgab wie ein Schutzschild, war wie weggeblasen.

»Freunde.« Sie drückte seine Hand zur Bekräftigung ihrer Worte. Er lächelte sie glücklich an. Abby räusperte sich. »So, und nun musst du mir unbedingt erzählen, was genau passiert ist«, lenkte sie das Gespräch auf ein weniger emotionales Thema.

Sie hatte keinerlei Informationen über den Hergang des Unfalls. Oder war es überhaupt einer gewesen?

Kyle holte tief Luft. »Also, die beiden Eheleute haben sich gestritten, nachdem die Frau erfahren hat, dass der Mann sie betrogen hat.«

»Was für ein Scheißkerl«, rutschte es ihr heraus.

»Ich gebe es zwar zu, aber ja. Im Laufe des Streits hat er sie geschlagen. Dabei ist sie mit dem Kopf gegen die Bettkante gefallen und wurde bewusstlos. Daraufhin hat der Kerl panisch die Flucht ergriffen.«

»Ein Feigling und Mistkerl«, brummte Abby. »Und der Brand?«

»Die Frau hatte das Abendessen auf dem Herd. Das Fett muss sich entzündet haben. Die Vorhänge haben Feuer gefangen, und den Rest der Geschichte kennst du.«

»Hast du das Schwein geschnappt?«

»Ja. War gar nicht so leicht. Ich musste ihn über mehrere Blocks verfolgen, bis ich ihn schließlich zu fassen bekommen habe. Als ich zum Haus zurückgekommen bin, hatte man dich bereits mit dem Krankenwagen abtransportiert.«

Sie nickte stumm, die Lippen fest aufeinandergepresst. Das erklärte, warum sie ihn nicht mehr gesehen hatte.

»Ich bin sofort ins Krankenhaus gefahren, nachdem alle Formalitäten erledigt waren«, sagte er fast entschuldigend.

»Hast du eine Ahnung, ob nach dem Unfall jemand bei mir war?«

Er schüttelte den Kopf. »Keine Ahnung. Die Ärzte haben mich nicht zu dir gelassen. Wieso?«

»Ach, nur so.«

Wahrscheinlich hatte sie sich alles nur eingebildet. Man las schließlich immer wieder, dass Patienten sich alles Mögliche zusammenfantasierten, wenn sie betäubt waren. Mit Sicherheit hatte man ihr Schmerzmittel verabreicht, die ihre Wahrnehmung getrübt hatten. Trotzdem war die Stimme noch immer klar und deutlich in ihrem Kopf.

»Du fehlst auf der Wache«, gestand er. »Andrews ist ein netter Kerl, aber mit dir macht es mehr Spaß.«

»Das sagst du nur, weil du mir deine Machosprüche an den Kopf knallen kannst.«

»Vielleicht.« Er lächelte verschmitzt. »Hast du sonst alles?«

Die *Honey Hunters* kamen ihr in den Sinn. Mit einem Mal hatte sie eine Idee.

»Sag mal, Kyle, ich habe da noch eine Sache, bei der ich deine Hilfe gebrauchen könnte. Hast du morgen Nachmittag Zeit?« Es war das erste Mal, dass sie ihn mit seinem Vornamen ansprach.

»Du machst es aber spannend. Schieß los.«

Sie erzählte ihm in knappen Worten von ihrem Projekt und dem Treffen. Kyle lauschte die ganze Zeit aufmerksam und unterbrach sie nur, wenn er eine Frage hatte.

»Würde es dir etwas ausmachen, dort vorbeizufahren und zu schauen, ob Helen bei etwas Hilfe braucht? Die Jungs sind zwar nett und wissen, wie sie sich zu verhalten haben, aber ein bisschen Aufsicht kann nicht schaden. Helen ist schließlich nicht mehr die Jüngste.

Außerdem wäre es gut, wenn jemand die Arbeiten für den Schulbasar koordinieren könnte. Helen kann dir bei Fragen helfen, oder du rufst mich an.«

»Kein Problem. Ich fahre gerne vorbei.«

»Wirklich?« Sie hatte nicht ernsthaft damit gerechnet, dass er ihr den Gefallen tun würde.

»Na klar. Ich brauche nur die Adresse und die Uhrzeit.« Sie nannte ihm beides. »Vielleicht wäre es ganz hilfreich, wenn du mir noch ein bisschen was über die Jugendlichen erzählen würdest.«

»Also, da sind Marcie, Noah, Fanny, Lionel, Izzie …«, zählte sie auf. »Jeder von ihnen ist schon mal mit dem Gesetz in Konflikt gekommen.«

»Dann bist du so etwas wie die Mutter Teresa der jugendlichen Straftäter.« Seine Mundwinkel zuckten.

Sie gab ihm einen Stoß. »Mach dich nur lustig über mich, aber die *Honey Hunters* liegen mir am Herzen. Ich möchte, dass die Kids eine Chance bekommen und nicht wie so viele in der Gosse landen oder eine kriminelle Karriere einschlagen.« Sie erzählte Kyle, was sie über ihre Schützlinge wusste. »Die Mädchen haben oft noch mit Missbrauch zu kämpfen. Deshalb wäre es gut, wenn du deine Machosprüche vielleicht lassen könntest, darauf sind die nämlich gar nicht gut zu sprechen. Beziehungsweise, es macht ihnen Angst.«

Kyle schwieg betroffen.

»Du brauchst nicht viel zu tun. Helen hat die Gruppe gut im Griff und weiß, was zu tun ist. Schwierig wird es immer nur, wenn aktuell etwas vorgefallen ist, so wie bei unserem letzten Treffen.« Sie erzählte ihm von Fanny.

»Was für Schweine, sich an wehrlosen Kindern zu vergreifen.« Kyle presste die Lippen aufeinander.

»Ja, aber leider passiert es öfter, als wir denken. Das Beste, was wir für diese Kinder tun können, ist, ihr Vertrauen zu gewinnen und ihnen das Gefühl zu geben, immer für sie da zu sein.«

»Ich werde es versuchen. Allerdings glaube ich nicht, dass ich dich ersetzen kann. Weißt du schon, wann du wieder nach Hause darfst?«

»Der Arzt hat von zwei Tagen gesprochen.«

»Wann kommen die Verbände ab?«

»Morgen. Sieht nicht gerade toll aus.«

»Das wächst nach, genau wie deine Haare. Außerdem …« Er machte eine kurze Pause. »Du bist immer hübsch. Da können ein paar Pflaster und verbrannte Haare auch nichts dran ändern.«

»Sag mal, hast du Drogen genommen, oder warum bist du so nett zu mir?«, rutschte es ihr heraus.

Kyle lachte. Ein warmes Lachen. »Hey, wir sind ab jetzt Freunde. Zu seinen Freunden ist man nett.«

»Hör auf, sonst machst du mein ganzes Bild von dir kaputt«, erwiderte sie.

»Genau das ist der Plan. Man nennt das: Verwirrungstaktik.« Sein Lächeln wurde noch breiter, wenn das überhaupt noch möglich war. Er stand auf. »Tja, ich mach mich dann mal wieder auf den Weg.«

»Danke, dass du hier warst und mir mit den *Honey Hunters* hilfst. Bitte ruf mich an, wenn du was brauchst. Versprochen?« Sie richtete sich auf. Ein dumpfer Schmerz schoss ihr in den Kopf. Sie stöhnte leise.

»Abby, ich schaff das schon. Mach dir keine Sorgen. Du solltest dich ausruhen. Hörst du? Umso schneller bist du wieder zurück.« Er nahm ihre Hand. »Ich hätte gerne meinen Partner wieder.«

»Ich gebe mir Mühe«, versicherte sie ihm schwach.

»Ich zähle auf dich, Miss Marple.«

»Woher kennst du meinen Spitznamen?«

»Das ist dein Spitzname?«

»Ja, meine Freundinnen nennen mich so.«

»Ehrlich gesagt war ich als Kind ein ziemlicher Fan von Miss Marple und Mr Stringer.« Er lächelte verschmitzt.

»Ich auch«, gestand sie ihm.

»Noch ein Grund mehr, warum wir Freunde sein sollten.« Kyle ging zur Tür. Plötzlich blieb er stehen. »Pass auf dich auf.« Auf seinem Gesicht lag ein ernster Ausdruck. »Ich möchte dich nicht als Partner verlieren.«

»Keine Angst, mich wirst du so schnell nicht los«, witzelte sie.

»Gut.« Mit einem Lächeln verschwand er durch die Tür.

Der Ausdruck, mit dem er sie angesehen hatte, verwirrte sie. Es hatte etwas in seinem Blick gelegen, das sie zuvor nicht bemerkt hatte.

Konnte es sein, dass Kyles Interesse an ihr mehr als nur freundschaftlicher Natur war?

Das würde seine plötzliche Wandlung erklären. Verdammt, das Letzte, was sie zu den ganzen Problemen, die sie ohnehin schon hatte, gebrauchen konnte, war ein liebestoller Kollege.

Aber vielleicht hatte sie sich auch getäuscht.

12

»Ihr könnt euch gar nicht vorstellen, wie schön es ist, endlich wieder zu Hause zu sein und im eigenen Bett zu schlafen!«

Die Tage im Krankenhaus hatten sich wie Kaugummi gezogen und sie hatte es kaum noch abwarten können, nach Hause zu kommen.

»Ich bin nur froh, dass uns die Presseleute nicht bis hierher gefolgt sind«, brummte Olive.

»Allerdings. Ich habe überhaupt nicht mit so vielen Reportern gerechnet«, gestand sie, noch immer überwältigt von der Traube an Journalisten, die sie vor dem Krankenhaus empfangen hatten.

Irgendjemand aus dem Krankenhaus hatte durchsickern lassen, dass heute ihr Entlassungstag war, und die gesamte Londoner Presse war vor Ort gewesen, als Olive sie im Rollstuhl ins Freie geschoben hatte. Das Blitzen der Kameras hatte sie fast blind gemacht und sie hatte unbeholfen die Hände vors Gesicht gehalten. Zum Glück hatte Holly darauf bestanden, ihr die Haare zu kämmen. Abby mochte sich gar nicht ausmalen, wie sie auf den Fotos aussehen würde, die zweifellos morgen in allen Zeitungen auftauchen würden.

Zoey legte den Arm um sie. »Du bist eine richtige Berühmtheit.«

»Wer es glaubt, wird selig«, murmelte sie.

»Ich finde, darauf sollten wir trinken«, schlug Holly vor.

»Spinnst du?« Olive tippte sich mit dem Finger gegen die Stirn. »Abby ist heute aus dem Krankenhaus entlassen worden. Du kannst ihr doch keinen Alkohol anbieten!«

»Jaja, Miss Oberschlau.« Holly zog eine Schippe. »War doch nur 'ne Idee. Du tust gerade so, als ob ich sie abfüllen wollte. Ich dachte nur an einen kleinen Begrüßungssekt.«

»Ist schon gut. Mir ist eh nicht nach Alkohol zumute. Aber gegen einen vernünftigen Kaffee hätte ich nichts einzuwenden. Das Zeug im Krankenhaus schmeckt schrecklich.« Sie schüttelte sich demonstrativ.

»Dann räumst du deine Sachen aus und ich mache uns den Kaffee.«
Zoey eilte davon.

»Guter Plan. Wenn ihr einen Moment warten könntet, würde ich vorher noch duschen.«

»Einverstanden. Wenn du etwas brauchst, rufst du uns«, sagte Olive besorgt.

»Hey, ich bin nicht aus Zucker.« Sie lächelte und griff nach ihrer Tasche, die Zoey zuvor auf dem Boden abgestellt hatte.

Holly kam ihr zuvor. »Finger weg! Du bist frisch entlassen.«

»Das klingt, als hätte ich im Gefängnis gesessen.« Sie schmunzelte. Ein bisschen so hatte es sich angefühlt.

»Ich trage dir dein Gepäck ins Zimmer.« Wild entschlossen nahm Holly ihr die Reisetasche aus der Hand.

»So langsam finde ich Gefallen daran. Würdest du bitte auch meine Wäsche waschen und mir den Hintern abputzen?«

»Vergiss es.« Holly warf die Tasche aufs Bett. »Das schaffst du auch ohne mich.«

»Schade, war zumindest einen Versuch wert.« Sie ließ sich auf ihr Bett sinken.

Sofort überkam sie der Wunsch zu schlafen. Die Folgen der Rauchvergiftung waren noch immer zu spüren. Die Nächte im Krankenhaus waren alles andere als erholsam gewesen. Ständig war eine Schwester gekommen, um den Blutdruck zu messen oder ihr eine Spritze zu verabreichen. Der geheimnisvolle Mann war nicht wieder aufgetaucht. Als sie die Schwester darauf angesprochen hatte, hatte die nur abgewunken. »Das sind die Medikamente, Schätzchen, die Ihnen da etwas vorgegaukelt haben. Das war bestimmt nur unser Doc, und der ist verheiratet.«

Abby nahm an, dass die Frau recht hatte. Schade eigentlich. Sie hätte ihr Hirngespinst, das ihr durch die schweren ersten Stunden geholfen hatte, gerne kennengelernt.

Sie leerte den Inhalt ihrer Tasche auf das Bett und sortierte die Dreckwäsche aus. Als sie alles verstaut hatte, ging sie ins Badezimmer. Sie sehnte sich nach einer Dusche. Im Vorbeigehen warf sie einen Blick in den Spiegel und zuckte zusammen. Im Krankenhaus war nur ein winziger Spiegel über dem Waschbecken gewesen, in dem man kaum etwas hatte erkennen können. Jetzt war das Elend in seinem ganzen Ausmaß zu erkennen. Gut, dass sie ihre Eltern nicht in diesem Zustand sahen. Die beiden war völlig fertig gewesen, als Abby ihnen von ihrem Unfall erzählt hatte.

Ihr Gesicht war ungewöhnlich blass. Wie versprochen hatte der Arzt die Verbände entfernt. Die Haut um die Verbrennung war noch gerötet. Es würde wohl eine Weile dauern, bis sie wieder ganz die Alte war und die Folgen ihrer Verletzung nicht mehr zu sehen waren. Tränen brannten in ihren Augen beim Anblick ihrer Haare. Zwar hatte sie vor Holly behauptet, es würde ihr nichts ausmachen, aber sie hatte gelogen.

Abrupt wandte sie das Gesicht ab. Es hatte keinen Sinn, sich selbst zu bemitleiden. Je schneller sie sich damit abfand, desto besser. Sie war schließlich Polizistin und keine Modepuppe.

Sie drehte den Wasserhahn der Dusche auf. Mit wenigen Griffen hatte sie sich der Klamotten entledigt und stellte sich unter den kräftigen Strahl. Sie schloss die Augen und genoss die angenehme Wärme, die sie umgab. Sie spürte, wie sich ihre Muskeln langsam entspannten und die Anspannung aus ihr herausfloss.

Es klopfte an der Tür und Hollys Stimme drang zu ihr durch. »Alles okay?«

Sie lächelte angesichts der Fürsorge ihrer Freundinnen. Einmal mehr wurde ihr bewusst, wie glücklich sie sich schätzen konnte, dass sie Holly, Olive, Zoey und Emily hatte. Sie waren weit mehr als nur Freundinnen – die vier Frauen waren ihre Familie, die zu ihr stand und ihr durch schlechte Zeiten half.

»Alles in Ordnung.«

»Gut.« Holly stand plötzlich im Bad.

Sie schob ihr Gesicht zwischen dem Vorhang durch. »Hey, ich dusche!«

»Das sehe ich. Lass dich durch mich nicht stören.« Wie selbstverständlich zog Holly die Hose runter und ließ sich geräuschvoll auf die Kloschüssel fallen.

»Das habe ich nicht vermisst«, murmelte Abby und drehte den Kopf weg.

»Ach, stell dich nicht so an. Wir sind doch Freundinnen!«

»Ja, aber so weit geht meine Freundschaft nicht«, erwiderte sie entschieden. »Ein bisschen Privatsphäre wäre doch ganz schön.«

»Das sagst ausgerechnet du!« Der Klopapierhalter quietschte. »Fertig!«, verkündete Holly stolz wie eine Zweijährige, die zum ersten Mal in ihr Töpfchen gemacht hatte.

»Muss ich jetzt klatschen?«

Der Toilettendeckel klapperte. »Wenn du möchtest. Du kannst jetzt rauskommen.«

Abby stellte die Dusche ab. »Reichst du mir mal mein Handtuch?« Hollys Hand schob sich samt Handtuch durch den Schlitz des Duschvorhangs. Abby rubbelte sich ab, dann schlang sie das Handtuch um ihre Brust und stieg aus der Dusche.

Holly saß auf dem Badewannenrand und musterte sie. »Wir haben eine kleine Überraschung für dich.«

»Du hast mir einen Vibrator gekauft«, witzelte sie.

»Nein, dafür hast du doch Jason.« Holly grinste sie breit an. Abby schwieg. »Willst du nicht wissen, was es ist?«

»Na klar!« Im Geiste betete sie, dass Holly keine Strippertruppe für sie engagiert hatte, was typisch für sie gewesen wäre.

Holly setzte ihr Mona-Lisa-Lächeln auf. »Ich sage es dir aber nicht.«

»Das ist gemein!« Sie schnappte sich ein zweites Handtuch und wickelte es sich um den Kopf.

»Lass dich einfach überraschen.« Es schien ihrer Mitbewohnerin sichtliches Vergnügen zu bereiten, sie zu quälen.

»Du weißt, dass ich Überraschungen hasse.«

»Alle außer mir hassen Überraschungen!«, stellte Holly fest.

»Was ist es?« Sie sah ihr fest in die Augen.

»Du brauchst gar nicht deinen Röntgenblick aufzusetzen. Ich habe versprochen, nichts zu verraten.« Holly fuhr sich mit Zeigefinger und Daumen über den geschlossenen Mund, als würde sie einen Reißverschluss zuziehen.

»Hast du doch schon.«

»Aber nicht, was genau es ist!« Holly wippte vergnügt auf und ab.

»Du bist gemein.«

»Du magst es doch, wenn man dich quält«, konterte Holly und sprang vom Badewannenrand. Abby nahm die Bürste und fuhr sich durch die Haare. »Wenn man dir zusieht, könnte man meinen, du striegelst ein Pferd.«

»Verschwinde aus meinem Badezimmer!«

»*Unserem* Badezimmer«, korrigierte Holly lachend.

Abby warf das Handtuch nach ihr. »Raus!«

»Daneben!« Mit einem Satz war Holly an der Tür. »Wir warten in der Küche auf dich.«

Ehe Abby etwas erwidern konnte, war sie verschwunden. Es klingelte an der Tür. Wahrscheinlich Emily, die sie begrüßen wollte. Schnell zog sie sich an.

Keine fünf Minuten später betrat sie in Jeans, T-Shirt und Turnschuhen die Küche. Um ihre nassen Haare hatte sie noch immer das Handtuch gewickelt.

»Da ist sie ja«, wurde sie von einer bekannten Männerstimme begrüßt.

»Marcel!«

»Meine kleine Kampfdrohne!« Sein französischer Akzent war nicht zu überhören. Er zog die Endungen länger als gewöhnlich.

Marcel breitete seine fleischigen Arme aus und kam auf sie zu. Er war wie immer tadellos gekleidet. Der nachtblaue Anzug kaschierte seine üppige Figur perfekt und das fliederfarbene Hemd setzte den modischen Akzent. Um den Hals hatte er einen Seidenschal gewickelt.

Er warf sich ihr theatralisch an den Hals. »Ich bin so froh, dass du lebst!«

Sofort hatte sie den schweren Amberduft in der Nase, der Marcel umgab wie eine zweite Haut. »Du tust gerade so, als wäre ich dem Tod von der Schippe gesprungen.«

»Das bist du auch, *ma chérie*.« Seine großen Augen musterten sie streng. Marcel wechselte nicht nur seine Klamotten täglich, sondern dank farbiger Kontaktlinsen auch seine Augenfarbe. Heute hatte er sich für ein Blau entschieden, das exakt zu dem Ton seines Anzugs passte.

Er deutete ihr an, das Handtuch vom Kopf zu nehmen. Seine Finger wuschelten durch ihre feuchten Haare. »Was hast du nur gemacht?«

»Haare gewaschen.« Sie grinste.

»Nein, nein. Ich meine diese«, er verzog das Gesicht, »*Löcher*.« Das letzte Wort sprach er aus, als würde es sich dabei um eine weltbekannte Seuche handeln.

»Sieht ein bisschen wie David Bowie in seinen besten Zeiten aus«, murmelte Zoey.

»Der Arzt fand, dass ich aussehe wie Jon Bon Jovi«, bemerkte Abby trocken.

Holly kicherte.

»Nein, nein.« Marcel fuchtelte wild mit seinen Händen in der Luft. »Du siehst aus wie ein kleiner Spatz, der aus die Nest gefallen ist.« »Mhm. Das wächst nach.«

»*Oui*. Zum Glück! Aber bis dahin wird dir der liebe Marcel eine schicke Frisur verpassen.« Er deutete auf den Stuhl. »Setzen!«

»Aber wieso?«

Marcel zauberte eine Tasche hinter seinem Rücken hervor. »Weil ich dir jetzt die Haare schneiden werde.«

»Ähm.« Sie leckte sich über ihre trockenen Lippen. »Soweit ich mich erinnere, bist du Stylist, nicht Friseur.«

Er pfiff missbilligend durch die Zähne. »Ich habe zuerst eine Ausbildung als Visagist gemacht und dazu gehört in Frankreich eine Friseurlehre.«

»Aha.«

»Ja, und nun setz sich.« Er drückte mit seinen Pranken auf ihre Schultern und zwang sie so, sich zu setzen.

»Wessen Idee war das?« Sie funkelte ihre Freundinnen angriffslustig an.

Olive deutete mit Unschuldsmiene auf Zoey, die wiederum grinsend auf Holly zeigte, die den Zeigefinger in Richtung Olive ausgestreckt hatte.

»Jaja. Schon gut«, knurrte Abby. »Ich sehe schon, ihr habt euch alle gegen mich verbündet.«

»Es geschieht doch nur zu deinem Besten«, versicherte Olive.

»Und es tut auch gar nicht weh«, schob Holly grinsend hinterher.

»*Fast* nicht«, korrigierte Zoey.

»Na wartet. Das gibt Rache«, versprach Abby.

»Ich freue mich drauf«, antwortete Holly keck. »Aber jetzt hältst du die Klappe und lässt Marcel seine Arbeit tun. Kaffee dazu?«

»Kaffee!« Marcel verzog das Gesicht. »Ich habe extra ein kleines Schlückchen Prickelwasser mitgebracht.«

Er öffnete die schwarze Tasche, die Abby entfernt an einen Arztkoffer erinnerte, und nahm eine eisgekühlte Flasche Champagner heraus. Holly strahlte und nahm die Flasche entgegen. »Marcel, du bist und bleibst der Beste!«

Ein Leuchten ging über sein ebenmäßiges Gesicht. »Ich weiß.«

Er zog einen pinken Umhang aus der Tasche. Mit einer geschickten Handbewegung entfaltete er ihn und legte ihn über Abbys Schultern.

»Muss das sein?«

»Ja, und jetzt halt die Klappe.« Er nahm die Schere in die Hand. »Das wird ein hartes Stück Arbeit.«

»Du machst mir Mut.«

»Hier, trink einen Schluck, dann geht es dir besser.« Holly hielt ihr ein Glas Champagner entgegen.

»Ich weiß nicht ...«

»Nur einen winzigen Schluck, damit wir miteinander anstoßen können.«

»Okay. Auf deine Verantwortung.« Ein Lächeln legte sich auf ihr Gesicht. Es war ein schönes Gefühl, endlich wieder im Kreise ihrer Freundinnen zu sein.

»Auf die Rückkehr von Miss Marple!«

Marcel, Holly, Olive und Zoey hielten ihr Glas in die Höhe. Abby nippte am Champagner.

Olive sah sie an. »Und?«

»Besser als der Kamillentee im Krankenhaus«, stellte sie schmunzelnd fest.

Alle lachten.

»Gut, dann können wir ja loslegen.«

»Warte.« Abby nahm noch einen Schluck. »Ah. Jetzt bin ich so weit.« Sie lehnte sich auf dem Stuhl zurück.

Zoey stellte das Radio an, wo ein bekannter Sommerhit lief. Dexter kam schnurrend um die Ecke getapst. Hollys schwarzer Kater war der einzige männliche Bewohner der WG.

»Na, hast du Angst, etwas zu verpassen?«, fragte Abby.

Dexter war die neugierigste Katze der Welt und erhob sich nur von seinem Kuschelkissen, wenn Besuch da war oder es Essen gab. In dieser Hinsicht passten Dexter und Holly einfach perfekt zusammen. Diese klatschte nun mit der Hand auf ihren Oberschenkel. Das war das Zeichen für Dexter. Mit einem Satz sprang er auf ihren Schoß, wo er schnurrend zusammenbrach.

Marcel tänzelte um Abby herum wie eine Primaballerina. Dabei klapperte er mit der Schere, als er würde er sie schon mal im Leerlauf warm werden lassen. *Schnipp.* Die erste Strähne ging zu Boden. Abby schluckte. *Schnipp.* Die zweite, dicht gefolgt von der dritten. Ehe sie es sich versah, war der Boden mit braunen Locken bedeckt. Angesichts der Menge konnte man annehmen, dass er ihr eine Glatze schnitt. Sie rutschte auf dem Stuhl hin und her.

»Halt still, sonst kann ich nicht arbeiten«, raunzte Marcel sie an. »*Ts, ts, ts!*« Marcel schüttelte den Kopf. »Das ist eine einzige Katastrophe!«

Sie schluckte nervös und warf Holly einen Hilfe suchenden Blick zu. Die Schlange zuckte nur mit den Schultern und prostete ihr zu.

Wieder fielen Strähnen zu Boden. Marcels Gesichtsausdruck nach zu urteilen, war er noch lange nicht fertig. Im Geiste verabschiedete sie sich von ihren Haaren. Zum Glück trug sie im Dienst eine Mütze, so würde niemandem auffallen, dass sie eine Glatze hatte.

»Sieht jetzt schon besser aus«, sagte Olive wenig überzeugend.

Zoey legte den Kopf leicht schräg. »Ja, finde ich auch.«

»Jemand noch ein Schlückchen?«, trällerte Holly.

Die Haustür klapperte und Sekunden später waren Schritte auf dem Flur zu hören.

Emily kam in die Küche gestürmt. »Da bist du ja!«

Marcel hielt abrupt inne. »Ach, so kann ich nicht arbeiten!«

»Herzlich willkommen zu Hause.« Emily beugte sich unbeirrt zu Abby herunter und gab ihr einen Kuss.

»Könnte ich jetzt weitermachen?«, bat Marcel. Die Schere klapperte im Leerlauf.

Emily machte einen Schmollmund. »Ich werde wohl meine Freundin begrüßen dürfen.«

»Wie geht es dir?« Abby musterte Emily genau. Ihre Freundin hatte dunkle Schatten unter den Augen, und um ihren Mund hatten sich Sorgenfalten eingegraben. Holly hatte ihr erzählt, dass Emily nach wie vor darauf beharrte, dass Ethan sie betrog.

»Gut.« Emily wandte sich ab und gesellte sich zu den anderen. Es war offensichtlich, dass sie nicht über sich und Ethan sprechen wollte.

»Gott sei Dank«, kommentierte Marcel. »Dann kann ich ja jetzt fortfahren.«

»Wie viel willst du denn noch abschneiden?« Abby schielte auf den kleinen Haufen Haare zu ihren Füßen. »Da ist ja kaum noch was auf meinem Kopf.«

»Vertraust du mir oder nicht?« Er sah aus, als würde er jeden Moment in Tränen ausbrechen.

»Doch, ja. Natürlich«, murmelte sie.

»*Bon* – gut!« Die Schere fuhr in ihre Haare und … *Schnipp*. Wieder ging eine Strähne zu Boden. Abby seufzte resigniert. Von den Mädels sagte keine ein Wort. Alle starrten gespannt zu ihr rüber.

»Kamm!« Marcel wedelte ungeduldig mit der Hand in der Luft.

Sofort eilte Holly herbei und reichte ihm Gewünschtes. Mit energischen Strichen bearbeitete Marcel ihre Haare – oder zumindest das, was davon noch übrig war.

»Föhn!«

Holly schoss los, um den Föhn aus dem Badezimmer zu holen.

»Du siehst –«, fing Olive an.

Marcel hob gebieterisch die Hand. »Halt! Kommentare erst, wenn ich fertig bin, meine kleine Rose.«

Wortlos schloss Olive wieder den Mund.

»Kann ich nicht mal zwischendurch schauen, ob es mir gefällt?«, fragte Abby vorsichtig.

»*Non*. Ich bin ein Künstler. Du siehst dir doch auch kein Bild an, bevor der Maler damit fertig ist. Außerdem kannst du sowieso nichts mehr ändern. Ab ist ab.« Er machte sich an ihrer Augenbraue zu schaffen.

Meine Güte, wenn er nicht bald aufhörte, würde sie nirgendwo mehr Haare haben und wie ein kahl geschorenes Kaninchen aussehen.

Holly kam zurück. Mit lautem Getöse schaltete Marcel das Ungetüm ein. Haare flogen ihr vors Gesicht, während er ihren Kopf wie ein Stück Teig bearbeitete. Als er fertig war, tauchte er seine Finger in einen Topf, den er mitgebracht hatte, und verteilte die gelbliche Paste in seinen Händen. Dann fuhr er ihr durch ihre Haare. Ein angenehmer Duft nach

Kokos und Vanille stieg ihr in die Nase. Er zupfte und strich, bis er nach einer gefühlten Ewigkeit endlich fertig war.

»*Et voilà!*« Ein Lächeln zierte sein Gesicht. Mit einem Ruck zog er den Umhang von ihren Schultern und wirbelte sie auf dem Stuhl herum.

»Fertig!«

Für einen Moment herrschte atemlose Stille in der Küche. Lediglich Dexters leises Schnurren war zu hören. Alle vier Freundinnen starrten sie mit offenem Mund an.

»Ihr macht mir Angst.« Abby fuhr sich durch die Haare.

»Finger weg«, raunzte Marcel sie an.

»Oh mein Gott!« Olive war die Erste, die ihre Sprache wiedergefunden hatte. »Du siehst einfach unglaublich aus.«

»Hammertoll!«, jubelte Holly.

Emily sprang auf. »Kannst du mir auch die Haare schneiden? Ich möchte aussehen wie Abby.«

Zoey schaute sie ehrfürchtig an. »Das ist der Wahnsinn.«

»Sie sieht aus wie die junge Audrey Hepburn«, lautete Marcels abschließendes Urteil.

Audrey Hepburn klang gut. Abby atmete erleichtert aus.

»Schön, dass es euch gefällt, aber ich würde es auch gern sehen.« Sie wollte aufstehen, aber Marcels Hände drückten sie gnadenlos runter.

»Warte, meine kleine Kampfdrohne. Der liebe Marcel hat an alles gedacht. *Voilà*!«

Er zauberte einen Spiegel hinter seinem Rücken hervor und hielt ihn ihr vor die Nase. Atemlos betrachtete sie ihr Spiegelbild. Ihre Haare schimmerten im Licht wie flüssiger Waldhonig. Keine Spur mehr von den ausgedünnten Stellen, die die Flammen in ihr Haar gefressen hatten. Die Deckhaare waren kürzer geschnitten und ließen ihre Frisur fülliger aussehen. Die Seiten fielen bis knapp über die Ohrläppchen. Der Schnitt betonte ihre hohen Wangenknochen und ließ ihre ohnehin großen Augen noch größer erscheinen. Zwar waren die Haare deutlich kürzer, jedoch ohne sie maskulin wirken zu lassen. Im Gegenteil: Marcel hatte es geschafft, ihre weibliche, verletzlichere Seite mehr zum Vorschein zu bringen. Tränen traten ihr in die Augen.

»Du bist ein Zauberer«, hauchte sie andächtig, ohne den Blick vom Spiegel zu nehmen.

»Endlich mal jemand, der meine Qualitäten erkennt.« Er warf einen dramatischen Blick gen Himmel.

Abby lächelte. Sie hatte sich nie als hübsch bezeichnet. Ihr Gesicht war im Vergleich zu denen ihrer Freundinnen eher durchschnittlich.

Aber genau in diesem Moment fühlte sie sich tatsächlich schön.

13

»Willkommen zurück«, begrüßte sie der Portier, als sie das Hauptgebäude der Metropolitan Police betrat.

»Hallo, Henry. Es fühlt sich gut an, wieder hier zu sein.«

Tatsächlich hatte sie ihre Arbeit schrecklich vermisst, obwohl sie die Tage zu Hause genossen hatte. Jason hatte zweimal aus Mailand angerufen. Die Gespräche waren kurz gewesen, obwohl sie bei ihm ernsthafte Besorgnis über ihren Gesundheitszustand herausgehört hatte. Jason selbst hatte gehetzt geklungen und konnte noch immer nicht sagen, wann er zurückkommen würde.

»Tolle Leistung, Sarge«, beglückwünschte der ältere Herr sie.

»Danke, Henry.«

Sie ging zum Fahrstuhl und fuhr nach oben. Der Flur war leer und auch sonst war keine Menschenseele zu entdecken. *Komisch.*

Abby fuhr sich mit der Hand durch die Haare. Sollte sie etwas vergessen haben – ein Meeting oder vielleicht einen Großeinsatz? Während sie noch überlegte, drückte sie mit Schwung die Tür zu ihrem Büro auf.

»Hurray!«, ertönten mehrere Männerstimmen.

Die ganze Wache hatte sich versammelt und strahlte ihr entgegen. Sogar der Assistant Commissioner war da, um sie in Empfang zu nehmen. Er gab ein Zeichen. Sofort stimmten die Kollegen ein Lied an.

For she's a jolly good fellow, for she's a jolly good fellow – weil sie ein guter und lustiger Kumpel ist.

For she's a jolly good fellow, which nobody can deny …

Tränen der Rührung traten ihr in die Augen, und sie blinzelte. Niemals hatte sie mit so einem Empfang gerechnet. Sie schluckte. Seit dem Unfall war sie nah am Wasser gebaut.

»Oh Mann, Leute, ihr macht mich echt fertig mit eurem schiefen Gesang«, witzelte sie, darum bemüht, ihre Emotionen zu überspielen.

»Haha. Als ob du es besser könntest.« Andrews kam auf sie zu und nahm sie in den Arm. »Mensch, Langfort, du alte Kampfsau. Mach das nicht noch mal mit mir. Ich dachte, wir verlieren dich.«

Sie lächelte. »Gut, dann wisst ihr endlich mal, was ihr an mir habt.«

»Allerdings. Hast gefehlt!«

Ihre Kollegen klopften ihr auf die Schulter. Es war das erste Mal, seit sie bei der Metropolitan Police angefangen hatte, dass die Männer ihr offen ihre Wertschätzung zeigten. Einer nach dem anderen gratulierte ihr. Allen voran der Assistant Commissioner.

»Wusste schon immer, dass Sie ein patenter Kerl … ähm … Frau sind«, nuschelte er unbeholfen. Große Reden waren nicht so sein Ding.

»Ich gebe mein Bestes, Chief.«

»Stimmt.« Er richtete seinen Blick in die Männerrunde. »Da könnt ihr euch alle mal ein Beispiel an Sergeant Langfort nehmen, Jungs.«

»Machen wir, wenn ich mir dafür keine Brüste wachsen lassen muss«, tönte Sergeant Robins von hinten.

»Hey, Robins, darüber musst du dir keine Gedanken machen«, konterte Abby. »Die hast du doch eh schon.«

Alle lachten.

»Scharfzüngig wie eh und je«, flüsterte ihr Kyle zu.

»Du kennst mich doch.« Sie nahm die Mütze vom Kopf und legte sie auf ihren Schreibtisch. Anerkennende Pfiffe ertönten.

»Hey, Langfort, du siehst ja richtig klasse aus«, meldete sich ein Kollege der Frühschicht zu Wort. »Wie ein richtiges Mädchen.«

»Das fällt dir jetzt erst auf?« Es tat gut, wieder bei ihrem Team zu sein und den gewohnt rauen Ton anzuschlagen, der nun mal hier herrschte. »Du hingegen siehst aus, als hättest du mal wieder einen über den Durst getrunken.«

Wieder lachten alle.

Kyles Blick ruhte auf ihr. »Die neue Frisur steht dir ausgesprochen gut. Du erinnerst mich ein bisschen an Audrey Hepburn.«

Ihre Augenbraue schnellte nach oben. »Du kennst Audrey? Jetzt sag mir bitte nicht, dass du schon mal einen Film mit ihr gesehen hast.«

Er grinste verschmitzt. »Auch starke Männer werden manchmal schwach.«

»Wer hätte das gedacht …«

Jemand pfiff. »Oh, da hat jemand eine Schwäche für Langfort!«

»Tja, wenn ihr Schwachköpfe erst jetzt merkt, was für eine *Sahne-schnitte* ihr unter euch habt, kann ich auch nichts dafür«, verteidigte sich Kyle lachend.

Mit Verwunderung stellte sie fest, dass von seiner sonst machohaften Art nichts mehr zu spüren war.

»Leute, dann wollen wir mal wieder an die Arbeit«, beendete der Assistant Commissioner das kleine Treffen. »Es ist gut, Sie wieder bei uns zu haben, Sergeant Langfort.« Alle applaudierten.

»Es ist schön, wieder hier zu sein«, erwiderte sie.

»Geht es dir gut?«, fragte Kyle, als sie endlich alleine waren.

»Es geht mir prima. Ich bin froh, wieder im Dienst zu sein.«

»Kann ich mir vorstellen. War auch 'ne lange Zeit.«

Sie hatten mehrfach wegen der *Honey Hunters* miteinander telefoniert. Kyle hatte ganz begeistert geklungen, was sie gefreut hatte. Helen hatte sich ebenfalls bei ihr gemeldet und ihr nur Positives über seinen Besuch berichtet.

»Abby?«

»Ja?«

»Ich wollte dich fragen, ob du etwas dagegen hättest, wenn ich gelegentlich zu den Treffen der *Honey Hunters* mitkommen würde.«

»Bedeutet das, du willst uns helfen?« Sie konnte ihre Überraschung nicht verbergen.

»Es war toll, mit den Jugendlichen zu arbeiten. Weißt du, seit ich bei der Polizei angefangen habe, war ich immer auf der anderen Seite: Festnahmen, Verhöre, Jugendstrafen. Ich habe mir nie Gedanken darüber gemacht, was dahintersteht. Als ich mich mit den Jugendlichen unterhalten und mir die Mühe gemacht habe, ihnen wirklich zuzuhören, ist mir erstmalig klar geworden, dass die Welt da draußen nicht schwarz und weiß ist. Ich würde gerne helfen, damit noch mehr Menschen für dieses Thema zu sensibilisieren.«

»Mein Gott ...« Sie hatte keine Ahnung, was sie darauf sagen sollte.

»Du kannst mich ruhig weiter Kyle nennen«, witzelte er.

»Blödmann! Natürlich kannst du mitmachen. Ich freue mich.«

Ohne zu überlegen, gab sie ihm einen Kuss auf die Wange. Als sie seinen Mund dabei unabsichtlich streifte, zuckte er zusammen. Das

Lächeln war aus seinem Gesicht verschwunden. Er musterte sie ernst. Sie schluckte.

Warum hatte sie ihn küssen müssen? Ihre Impulsivität hatte sie schon mehr als einmal in Schwierigkeiten gebracht. Sie öffnete den Mund, um sich bei ihm zu entschuldigen, als die Tür aufflog.

»Abby!« Danny blieb stehen. Er hatte einen Becher Kaffee in der Hand. Ertappt drehte sie sich zu ihm um. Zwischen ihr und Kyle war nicht mehr als eine Handbreit Luft.

»Oh, ich habe wohl gestört.« Es war offensichtlich, dass Danny mehr in die Situation hineininterpretierte, als ihr lieb war.

»Das ist nicht so, wie es aussieht.« Im gleichen Moment wusste sie, wie dämlich sich dieser Satz anhören musste. Kyle sagte nichts, sondern stand einfach nur da.

»Jaja, schon klar. Wer hätte das gedacht.« Danny hielt ihr den Becher entgegen. »Sollte ein kleiner Willkommensgruß sein.«

»Danke, Kumpel«, sagte sie betont fröhlich und nahm den Kaffee.

»Klar. War mir ein Vergnügen, einer so hübschen Frau einen auszugeben.« Er wandte sich an Kyle. »Du hast echt Glück, Kumpel. Ist 'ne harte Nuss, unsere Abby.«

Kyle lachte freudlos. »Ja, absolut.«

14

»Wie ist deine Woche gelaufen?«, erkundigte sich Olive und rührte mit dem Strohhalm in ihrem Glas. Die Eiswürfel darin stießen klirrend aneinander.

Sie hatten es sich auf den Liegestühlen auf der Dachterrasse gemütlich gemacht und genossen das Frühlingswetter – über ihnen der blaue Himmel und die Sonne, die warm auf sie herabstrahlte. Im Hintergrund dudelte leise ihre *Beach*-Playlist, die Abby extra zu diesem Zweck angelegt hatte. Sie hatte sich vorsichtshalber ein Baseballcap aufgezogen, um ihre frisch verheilten Wunden vor der Sonne zu schützen.

»Der übliche Wahnsinn. Festnahmen. Verhöre. Nichts Aufregendes.« Schon kurze Zeit nach ihrer Rückkehr hatte die tägliche Routine wieder eingesetzt.

Sie dachte an Kyle. Der Zwischenfall mit dem Kuss war nicht wieder zur Sprache gekommen. Vielleicht hatte sie sich seine Reaktion auch nur eingebildet. Außerdem war es ja nur ein freundschaftlicher Schmatzer gewesen, mehr nicht.

Sie zog laut schlürfend die Zitronenlimonade mit dem Strohhalm hoch. »Aaah, das tut gut.«

Olive lachte. »Es geht doch nichts über einen perfekt gemixten Drink!«

»Abby! Abby!« Hollys Kopf tauchte bei der Leiter auf. Sie wedelte mit etwas Weißem in der Hand. »Post für dich!«

Olive und Abby tauschten verwunderte Blicke. Seit wann machte Holly wegen eines Briefes so einen Aufstand?

»Gerade gekommen.« Völlig außer Atem hielt sie ihr den Brief entgegen. »Sieh selbst!«

»Ein Brief«, stellte sie fest. »Leg ihn zur Seite und setz dich zu uns. Es ist herrlich in der Sonne. Und wenn du ganz lieb bist, bekommst auch eine leckere Zitronenlimonade.«

»Abby, du Riesenhorst. Du bist doch sonst so schnell im Kombinieren«, schimpfte Holly. »Das ist nicht *irgendein* Brief. Das ist DER Brief, auf den du schon seit Jahren wartest!«

»Also jetzt hast du mich neugierig gemacht. Zeig noch mal her.« Holly hielt ihr den Umschlag direkt vor die Augen. Im gleichen Moment setzte Abbys Herz einen Schlag aus. Das königliche Wappen stach ihr entgegen. Darunter standen zwei Worte in deutlicher Druckschrift geschrieben.

Buckingham Palace

»Ein Brief von der Queen!«, schrie Holly völlig außer Rand und Band. Abby war unfähig, sich zu bewegen. In ihrem Kopf herrschte ein absolutes Vakuum. Sie konnte nicht anders, als auf das Siegel zu starren.

»Abby!« Olive rüttelte sie. »Nun nimm den Brief in die Hand.«

»Ein Brief von der Queen«, hauchte sie.

Sie kam sich vor wie in einem Märchen. All die Jahre hatte sie davon geträumt, dass die Queen von ihrer Existenz Notiz nahm, und nun schickte sie ihr einen Brief. Ein nicht gekanntes Glücksgefühl überschwemmte ihren Körper und sie fühlte sich eigenartig leicht.

»Willst du nicht wissen, was drinsteht?« Holly sah sie mit geröteten Wangen und weit aufgerissenen Augen an.

»Los, mach schon auf«, forderte Olive.

Ihre Finger zitterten, als die den Umschlag öffnete. Vorsichtig zog sie die Karte heraus. Das Büttenpapier schimmerte in der Farbe von Elfenbein im Sonnenlicht. Sie schnupperte daran, in der Hoffnung, einen Hauch vom Parfüm der Queen zu erhaschen. Leider Fehlanzeige.

Das königliche Wappen war in einer Goldprägung darauf gedruckt. Mit feinen Lettern stand darunter geschrieben:

Lord Chamberlain wurde von Ihrer Majestät der Königin angewiesen,
Miss Abigail Langfort
zu der diesjährigen Gartenparty im Buckingham Palace,
am Montag, den 03. Juni 2019, von 16 Uhr bis 18 Uhr,
einzuladen.
Hochachtungsvoll, Lord Chamberlain

Eine schwungvolle Unterschrift besiegelte das Schreiben.

»Ach du Scheiße!«, stieß sie heiser hervor. Ihr Herz raste und sie schnappte nach Luft. In ihren Augen glitzerten Tränen. »Ihre Majestät hat mich zur Gartenparty im Buckingham Palace eingeladen«, wiederholte sie, als müsste sie sich selbst von der Richtigkeit der Worte überzeugen. Ihr Traum sollte Wirklichkeit werden.

»Du bist bei der Queen eingeladen«, kreischte Holly. »Oh mein Gott. Oh mein Gott.«

»Unsere Miss Marple wird noch eine echte Berühmtheit!« Olive war ebenfalls aufgesprungen und umarmte sie. »Herzlichen Glückwunsch, Abby.«

»Da muss man nur ein Kind retten und schon hat man die langersehnte Einladung in der Hand.« Ein Lachen stieg ihr kitzelnd wie Brausepulver den Hals hoch. »Ich gehe zur Queen.« Sie sah Olive fassungslos an.

»Du gehst zur Queen«, bestätige diese grinsend.

»Sergeant Abigail Langfort geht zur Queen«, wiederholte sie die Worte wie ein Mantra. »Ich gehe wirklich zur Queen.« Sie stand noch immer wie angewurzelt auf der Stelle. »Ich. Gehe. Zur. Queen.«

»Abby, wenn du das noch mal sagst, schreie ich«, warnte Holly sie.

»Ich gehe zur Queen!«, sagte sie prompt und brach in lautes Gelächter aus.

Tränen kullerten ihr über die Wangen. Sie musste sofort ihre Eltern anrufen. Ihre Mutter würde ausflippen, wenn sie das hörte.

»Wahnsinn. Weißt du schon, was du anziehst?«

Typisch Holly! Abby stockte. »Meine Uniform. Was sonst?«

»Du kannst doch nicht in deiner Uniform vor der Queen aufschlagen!«

»Kann ich nicht?« Ihr Blick wanderte von Holly zu Olive.

Diese schüttelte den Kopf. »Nein, da musst du schon mal in etwas Elegantes schlüpfen.«

»Ach du Scheiße!« Sämtliches Blut sackte aus ihrem Gesicht. Die Einladung zur Queen war eine Sache, die Klamottenfrage eine andere.

»Mach dir keine Sorgen, das kriegen Marcel und ich schon hin«, beruhigte Holly sie.

»Na ich weiß nicht … Ich denke, ich bleibe bei der Uniform.«

»Hast du dir mal die Bilder von der Gartenparty angesehen? Da ist niemand in Uniform, außer die Garde und die Offiziellen«, beharrte Holly. »Das ist deine Gelegenheit, als Lady aufzutreten.«

»Ich bin aber keine Lady, sondern ein Offizier im Dienste ...«

»... Ihrer Majestät der Königin«, vollendeten ihre Freundinnen den Satz kichernd.

»Ihr seid echt bescheuert.«

Holly legte die Hand auf ihre Schulter. »Nein, nur ehrlich.«

»Hm. Ich werde darüber nachdenken«, versprach sie.

»Gut, das ist ja schon mal ein Schritt in die richtige Richtung.«

»Ich finde, das ist ein Grund zum Anstoßen«, verkündete Olive.

»Das sagst ausgerechnet du alte Betschwester«, stichelte Holly.

»Da siehst du mal.« Olive grinste. »Ich trinke eben nur, wenn es wirklich etwas zu feiern gibt.«

Ein Pfiff ertönte. Abby, Holly und Olive drehten sich zur Leiter. Liams dunkelblonder Wuschelkopf tauchte hinter der Dachkante auf. Olives Augen leuchteten bei dem Anblick ihres Liebsten.

»Hallo, ihr Hübschen.« Mit dem geschmeidigen Gang einer Raubkatze kam er zu ihnen. Er beugte sich zu Olive und gab ihr einen Kuss. »Ich habe dich vermisst.«

»Ich dich auch! Stell dir vor: Abby hat eine Einladung von der Queen bekommen!«

»Nicht euer Ernst.« Liam strahlte Abby mit seinen grünen Augen an. »Herzlichen Glückwunsch, Abby.«

Sie grinste breit. »Danke!«

Sein Blick ruhte auf ihren Haaren. »Neue Frisur?«

»Ja, hat mir Marcel verpasst.«

»Steht dir gut. Da könntest du auch mal hingehen«, meinte er an Olive gewandt.

Diese machte gespielt einen Schmollmund. »Dir gefallen meine Haare wohl nicht.«

»Das habe ich nicht gesagt.« Wie zum Beweis wuschelte er ihr über den Kopf. »Abbys Haare sind einfach gut geschnitten. Das ist alles.«

»Kannst du eh vergessen!« Holly winkte ab. »Marcel schneidet die Haare nur in, wie er es nennt, absoluten Notfällen.«

Die drei lachten.

»Wir wollten gerade einen Schluck auf meine Einladung trinken. Machst du mit?«, fragte Abby. Sie mochte Liam mit seiner ruhigen Art und dem frechen Glitzern in den Augen. Er schielte auf seine Armbanduhr.»Wie spät haben wir es denn?«»Ach, das ist doch völlig egal.« Sie winkte ab.»Irgendwo auf der Welt wird es schon Abend sein.«»Überredet.« Liam und Olive setzten sich auf das Rattansofa.»Gut. Ich hole den Sekt und die Gläser.« Abby eilte zur Leiter. Ihr Herz trommelte wie wild gegen ihre Brust. Sie würde tatsächlich die Queen treffen! Beschwingt kletterte sie nach unten. Mit einem Satz sprang sie auf den Küchenboden. In diesem Moment klopfte es an der Haustür, und sie ging über den Flur. Lautes Schluchzen war zu hören.

Sie öffnete, und Emily stand vor ihr. Ihre Wimperntusche war verschmiert und über ihre Wangen kullerten dicke Tränen. Rose saß auf ihrer Hüfte und sah ihre Mutter mit großen Augen an. Schluchzend fiel ihr Emily in die Arme. Rose quietschte leise.

»Hey, was ist denn passiert?« Ihre Freude war angesichts des Häufchen Elends in ihren Armen verflogen. Rose sah aus, als würde sie jeden Moment in Tränen ausbrechen.»Hallo, meine Süße«, redete sie sanft auf das Kind ein.»Alles okay. Mummy ist nur ein bisschen traurig. Möchtest du auf meinen Arm?«

Sie streckte die Hände nach ihr aus. Sofort wechselte Rose den Platz. Der kleine warme Körper klammerte sich an sie. Emily stand wie ein begossener Pudel daneben.

»So, jetzt kommst du mit in die Küche und ich mache dir einen Tee. Dann erzählst du mir in aller Ruhe, was passiert ist«, forderte sie Emily sanft auf.

Die anderen würden schon merken, dass etwas nicht stimmte. Sie konnte Emily unmöglich alleine lassen.

»O… o… o… o…kay«, schniefte Emily unter Tränen und folgte ihr.

Dexter kam um die Ecke getapst und musterte Rose mit seinen klugen Katzenaugen.

»Du kommst gerade recht.« Abby lächelte und setzte die Kleine neben den Kater auf den Küchenboden.»Kümmere dich mal um unseren Liebling.«

Es dauerte keine zwei Minuten und Rose hatte das arme Tier am Schwanz gepackt, was Dexter mit einem müden Miauen quittierte. Wenn sie in der Nähe war, ließ der Kater alles mit sich machen. Leise schluchzend ließ sich Emily auf der Sitzecke nieder.

»So, und du erzählst mir mal, was passiert ist, damit ich weiß, wofür ich Ethan ins Gefängnis stecken soll.« Abby nahm den Wasserkocher und setzte den Tee auf. Emily lächelte gequält, um gleich darauf wieder in Tränen auszubrechen.

»Hey, Trolley-Dolly, das kann doch nicht so schlimm sein.«

»Ich biiihihiin schschschschwanger!«, brach es aus Emily heraus. Abby stutzte einen Moment. »Aber das sind doch großartige Nachrichten.«

»Neiiiinnn!« Emily schüttelte heftig den Kopf.

Abbys Magen zog sich für einen Moment zusammen. Ein schlimmer Verdacht beschlich sie. *Das kann nicht sein*, schimpfte sie sich selbst eine Närrin. Aber dennoch … In ihrem Alltag als Polizistin hatte sie schon die unmöglichsten Dinge erlebt. Sie legte die Hand unter Emilys Kinn und zwang sie, ihr in die Augen zu schauen. »Oder ist das Kind nicht von Ethan? Du kannst mir die Wahrheit sagen.«

»Waaaas?« Emily sah sie an, als hätte sie Chinesisch gesprochen. »Natürlich ist das Kind von Ethan.«

Sie atmete erleichtert aus. »Puh!«

»Was denkst du von mir?« Emilys Augen schleuderten Giftpfeile.

Zumindest hatte sie erreicht, dass das Weinen für einen Moment aufgehört hatte. »Ich dachte nur, weil du so verzweifelt bist. Schon vergessen, ich bin Polizistin. Wird so trainiert, dass wir alle Verdachtsfälle aus dem Weg schaffen.«

»Hm.« Emily knabberte an ihrer Unterlippe. Tränen tropften von ihrem Kinn auf den Boden. Sie wischte sich mit der Hand über das Gesicht und zog lauthals die Nase hoch. Im Hintergrund war Rose' leises Brabbeln zu hören, die mit Begeisterung versuchte, auf dem armen Dexter zu reiten.

»Von dir möchte ich nicht vernommen werden. Bei deinem Röntgenblick wird einem heiß und kalt«, murmelte Emily.

Sie grinste. »Dafür habe ich jahrelang vor dem Spiegel trainiert.«

Es klapperte.

»Hier steckst du!« Holly streckte den Kopf durch den Fensterrahmen. Ihr Blick fiel auf Emily, die wie ein Schluck Wasser in der Kurve neben Abby saß. »Wir haben eine kleine Krise«, teilte sie der Ahnungslosen mit. »Ethan liebt mich nicht mehr, obwohl ich schwanger bin!« Emily brach erneut in Tränen aus. »Was?« Hollys Blick wanderte von Abby zu Emily, zu Rose und wieder zurück. Abby zuckte mit den Achseln. »Viel mehr weiß ich auch nicht.« »Warte, ich bin gleich wieder da. Ich sage nur mal schnell den anderen Bescheid.« Holly verschwand. Emily schniefte laut. Abby legte den Arm um sie. Ihre Freundin kuschelte sich an sie wie ein kleines Kind. »Kopf hoch. Wir sind bei dir.« Etwas hilflos streichelte sie ihr über den Rücken. »Es ist schrecklich.« Heiße Tränen tropften auf Abbys T-Shirt. »Dabei liebe ich ihn so.« Emily fuhr sich mit der Hand über ihren Bauch. »Aber Ethan liebt dich.« Emily schüttelte stumm den Kopf. »Nein, es ist aus und vorbei. Er hat eine Freundin.« »Bist du dir da sicher?« Ihr Blick bohrte sich in Emilys Gesicht. »Ja. … Nein.« »Wieso glaubst du also, dass Ethan eine Geliebte hat?« »Weil er sich von seiner Sekretärin verleugnen lässt. Ich habe in der Firma angerufen und wieder hat mir seine Sekretärin erklärt, dass Ethan gar nicht im Büro ist.« »Hast du ihn zur Rede gestellt?« »Nein. Ich wollte erst den Termin beim Arzt abwarten.« Ihre Hand strich über Emilys Rücken. »Trotzdem musst du mit ihm sprechen.« »EMILY SITZT HEULEND IN DER KÜCHE UND HAT ETHAN VERLASSEN!«, schepperte Hollys Stimme durch die Häuserschluchten von Portobello. Sofort brach Emily wieder in lautes Geheul aus. *Na super.* Am liebsten hätte sie Holly den Hals umgedreht. Holly kletterte gerade durch das Fenster zu ihnen in die Küche. »Da bin ich wieder.«

»Sag mal, bist du von allen guten Geistern verlassen, so in der Gegend rumzuschreien?« Abby machte eine Kopfbewegung zu Emily.

Holly schlug die Hand vor den Mund. »Ups.«

»Mann, Mann.« Sie schüttelte den Kopf. »Gut, dass du nicht beim Geheimdienst arbeitest. Du wärst der beste Mann der Gegenseite.«

»Emily!« Olive kam durch das Fenster gekrabbelt, dicht gefolgt von Liam. »Was ist los?«

Zeitgleich klingelte jemand an der Haustür Sturm. Holly rannte in den Flur.

»Wenn das Ethan ist, bin ich nicht da!«, rief Emily panisch.

Bei dem Namen blickte Rose hoch. »Dada?«

Emily stöhnte. Es klapperte an der Eingangstür. Stimmgemurmel war zu hören, gefolgt von Schritten.

»Würdest du mir jetzt bitte sagen, was hier los ist?«, fragte Olive in ihrer typisch ruhigen Art. Liam, der hinter ihr stand, hatte den Arm um ihre Taille gelegt und beobachtete schweigend das Geschehen.

»Ethan hat eine Geliebte und ich bin schwanger!«

»WAS?! Du bist schwanger?!« Ethan stand kreidebleich in der Küchentür.

»Oh Gott!« Emily schlug die Hände vor das Gesicht. »Lass mich in Ruhe.«

»Emily, bitte sag mir die Wahrheit.« Ethan sah seine Verlobte mit ernster Miene an. An seiner Schläfe pochte eine Ader und seine Kiefermuskeln mahlten.

»Ja, ich bin schwanger, du Idiot!«

Mit drei Schritten war er bei Emily. Ohne auf die anderen Anwesenden zu achten, ging er vor ihr in die Knie. »Liebling …«

»Du liebst mich nicht mehr!« Emilys Unterlippe zitterte.

Ethan nahm ihre Hand. »Wie kommst du nur auf diese absurde Idee?«

»Ich habe dich letzte Woche im Büro angerufen. Deine Sekretärin war am Apparat und teilte mir erstaunt mit, dass du dir den Nachmittag freigenommen hast. Ich bin mir vorgekommen wie ein Idiot. Ich hätte mir auch weiter nichts dabei gedacht, bis ich letzte Woche wieder angerufen habe und mir anhören musste, dass du den ganzen Tag nicht im Büro warst. Als ich gestern mit Rose zu dir in die Arbeit gefahren bin, um dich zum Mittagessen zu entführen, warst du ebenfalls nicht da, obwohl du mir von einem wichtigen Meeting erzählt hast. Du lügst mich an.« Emilys Augen schwammen in Tränen.

»Ich *war* bei einem wichtigen Meeting«, erklärte Ethan ruhig.

»Und warum weiß deine Sekretärin nichts davon?«

Abby hielt die Luft an. Ihr Instinkt sagte ihr, dass Ethan nicht log.

»Weil ich dich überraschen wollte ...« Ethan presste Emilys Hand gegen seinen Mund.

»Überraschen mit einem Geständnis, dass du eine Geliebte hast?« Ethan seufzte. »Ich wollte, dass du es zum richtigen Zeitpunkt erfährst ...«

Emily schluchzte leise auf. Abby schaute betroffen zu Boden. Dann waren Emilys Vermutungen doch richtig. Sollte sie sich so in einem Menschen getäuscht haben?

»... aber ich schätze, das ist jetzt der richtige Zeitpunkt«, fuhr Ethan fort. In der Küche hätte man eine Stecknadel fallen hören können. »Emily, mein Glück. Wir sind jetzt seit über zwei Jahren ein Paar. Wir haben viel zusammen erlebt. Unsere kleine Rose wurde in dieser Zeit geboren, meine Firma ist durch die Decke gegangen und wir haben ein Haus gekauft. Jetzt wird es Zeit, dass ich mein Versprechen einlöse und dich endlich zu meiner Frau mache.« Emily schlug ihre Hand vor den Mund. »Ich weiß, wie sehr du dir eine Hochzeit am Strand wünschst. Deshalb habe ich die letzten Wochen angefangen, das mithilfe einer Wedding Plannerin zu organisieren.«

»Ohhhh!«, stieß Holly beseelt aus.

»Emily, ich liebe dich mehr als mein Leben. Und wenn du mich noch haben möchtest, werden wir am sechsten August in der Kapelle von Beachy Head heiraten. Das anschließende Fest findet in meinem Elternhaus, im *Honey Pot Cottage*, statt. Alles ist organisiert. Die Gästeeinladungen werden in diesem Moment gedruckt. Es sollte alles perfekt sein.«

»Oh Ethan! Es tut mir so leid, dass ich dir misstraut habe und dachte, dass du mich hintergehst.« Emily zog geräuschvoll die Nase hoch.

Ethan sah seine Verlobte liebevoll an. »Freust du dich?«

»Und wie! Ich bin allerdings noch dabei, meinen Schock zu verdauen.« Emily küsste ihn überschwänglich. »Du musst mir alles erzählen. Wir heiraten wirklich am Strand? Oh Gott, hoffentlich spielt das Wetter mit.« Sie stieß einen Seufzer aus.

»Also für das Wetter bin ich nicht verantwortlich.« Ethan hielt abwehrend die Hände hoch. Alle lachten. »Aber wir haben zumindest eine Lösung gefunden, falls es nötig sein sollte.«

»Wahnsinn! Ich heirate wirklich.« Sie streichelte verträumt ihren Bauch. »Holly, du musst mir unbedingt helfen, ein passendes Kleid zu finden, das kaschiert.«

Holly schmunzelte. »Mit Freuden. Ich habe schon etwas im Sinn.«

Rose kam angekrabbelt und zog sich an Ethans Arm hoch. »Dada!«

»Na, du bist wohl eifersüchtig.« Emilys Augen strahlten vor Glück. Vergessen waren die Tränen.

»Ihr seid natürlich alle eingeladen«, rief Ethan und nahm seine kleine Tochter auf den Arm. »Hast du gehört, Rose, du bekommst ein Geschwisterchen. Ein Baby.«

»Baby?«, plapperte die Kleine nach.

»Ja, ein Baby.« Emily strich ihrer Tochter über die rosige Wange. »Du bekommst ein Geschwisterchen.«

»Du Dummerchen. Warum hast du mir nicht gesagt, dass du schwanger bist?«, fragte Ethan mit sanfter Stimme.

»Ich dachte, du willst mich nicht mehr und hast eine Affäre.«

»Alleine dafür müsste er dir den Hintern versohlen«, murmelte Abby.

»Hey, fall mir nicht in den Rücken«, schimpfte Emily.

Abby hob den Daumen. »Ich bin Team Emily!«

»Sehr gut.« Emily grinste sie an.

»… aber in diesem Fall bin ich Team Ethan«, fügte sie hinterher.

»Du Schlange!«

»Wenn ihr euch getrennt hättet, hätte ich meinen Glauben an die Liebe endgültig verloren«, gestand sie.

»Niemals.« Ethan drückte seine Verlobte fest an sich.

»Nachdem das endlich geklärt wäre, können wir gleich drei Dinge feiern!«, verkündete Olive.

»Wieso drei?« Ethan und Emily sahen fragend in die Runde.

Abby strahlte. »Ich habe eine Einladung zur Gartenparty der Queen bekommen!«

»Was?!« Emily sprang auf. »Und das sagst du erst jetzt?«

»Sehr witzig«, erwiderte Abby. »Wann denn sonst? Vor deinem ersten oder nach deinem zweiten Heulkrampf?«

»Das tut mir leid«, sagte Emily kleinlaut.

»Ich schätze, da haben deine Hormone etwas über die Stränge geschlagen.«

»Vorsicht, du!« Emily zeigte ihr die geballte Faust. »Ich lasse mich nicht zum hormongesteuerten Weibchen reduzieren.«

»Nein, niemals«, beteuerte Abby.

Emily zwinkerte ihr zu. »Vielleicht ein bisschen.«

»Könntet ihr euer Gequatsche vielleicht nach oben verlegen? Ich verdurste!« Holly stand auf.

»Stimmt! Ich auch.«

»Soll ich Sekt holen?«, fragte Ethan. »Wir haben sicher welchen.«

»Wir haben unsere Notfallflasche.« Abby ging zum Kühlschrank und zog den Holzkasten hervor, an dem ein rotes Schloss befestigt war. Vorne drauf hatte Holly mit Edding geschrieben: *Hände weg! Nur in Notfällen öffnen!*

Ethan zog eine Augenbraue hoch. »Notfallflasche?«

»Eine gute Frauen-WG muss immer Sekt im Kühlschrank haben, um im Notfall schnell reagieren zu können«, erklärte Abby ernst.

»Definiere ›Notfall‹«, forderte Liam, der die ganze Zeit schweigend neben Olive gestanden hatte.

»Liebeskummer«, sagte Emily.

»Kleiderkrise«, ergänzte Holly.

»Männerkrise«, fügte Abby hinzu.

Sie dachte unwillkürlich an Jason. Sie musste unbedingt mit ihm sprechen, sobald er wieder in London war, und Klarheit in ihre Beziehung bringen.

»Also eigentlich immer«, schloss Olive lachend.

»Verstehe!« Liam nickte ernst. »Ich denke, dann könnte man diese Situation mit gutem Gewissen als Notfall bezeichnen.«

»Absolut. Sogar ein sehr großer Notfall«, sagte Emily.

»Das sieht man.« Abby machte eine Kopfbewegung zu Ethan, der seine Arme fest um Emily gelegt hatte. Rose saß auf dem Schoß ihrer Mutter und strahlte.

Abby drehte am Korken, und mit einem lauten Knall flog er durch die Luft. Sekt quoll aus der Flasche und lief ihr über die Hand. Sie leckte sich über die Handfläche.»Ein gutes Tröpfchen!«

»Na dann. Schenk ein!« Holly hatte die Gläser aus dem Schrank geholt.

In Windeseile hatte Abby die goldgelbe Flüssigkeit verteilt. Für Emily gab es Mineralwasser, was diese mit einer Schnute quittierte.

»Auf die Queen und die Liebe!« Abby hielt ihr Glas in die Höhe.

»Auf die Queen und die Liebe!«, schallte es zurück.

15

»Jetzt hample nicht so rum und halt endlich still«, schimpfte Holly.
»Ich muss schon seit einer Ewigkeit aufs Klo.« Sie stand in ihrem
Kleid im Schlafzimmer, während Holly um sie herumtänzelte wie eine
Primaballerina.
»Machst du Witze?« Holly starrte sie fassungslos an. »Du kannst
doch jetzt nicht aufs Klo, gerade wo wir fertig sind.«
Jetzt war es Abby, die ihre Freundin mit großen Augen anstarrte.
»Willst du damit sagen, dass ich den ganzen Tag nicht mehr pinkeln
kann?«
Seit knapp drei Stunden war Holly damit beschäftigt, sie für die Gartenparty der Queen herzurichten. Abby hatte geduldig stillgesessen,
während Holly ihr Gesicht mit Make-up bearbeitet hatte wie ein Maler
seine Leinwand. Sie hatte auch nichts gesagt, als Holly ihr die Haare
geföhnt und jede Strähne einzeln zurechtgezupft hatte. Aber je länger
sie stillhalten musste, desto mehr wuchs ihre Nervosität und damit das
dringende Bedürfnis, aufs Klo zu gehen. In weniger als einer Stunde
würde sie der Queen gegenüberstehen. Alleine bei dem Gedanken daran
machte ihr Magen Kapriolen.
Holly zupfte an Abbys Ausschnitt. »Das Kleid sitzt absolut perfekt!
Endlich sieht man mal deine traumhafte Figur!«
»Toll, aber jetzt muss ich wirklich pinkeln.«
Abby stürmte ohne Rücksicht auf Holly ins Badezimmer. Ihre
Schuhe klapperten auf dem Dielenboden. Wahrscheinlich würde sie mit
den spitzen Absätzen ihrer Pumps kleine Löcher im Holz hinterlassen.
Wenn sie die verdammten Dinger jetzt auszog, würde sie sie nie wieder
anziehen. Mit lautem Scheppern fiel die Tür hinter ihr ins Schloss. Er-
leichtert ließ sie sich auf dem Toilettensitz nieder. *Endlich!*
Sie gehörte zu den Menschen, die keine Prüfungsangst hatten. Je größer die Anspannung, desto ruhiger wurde sie für gewöhnlich. Aber ein

Besuch bei der Queen war nichts Alltägliches. Heute würde ihr Traum endlich wahr werden. Da durfte man schon mal aufgeregt sein.

»Du musst dich beeilen. Das Taxi kommt gleich!«, rief Holly aus dem Flur.

Abby stakste aus dem Bad. »Danke für den Hinweis. Ohne dich wäre ich schon längst fertig.«

Sie strich mit der flachen Hand über den glatten Stoff, um die Falten zu entfernen, die sie bei ihrer Toilettenaktion eventuell hineingemacht hatte.

»Aber wenn du mich nicht hättest, würdest du nicht so umwerfend aussehen.« Holly deutete auf den großen Spiegel an der Wand, den Jay auf ihre Anweisung erst gestern dort aufgehängt hatte. Eine völlig unnütze Anschaffung, wie Abby fand.

Mit kritischem Blick stellte sie sich davor und betrachtete sich. Holly hatte das Kleid in den Requisiten der *Startouch* gefunden. Von der Form erinnerte es ein wenig an die Cocktailkleider der Fünfzigerjahre. Der nachtblaue schimmernde Stoff schmeichelte ihrer Figur und betonte ihre schmale Taille. Holly hatte ihre Haare mit etwas Wachs in Form gebracht, sodass sie dunkel glänzten wie das Fell einer Siamkatze. Die goldenen Ohrringe rundeten ihr dezentes Make-up ab. Lediglich ihre geschwungenen vollen Lippen glänzten in einem leuchtenden Rot. Der hochgeschnittene Rundhalsausschnitt betonte ihren langen Hals und die kurzen Ärmel legten ihre wohldefinierten Schultern frei. Auch wenn sie es nicht gerne zugab, so hatte Holly einmal mehr bewiesen, dass sie ein außergewöhnliches Gespür für Mode hatte.

»Und?« Hollys Kopf tauchte hinter ihrem Rücken auf. »Gefällt es dir?«

»Es ist der absolute Wahnsinn. Manchmal ist es doch ganz praktisch, wenn man eine Modejournalistin zur Freundin hat.«

Holly stieß erleichtert die Luft aus. »Puh, ich hatte schon Angst, es könnte dir nicht gefallen!«

»Ich finde es toll, obwohl ich mich noch ein bisschen fremd darin fühle. Allerdings weiß ich nicht, wie ich den Tag in den hohen Schuhen überstehen soll. Hoffentlich lege ich mich damit nicht auf die Fresse.«

»Sergeant Langfort, was ist das bitte für eine Sprache?«, ermahnte Holly sie mit erhobenem Zeigefinger.

»Ich rede eben, wie mir der Schnabel gewachsen ist.« Sie drehte sich einmal um die eigene Achse. Die Rückseite des Kleides war tief ausgeschnitten und legte das Augenmerk des Betrachters auf ihren Rücken.

»Das würde ich vor der Queen vielleicht nicht tun.« Holly zupfte an ihren Haaren.

Abby schob ihre Hand zur Seite. »Lass das. Du benimmst dich wie meine Mutter.«

Holly ließ ihren Blick über sie gleiten. »Trotzdem fehlt noch was«, lautete ihre abschließende Meinung.

Abby stöhnte. »Was denn jetzt noch?«

»Warte!« Sie verschwand um die Ecke, um keine zwei Minuten später wieder aufzutauchen. »Das ist es.«

Sie hielt ihr eine Art Haarreif entgegen, an dem seitlich eine Blume, aus Federn und Schleier geformt, befestigt war.

»Was willst du denn damit?«, fragte Abby und runzelte die Stirn.

»Wenn du schon keinen Hut tragen willst, solltest du wenigstens einen Fascinator aufsetzen.«

»Einen was?«

»Ein Fascinator! Bei den Royals absolut angesagt. Meghan und Kate tragen auch ständig einen bei offiziellen Empfängen. Ein Must-have bei offiziellen Terminen im Palast!«

»Hm. Ich weiß nicht …« Sie musterte das Federungetüm skeptisch.

»Keine Widerrede.« Ohne Rücksicht auf Abbys Proteste setzte Holly ihr den mit dunkelblauer Seide überzogenen Haarreif auf. Missmutig betrachtete sich Abby erneut im Spiegel. Der Fascinator saß keck auf ihrem Kopf und rundete das Outfit perfekt ab.

»Na?« Hollys Augen blitzten triumphierend auf.

Sie hielt den Kopf leicht schräg. »Okay. Du hast recht. Das Ding sieht toll aus!«

»Fascinator«, wiederholte Holly milde.

»Meinst du wirklich, dass die Pumps das Richtige für eine Gartenparty sind?«, hakte Abby zum gefühlt fünfzigsten Mal nach.

»Du musst auf jeden Fall vorsichtig damit sein, vor allem auf der Wiese, aber flache Schuhe zu diesem Outfit wären einfach zu plump. Ich bin mir sicher, du bist nicht die Einzige mit hohen Schuhen«, versicherte Holly ihr.

»Na, ich weiß nicht …«, murmelte sie. Dennoch musste sie zugeben, dass die nudefarbenen Pumps ihre Beine länger erscheinen ließen.

Holly streckte ihr eine rote Clutch entgegen.

»Was soll ich denn damit?« Sie schürzte verächtlich die Lippen.

»Das ist doch keine Tasche, das ist ein Witz!«

»Das reicht für Lippenstift, Handy, Schlüssel, Bürste und die Einladung.«

»Das winzige Ding?«

»Du willst ja wohl keine Pistole oder Handschellen zum Empfang der Queen mitnehmen!«

»Vielleicht doch!« Natürlich waren Waffen verboten, aber ihren Dienstausweis hatte sie vorsichtshalber eingesteckt.

»Musst du immer das letzte Wort haben?«

Abby nahm die Handtasche. »So bin ich nun mal. Das liegt uns Polizisten im Blut.«

»Ich beneide dich ein bisschen um dein Treffen mit der Queen«, sagte Holly wehmütig. »Vielleicht sind ja auch die Herzoginnen Kate und Meghan mit dabei.«

»Ich werde dir auf jeden Fall berichten.«

»Moment, ich mache noch ein Foto für die Mädels.« Holly zog das Handy aus der Hosentasche.

»Muss das sein?«

»Natürlich. Wenn sie schon nicht dabei sein können, sollen sie Glamour-Abby wenigstens auf dem Foto sehen.«

Klick. Klick. Klick.

Abby verzog das Gesicht.

»Könntest du bitte mal lächeln? Du siehst aus, als wärst du beim Gefängnisfotografen.«

»So komme ich mir auch vor.« Abby zwang sich zu einem Lächeln.

»Prima.« Holly warf einen Blick auf das Display. »Die sind richtig gut!« Ein leises Geräusch verkündete, dass sie die Fotos in die WhatsApp-Gruppe der Portobello Girls geschickt hatte. »Fertig! Bist du aufgeregt?«

»Ich scheiße mir vor Angst fast in die Hosen«, gestand sie lachend.

»Kleid«, korrigierte Holly schmunzelnd. »Du schaffst das schon.«

Es klingelte an der Haustür.

»Das ist das Taxi!« Abby schluckte nervös. Ihr Herz schlug wie verrückt und ihre Handflächen waren feucht vor Aufregung.

»Toi, toi, toi.« Holly beugte sich zu ihr vor und spuckte ihr über die Schulter.

Abby gab ihrer Freundin ein Küsschen. »Danke.«

Es klingelte erneut, diesmal energischer.

»Der scheint es eilig zu haben!«

»Bis später!« Sie eilte unsicher nach draußen. Sie konnte nur hoffen, dass Holly recht hatte und sie sich an die hohen Absätze gewöhnen würde.

16

Abby ließ ihren Blick über die Anlage schweifen. Vor den Toren des Buckingham Palace hatten sich riesige Schlangen mit Wartenden gebildet, wie sie es noch nie zuvor gesehen hatte. Jeder Einzelne von ihnen hatte eine Einladung von der Queen erhalten. Geduldig hatte sie sich eingereiht und sich dabei die Sonne aufs Gesicht scheinen lassen. Endlich war sie dran. Abby trat einen Schritt vor. Ihre Zehen waren bereits abgestorben und sie fragte sich, wie sie die nächsten Stunden in den Pumps überleben sollte. Sie hätte nicht auf Holly hören, sondern ihre bequemen Schuhe anziehen sollen. Aber dafür war es nun zu spät. »Ihre Einladung bitte«, forderte sie der uniformierte Wachbeamte auf. Abby reichte ihm die weiße Karte. »Sehr schön, Ma'am«, sagte er und deutete mit der Hand auf den Rasen. »Bitte hier entlang.«

Ihr Herz klopfte wie verrückt, als sie durch die eisernen Tore in das Innere des Palastes schritt. Ihre Absätze klapperten auf dem Steinboden. Leises Murmeln von unzähligen Besuchern lag in der Luft. Für einen Moment waren die Schmerzen in ihren Füßen vergessen. Alles, was zählte, war, dass sie, Abigail Langfort, durch die heiligen Hallen von Buckingham Palace lief. Sie ließ ihren Blick über die hohen Wände bis zur Decke gleiten und bewunderte die großen Gemälde in ihren prunkvollen Goldrahmen. Es musste ein erhebendes Gefühl sein, wenn man dieses majestätische Gebäude mit all seinen Kostbarkeiten sein Zuhause nennen durfte.

Sie folgte den Massen den breiten Gang entlang bis zur Tür. Von dort ging es über die Terrasse direkt in den Garten – wobei *Garten* die Untertreibung des Jahrhunderts war. Die Anlage glich einem Park und hätte es mit ihrer Blumenvielfalt locker mit Kensington Gardens aufnehmen können. Dieser Bereich war nur der königlichen Familie und ihren Besuchern vorbehalten. Überall schlenderten Gäste die Sandwege entlang und erkundeten die Anlage.

Abby bestaunte die mächtigen Bäume, deren knorrige Äste wie die Arme einer alten Frau in den Himmel ragten. Rechts und links des Weges blühten Rosen und verströmten einen süßlichen Duft über das gesamte Gelände. Die weißen Zelte, die man extra für den heutigen Tag aufgebaut hatte, wirkten wie Fremdkörper zwischen all dem Grün. Bedienstete huschten dort ein und aus, schwer beladen mit Tabletts voller kulinarischer Köstlichkeiten. Trompetenklänge hallten über die Köpfe der Besucher hinweg. Eine Militärkapelle hatte sich seitlich des Geschehens aufgebaut, um das illustre Publikum zu unterhalten. Viele der Besucher standen in Grüppchen zusammen.

Abby kam sich inmitten der vielen Menschen ein wenig verloren vor. Sie sah sich auf der Suche nach einem bekannten Gesicht um. Bis auf wenige Ausnahmen waren alle Frauen in Cocktailkleidern erschienen. Die Männer trugen entweder einen Anzug oder einen klassischen Cut. Einige hatten sich sogar für einen Zylinder entschieden. Aus dem Augenwinkel erregte eine hochgewachsene Gestalt ihre Aufmerksamkeit. Unauffällig sah sie hinüber. Die Sonne blendete sie, aber trotzdem kam ihr die Silhouette bekannt vor.

In diesem Moment ertönte die Nationalhymne. Das Zeichen, dass Queen Elizabeth das Gelände betreten hatte. Sie wandte sich ab und richtete ihre Aufmerksamkeit zur Treppe.

Queen Elizabeth kam in Begleitung von Prinz Philip heruntergeschritten, gefolgt von Herzogin Catherine und Prinz William.

Sofort schaltete Abbys Puls einen Gang höher. Neugierig musterte sie die königliche Familie, die sich keine zweihundert Meter entfernt von ihr aufbaute, um den anwesenden Mitgliedern der Presse die Möglichkeit zu geben, Fotos zu machen. Die Queen trug – wie bei allen öffentlichen Auftritten – einen zum Outfit passenden Hut auf ihren sorgfältig zurechtgelegten Haaren, die von Weitem aussahen, als hätte man sie auf ihrem Kopf festbetoniert. Kein Härchen bewegte sich, selbst als eine Windbö über das Gelände fuhr. Prinz Philip ging gewohnt lässig in einem taubenblauen Anzug mit einem passenden Zylinder dazu an der Seite seiner Frau. Kate wirkte wie eine Nymphe in ihrem hellblauen Kleid, das um ihre Knie spielte und ihre schlanke Figur betonte. Beim Anblick von Prinz William schlug Abbys Herz schneller. Sie hatte schon immer eine Schwäche für den Prinzen gehabt. Als seine Mutter damals ums Leben gekommen war, hatte sie mit der Familie getrauert, als wäre es ihre eigene gewesen. Prinz William lächelte seiner Frau verliebt zu. Ach, die zwei waren wirklich ein Traumpaar.

Mit angehaltenem Atem beobachtete sie mehrere Männer in Uniform, die offensichtlich darauf achteten, dass das Protokoll eingehalten wurde und sich niemand unaufgefordert der Queen und ihrer Familie näherte. Ein wenig beneidete sie die Leibgarde, die Ihrer Majestät täglich so nah sein durfte.

Die Musik verstummte. Die Königin hob in gewohnter Manier die Hand zum Gruß an das Volk. Begeistert stimmte Abby in den allgemeinen Applaus ein, der sofort entbrannte. Langsam bewegte sich die Familie mit ihrer Entourage in Richtung Besucher. Niemand rührte sich von seinem Platz, in der Hoffnung, der Erste zu sein, den sich die Queen herauspickte, um ihn persönlich zu begrüßen. Mit grazilen Schritten kam Elizabeth auf sie zu. Sollte ihr Traum wirklich wahr werden?

Angesichts der vielen Menschen war die Chance gering, dass die Queen ausgerechnet sie aus der Menge auswählte, aber sie ging weiter in ihre Richtung. Unauffällig wischte Abby ihre feuchten Handflächen an ihrem Kleid ab. Das Blut rauschte in ihren Ohren. Für einen Moment wünschte sie sich, ihre Familie wäre hier und könnte sehen, wie ihr langgehegter Traum in Erfüllung ging. Abby hatte die ganze Nacht immer und immer wieder in Gedanken durchgespielt, was sie sagen würde, wenn die Königin ihr gegenüberstand. Aber in diesem Moment war ihr Mund staubtrocken und sie befürchtete, kein Wort herauszubekommen.

Einer der Begleiter der Queen beugte sich zu ihr und flüsterte ihr etwas zu. Daraufhin wandte sich Queen Elizabeth einem unauffällig aussehenden Mann zu, der keine zwanzig Schritte von Abby entfernt stand.

Jetzt, wo die Laufrichtung der Königin vorgezeichnet war, kam Bewegung in die Menge. Die Besucher drängten zu ihr. Abby drehte kurz den Kopf zur Seite. Herzogin Catherine war mittlerweile mit ihrem Mann nach rechts abgebogen und unterhielt sich mit einem Ehepaar. Alle waren bestens gelaunt. Auch dorthin eilten die Menschen.

Wenn Abby eine Chance haben wollte, sich mit Königin Elisabeth zu unterhalten, musste sie unbedingt zusehen, dass sie in die erste Reihe kam. Sie schob sich mit geschickten Bewegungen an mehreren Wartenden vorbei. Ihre Absätze sanken dabei tief in den weichen Untergrund ein. Mühsam kämpfte sie sich weiter vor. Die Queen war jetzt ungefähr fünf Meter von ihr entfernt und somit in greifbarer Nähe. Abby musste nur noch einen geeigneten Platz in der Reihe finden, die sich rechts und links von der königlichen Familie gebildet hatte. Ein Ehepaar drängte sich an ihr vorbei und versperrte ihr die Sicht.

Mist! Leise fluchend wich sie aus und spähte nach einer geeigneten Lücke, durch die sie hindurchschlüpfen konnte. Sie musste sich beeilen, wenn sie die Queen nicht verpassen wollte. Geschickt nutzte sie ihre zierliche Statur, um sich unauffällig nach vorne zu drängeln. Endlich hatte sie ihr Ziel erreicht! Noch ein Schritt, und die Queen würde unausweichlich an ihr vorbeigehen.

In dem Moment, als sie nach vorne treten wollte, blieb sie mit dem Absatz im Rasen hängen. Abby kam ins Straucheln. Hektisch ruderte sie mit den Armen und stieß dabei einen spitzen Schrei aus. Sie würde fallen!

Plötzlich packten sie zwei kräftige Arme und hielten sie im letzten Moment fest. Sie sog überrascht die Luft ein. Ein männlicher Duft nach Leder, Hölzern und Moschus stieg ihr in die Nase. Feste Muskeln drückten sich gegen ihren Rücken. Es dauerte einen Moment, bis sie realisierte, dass der Mann nicht ihre Taille, sondern ihre Brüste zu fassen bekommen hatte. Empört stieß sie die Luft aus.

»Was fällt Ihnen ein?«, plusterte sie sich auf – ungeachtet der Zuschauer um sie herum. »Lassen Sie mich sofort los!« Sie zerrte an seinen Händen.

Sofort lockerte der Mann seinen Griff. »Entschuldigung.«

Abby hob das Bein, um sich aus der misslichen Lage zu befreien. Leider ohne den gewünschten Erfolg. Ihr Schuh steckte noch immer fest. Erneut drohte sie vornüberzukippen. Wieder packten die Hände zu, diesmal eine Etage tiefer. Sie drehte sich um und blickte geradewegs in ein Paar honigbrauner Augen.

»Owen!«

»Immer, wenn ich dich treffe, steckst du in Schwierigkeiten«, brummte er. Der dunkelblaue Anzug spannte an seinen breiten Schultern. Ein weißes Hemd blitzte darunter hervor. Er hatte auf eine Krawatte verzichtet. Die braunen Haare waren ordentlich zurückgekämmt und mit Wachs fixiert. Um seinen geschwungenen Mund spielte ein Lächeln.

»Was machst du denn hier?««, stieß sie hervor. Das Blut rauschte in ihren Ohren.

Die Blicke der Umstehenden waren auf sie gerichtet.

»Ich bin eingeladen, so wie du«, entgegnete er schlicht.

In dem Braun seiner Augen leuchteten winzige goldene Punkte, und beim Klang seiner Stimme lief ihr ein warmer Schauer den Rücken hinunter. Sie blinzelte irritiert. Noch immer hielten sie seine Arme umschlossen. In seiner Nähe fiel es ihr schwer, klar zu denken. »Würdest du mich bitte loslassen?«

Owen löste seinen Griff. Diesmal war sie darauf vorbereitet und blieb stehen. Ein kurzer Blick genügte, und sie sah, dass die Queen jeden Augenblick bei ihr sein würde. Eilig bückte sie sich, um ihren Schuh aus dem weichen Gefängnis zu befreien.

»Warte, ich helfe dir.«

Aus dem Augenwinkel sah sie, wie sich ein Schatten näherte. Zu spät! *Bumm!*

Owen und sie stießen mit den Köpfen zusammen. Fluchend rieb sie sich die schmerzende Stelle. »Mist!«

»Entschuldige«, brummte Owen.

Der Absatz steckte noch immer fest, als würde jemand ihn von unten festhalten. Sie schlüpfte aus dem Schuh und zog auf einem Bein tänzelnd mit der Hand kräftig daran. Mit einem leisen *Flupp* löste sich der Absatz aus der Erde. Abby verlor erneut das Gleichgewicht und fiel wieder gegen Owen, der reflexartig die Arme um ihre Taille legte. Dem nicht genug, flog der Schuh über die Köpfe der Besucher hinweg, um genau vor der Königin auf dem Rasen zu landen. Für einen Moment erstarrte die Menge. Die Queen blieb abrupt stehen. Prinz Philip eilte schützend an ihre Seite. Jemand stieß einen Schrei aus. Mehrere Wachen kamen herbeigeeilt.

Abbys Herz setzte aus. Einige der Journalisten hatten die Kameras auf Abby gerichtet.

»*Bloody hell!*« Nur auf einem Bein stehend, blickte sie panisch auf. Die Augen von Königin Elisabeth wanderten erst zum Schuh und dann zu Abby. Prinz Philip flüsterte ihr etwas zu und die Queen nickte mit einem Lächeln auf den Lippen.

»Das ist nur mein Schuh«, schrie Abby und ruderte mit den Armen in der Luft, aus Angst, das Gleichgewicht zu verlieren.

»Ich hab' dich.« Owen hielt sie fest umschlungen. Sie warf ihm einen kurzen dankbaren Blick zu. Der Mann war wirklich da, wenn man ihn brauchte.

Queen Elizabeth die Zweite gab einem der Sicherheitsleute ein Zeichen. Sofort eilte der uniformierte Mann herbei. Ohne die Miene zu verziehen, hob er Abbys Schuh mit spitzen Fingern auf. Die Umstehenden lachten. Alle waren erleichtert, dass es sich lediglich um einen Schuh handelte, der das Protokoll gestört hatte.

Die Königin und ihr Mann steuerten schnurstracks auf Abby zu, gefolgt von dem Sicherheitsbeamten.

»Ich glaube, der gehört Ihnen.« Queen Elizabeth musterte sie mit einem amüsierten Gesichtsausdruck.

»Eure Majestät.« Abby deutete einen Knicks an. Sie kam sich vor wie ein Storch im Salat. »Es tut mir leid. Der Schuh ... ähm ... hat festgesteckt. Ich wollte ihn rausziehen, dabei ist er mir aus der Hand geflogen.«

Der Sicherheitsbeamte reichte ihr den Pumps. So hatte sie sich ihre Begegnung mit der Queen ganz und gar nicht vorgestellt. In ihrer Fantasie war es immer ein erhebender Moment gewesen, in dem sie der Königin tief in die Augen geschaut und ihr ihre unendliche Bewunderung ausgedrückt hatte. Nun stand sie wie ein Verbrecher auf einem Bein vor ihr und bekam keinen geraden Satz heraus.

»Danke.« Mit zitternder Hand nahm sie den Schuh entgegen. Innerlich verfluchte sie Holly zum hundertsten Mal an diesem Tag, dass sie sie überredet hatte, die Pumps zu tragen. Das war von Anfang an eine Schnapsidee gewesen.

Owens muskulöse Arme hatten sie immer noch fest im Griff. Die Queen trat einen Schritt näher. Sie stand jetzt nur einen halben Meter von Abby entfernt. Ihre wasserblauen Augen lächelten Abby entgegen. »Mit wem haben wir das Vergnügen?«

»Abigail. Sergeant Abigail Langfort. Metropolitan Police. Stets zu Ihren Diensten, Eure Majestät«, hauchte sie.

Die Mundwinkel der Königin zuckten kaum merklich. »Ein weiblicher James Bond, wie mir scheint.«

»Nicht ganz, Eure Hoheit«, bemühte Abby sich zu sagen, ohne dabei zu stammeln.

Queen Elizabeths Blick wanderte zu Owen hinter ihr.

»Officer Owen Wright. London Fire Brigade. Zu Ihren Diensten, Eure königliche Hoheit.«

»Waaas?« Abby ließ den Schuh fallen und schnappte nach Luft.

Die hohe Gestalt des Feuerwehrmanns, der sie gerettet hatte, purzelte durch ihren Kopf und mischte sich mit den verschwommenen Bildern des Mannes im Krankenhaus.

Die Stimme! Plötzlich ergab alles einen Sinn.

Aus ihrem Mund kam lediglich ein leises Hauchen. »Das warst du?«

Owen schien ihren Gedanken erraten zu haben und nickte kaum merklich.

Warum war sie nicht schon früher darauf gekommen?

Aus dem Augenwinkel sah sie, wie der Sicherheitsbeamte dem Königspaar etwas zuflüsterte.

»Man erzählte uns von Ihrem selbstlosen Rettungseinsatz. Wir waren sehr beeindruckt und wollten Ihnen persönlich unseren Dank dafür aussprechen.« Der pink übermalte Mund der Königin lächelte, und unter ihren Augen bildeten sich unzählige kleine Fältchen.

Prinz Philip schenkte Abby einen bewundernden Blick aus seinen graublauen Augen. »Meine Hochachtung. Doch ein weiblicher James Bond.«

»Danke, Eure königliche Hoheit. Aber es gehört zu meinen Pflichten, als Vertreterin des britischen Empires nicht nur für Recht und Ordnung zu sorgen, sondern auch Menschen in Not zu helfen.« Ihr Puls raste und ihr war leicht schwindelig.

»Wie es scheint, sind Sie nicht nur recht hübsch, sondern auch noch ehrgeizig dazu.« Die Queen lächelte erneut. »Frauen wie Sie braucht unser Land.«

»Danke, Eure Majestät.« Abbys Wangen glühten wie bei einem Flächenbrand.

Elizabeth die Zweite wandte sich an Owen »Wie lange sind Sie schon im Dienst?«

»Seit über zehn Jahren, Eure Hoheit. Allerdings möchte ich betonen, dass ohne den unerschrockenen Einsatz von Sergeant Langfort Mutter und Kind den Unfall nicht überlebt hätten.«

»Aber waren es nicht Sie, der die Mutter gerettet hat?«

»Das ist korrekt. Allerdings war das schnelle Handeln nur möglich, da mir Sergeant Langfort, nachdem sie das Kind bereits in Sicherheit gebracht hatte, den vermutlichen Aufenthaltsort der Mutter mitteilen konnte«, erklärte er ruhig.

»Soso.« Die Queen wirkte amüsiert.

»Wenn Sie verzeihen«, meldete sich Abby zu Wort. Ein absoluter Bruch innerhalb des Protokolls, in dem klar festgehalten war, dass niemand in der Gegenwart der Königin unaufgefordert sprechen durfte. Die Queen gab nickend ihr Einverständnis. »Officer Wright hat mir das Leben gerettet, als er mich davon abhielt, noch einmal ins Haus zurückzulaufen.«

Sie würde auf keinen Fall alleine die Lorbeeren für sich beanspruchen.

»Wie es scheint, sind Sie Sergeant Langforts Retter, nicht nur, wenn es um Feuer geht.« Königin Elisabeth deutete auf Abbys Schuhe.

Sie stöhnte innerlich.

»Glauben Sie mir, Sergeant Langfort ist durchaus in der Lage, auf sich selbst aufzupassen.« Ein Lächeln zierte Owens markantes Gesicht.

Ein Gentleman. In der heutigen Zeit eine Rarität unter den Männern.

Die Mundwinkel der Queen zuckten. »Sie scheinen einen großen Eindruck bei der Feuerwehr hinterlassen zu haben, Sergeant Langfort.«

»Ich habe nur meine Pflicht getan.« Abby streckte den Rücken durch. Von Owen ging eine spürbare Wärme aus.

»Ich bin mir sicher, wir werden noch einiges von Ihnen beiden hören«, verabschiedete sich Queen Elizabeth und reichte Abby die Hand. Der Stoff ihrer Handschuhe fühlte sich angenehm weich an. »Passen Sie gut auf sich auf und bleiben Sie mir treu.«

Mehrere Blitzlichter flammten auf. Anscheinend hatte die Presse beschlossen, dass ihre Begegnung mit der Queen ein Foto wert war.

»Eure Hoheit kann sich voll und ganz auf mich verlassen.« Sie machte einen Knicks. Ihr Mund fühlte sich staubtrocken an und ihr Herz trommelte wie ein wild gewordenes Kaninchen gegen ihre Brust.

Der Prinz klopfte Owen auf die Schulter.»Guter Mann, passen Sie auf Ihre Freundin auf.«

»Wir sind kein Paar«, platzte Abby heraus.

Die Queen und ihr Mann sahen sie belustigt an. Abby wäre am liebsten im Boden versunken.

»Man soll niemals nie sagen«, ergriff Prinz Philip das Wort.»Wie dem auch sei. Ich wünsche Ihnen einen schönen Tag.« Mit einem Kopfnicken verabschiedete sich der Prinz und reichte seiner Frau den Arm.

Abby starrte dem Königspaar hinterher, unfähig, sich zu bewegen. In ihrem Kopf wirbelten die Gedanken durcheinander. Sie hatte tatsächlich mit der Queen gesprochen, auch wenn das Gespräch so gar nicht nach ihren Vorstellungen verlaufen war. Das Beste jedoch war: Die Queen hatte ihr tatsächlich die Hand gereicht!

»Alles okay?« Owens Blick ruhte warm auf ihr.»Es tut mir leid, ich wollte dich nicht vor Ihrer Majestät kompromittieren.«

»Kein Thema.« Sie winkte ab.»Das war nicht deine Schuld, sondern die meiner Schuhe.« Sie grinste.

Jetzt, wo sich der Nebel in ihrem Kopf langsam lichtete, konnte sie sich wieder auf Owen konzentrieren.

»Wieso warst du bei mir im Krankenhaus?«, platzte sie heraus.

»Das ist doch wohl offensichtlich. Ich wollte mich selbst davon überzeugen, dass es dir gut geht.«

»Und ich dachte die ganze Zeit, ich hätte mir das nur eingebildet«, flüsterte sie.»Alles war so verschwommen, und ich hatte überhaupt keine Ahnung, wo ich war.«

Die Queen und ihre Begleitung waren mittlerweile außer Sichtweite und die Menge um sie herum löste sich langsam auf.

»Nein, hast du nicht.«

»Wusstest du denn, wer ich bin?«

»Nicht, als ich dich aus dem Haus gezerrt habe. Dein Gesicht war verdeckt.« Richtig, das hatte sie völlig vergessen.»Erst als mir die Kollegen deinen Namen genannt haben.«

»Warum bist du nicht noch mal gekommen, als ich bei Bewusstsein war? Ich hätte mich so gerne bei dir bedankt.«

»Als du verlegt wurdest, hat es von Besuchern bei dir nur so gewimmelt. Ich wollte nicht aufdringlich wirken.« Er räusperte sich.»Aber was hältst du davon, wenn wir bei einer Tasse Tee weiterreden? Ich lade dich ein.« Owen deutete mit einer Kopfbewegung in Richtung Zelte, wo sich bereits eine große Menge versammelt hatte.

»Wie überaus großzügig von dir.« Sie lächelte. »Und ich habe angenommen, dass wir von der Queen eingeladen sind.«

»So kann man sich täuschen.« Er bot ihr seinen Arm an. »Darf ich bitten? Wir wollen schließlich nicht, dass dir die Mistdinger noch mal in die Quere kommen.« Seine Augen funkelten vergnügt.

»Das ist eine gute Idee, und wenn ich nach Hause komme, werde ich ein ernsthaftes Wörtchen mit meiner Freundin sprechen. Das sind keine Schuhe, sondern Mordwaffen!«

Arm in Arm schlenderten sie zu den Zelten.

»Die neue Frisur steht dir«, bemerkte Owen.

Erstaunt sah sie zu ihm hoch. Er hatte bemerkt, dass sie sich die Haare geschnitten hatte. Erstaunlich. Die meisten Männer würden noch nicht einmal bemerken, wenn sie sich die Haare pink färben würde.

»Danke. Das war aus der Not geboren. Das Feuer hat ganz schön an meinen Haaren genagt.«

»Das hat deiner natürlichen Schönheit keinen Abbruch getan.«

Erfreut registrierte sie das Kompliment. Sie gefiel ihm also. Gab es nur noch die Frage zu klären, warum er nicht zu der Verabredung gekommen war.

Sie hatten das erste Zelt erreicht. Die Blaskapelle hatte wieder angefangen zu spielen. Anscheinend war der offizielle Teil der Party vorbei. Im Zelt herrschte reges Treiben. Angestellte liefen hin und her und sammelten das gebrauchte Geschirr ein. Vor dem Buffet hatte sich eine lange Schlange gebildet, die geduldig darauf wartete, ein Stück vom königlichen Kuchen zu ergattern.

»Möchtest du Tee?«

»Mir wäre ein starker Kaffee lieber – oder noch besser ein Glas Whisky«, gestand sie ihm.

»Ich kann versuchen, einen Kaffee zu organisieren. Mit Whisky sehe ich schwarz.«

»Schade. Auf den Schreck könnte ich einen Schluck gebrauchen.«

»Welchen Schreck? Mich getroffen zu haben oder wegen des Schuhs?«

Sie grinste breit. »Wegen dir natürlich!«

Er seufzte gespielt. »Dachte ich es mir.« Er hob die Hand. Sofort kam einer der Angestellten herbeigeeilt. »Wir hätten gerne zwei Tassen Kaffee.«

»Ich bedaure sehr, Sir«, näselte der Kellner, »aber auf Wunsch der Queen wird ausschließlich Tee serviert.«

»Allerdings sehr bedauerlich!« Abby seufzte. »Können Sie wirklich keine Ausnahme machen?« Sie schenkte dem Mann ihr bezauberndstes Lächeln. »Nur ein einziges Mal.«

Die Bedienung räusperte sich. »Ich will sehen, was ich machen kann«, sagte er schließlich mit gesenkter Stimme. »Geben Sie mir zwei Minuten.«

Abby strahlte ihn an. »Sie sind ein Schatz!«

Ein Hauch von Röte huschte über die Wangen des Mannes. »Ich bin gleich wieder bei Ihnen.«

Er verschwand in der Menge.

»Ich würde sagen, du hast einen Fan«, kommentierte Owen. »Mir hätte er keinen Kaffee gebracht.«

»Manchmal ist es von Vorteil, eine Frau zu sein.« Sie schmunzelte. »Warum bist du eigentlich nicht zu unserer Verabredung gekommen?«

»Ich war da.« Seine Augen fixierten sie.

»Das kann nicht sein«, widersprach sie. »Ich war pünktlich im *Heaven's Place,* und du warst definitiv nicht da.«

Warum log er sie an?

»Doch, aber ich hatte einen Einsatz und war fast eine halbe Stunde zu spät.«

»Aber warum bist du nicht zu mir gekommen? Ich habe die ganze Zeit auf dich gewartet.«

»Ich hatte den Eindruck, dass du ziemlich beschäftigt warst«, sagte er mit verschlossenem Gesichtsausdruck.

»Aha.«

»Dein Kollege und du …« Er machte eine Pause, als müsste er nach den richtigen Worten suchen. »Ihr wart vollkommen in euer Gespräch versunken.«

»Du meinst Danny?« Owen nickte mit finsterer Miene. »Ach der.« Sie winkte ab. »Wir sind Kollegen, mehr nicht.«

»Auf mich machte es einen anderen Eindruck.«

»Danny ist ein Großmaul. Für den ist Flirten ein Sport.« Sie lachte bei dem Gedanken an ihren Kollegen. »Schade jedenfalls, ich hatte mich auf den Abend gefreut.«

»Hm.« Owen sah sie nachdenklich an. »Wie lange bist du schon bei der Metropolitan Police?«

»Schon seit ein paar Jahren. Und du? Wieso hat es dich zur Feuerwehr verschlagen?«

Der Kellner kam und brachte den Kaffee. »Mit besten Wünschen aus der Küche.« Er zwinkerte ihnen mit verschwörerischer Miene zu und verschwand im Getümmel.

»Was hältst du davon, wenn wir uns eine schöne Bank im Park suchen?«, schlug Owen vor.

»Gerne.«

Der Lärmpegel im Zelt war ziemlich hoch und noch dazu war es brütend heiß. Sie gingen den schmalen Weg entlang, der ein kleines Stück in die Parkanlage führte. Es war deutlich ruhiger. Nur wenige Besucher schlenderten hier entlang, um die wunderschönen Blumen zu bewundern. Sie wählten eine Bank, die im Schatten eines Magnolienbaumes stand. Um sie herum blühten Rosen, Lilien und unzählige Wildblumen, deren Namen Abby nicht kannte. Sie nippte an ihrer Tasse.

»Da merkt man gleich, dass wir bei der Queen sind«, stellte Owen fest. »Sogar der Kaffee schmeckt königlich.«

Sie lachten beide.

»Wo waren wir stehen geblieben?« Sie stellte die Tasse neben sich auf der Bank ab. »Ach ja, ich habe dich gefragt, warum du Feuerwehrmann geworden bist.«

»In dieser Hinsicht erfülle ich jedes Klischee.« Er schmunzelte. Dabei bildeten sich zwei Grübchen auf seinen Wangen, was ihn wie einen kleinen Jungen aussehen ließ. »Seit ich denken kann, wollte ich Feuerwehrmann werden. Dieser Wunsch hat sich nie geändert, und so habe ich gleich nach meinem Schulabschluss meine Ausbildung begonnen. Ich habe meine Entscheidung zu keinem Zeitpunkt in meinem Leben bereut.«

»Dann geht es dir wie mir!«, rief sie erstaunt. »Alle haben sich über mich lustig gemacht, als ich zu meinem fünften Geburtstag verkündet habe, dass ich Polizistin werden möchte. Miss Marple war die Heldin meiner Jugend.«

»Miss Marple!« Wieder dieses herrliche Lachen. »Also mit der schrulligen alten Dame hast du auf den ersten Blick ziemlich wenig gemeinsam.«

»Vielleicht. Aber sie hat mich zu dem gemacht, was ich heute bin …«

»Eine schlagkräftige Polizistin mit dem Aussehen einer Madonna.«

Sie war einmal mehr froh darüber, dass sie nicht der Typ war, der errötete. Ansonsten hätte ihr Gesicht angesichts seiner Komplimente wahrscheinlich große Ähnlichkeit mit einer Chilischote gehabt.

»Ich wollte sagen: Eine Polizistin, die auf ihren Menschenverstand hört.«

»Und was machst du sonst so?«

»Du meinst, außer schlafen, essen und mit meinen Freundinnen sinnloses Zeug reden?«

»So ungefähr.«

»Ich arbeite an einem sozialen Projekt, das *Honey Hunters* heißt.«

Sie erzählte von ihrer Arbeit mit den Jugendlichen.

»Das klingt spannend. Bienen züchten in der Stadt.« Er nickte anerkennend. »Damit liegst du voll im Trend.«

»Das war ja meine Hoffnung, damit noch mehr Leute mitmachen und auf uns aufmerksam werden.«

Sein Blick fiel auf ihre Hand. »Lebst du alleine?«

Er will wissen, ob ich Single bin!

»Ich wohne mit meinen Freundinnen zusammen. Eine Mädels-WG.«

»Das klingt nach einer ziemlich spannenden Konstellation.«

Sie lachte. »Wenn du wüsstest!«

Er grinste schief. Es hätte sie nicht bewundert, wenn kleine Rauchwölkchen aufgestiegen wären, dort, wo seine Blicke ihr Gesicht berührten.

»Eigenartig, dass wir uns noch nie begegnet sind«, stellte sie fest.

»Findest du?« Seine Augenbraue schnellte nach oben. »Wir leben in der Stadt. Da ist es völlig normal – was sehr bedauerlich ist.«

Abby legte den Kopf leicht schräg. »Wahrscheinlich hast du recht.«

Sie selbst war in einer einfachen Reihenhaussiedlung groß geworden, wo jeder jeden kannte und jede Handlung kommentiert und beobachtet wurde. Sie war froh gewesen, als sie endlich in der Anonymität der Großstadt hatte untertauchen können. »Wobei ich mich in Portobello sehr wohlfühle, weil ich immer das Gefühl habe, dass die Menschen dort noch ein wenig Rücksicht aufeinander nehmen, ohne ihre Köpfe in deren Leben zu stecken.«

»Du legst wohl großen Wert auf deine Privatsphäre.«

»Wenn ich das wirklich tun würde, dürfte ich nicht in einer WG mit drei Frauen wohnen. Ich kann noch nicht mal alleine aufs Klo gehen, ohne dass jemand mir folgt oder dazukommt. Bei uns bleibt wirklich nichts privat.«

Er stimmte in ihr Lachen ein, und ein warmes Gefühl breitete sich in ihrem Bauch aus. Der Mann hatte eine Stimme zum Verlieben.

»Wie läuft es bei der Feuerwehr? Ich stelle mir das immer ähnlich wie bei uns auf der Wache vor. Gibt es Frauen bei euch in der Einheit?«, fragte sie interessiert.

»Auch wenn ich es nur ungern zugebe: In unserem Job arbeiten nur wenige Frauen. Bei der Feuerwehr ist harte körperliche Arbeit gefragt. Die meisten Frauen, die bei uns auf der Wache arbeiten, üben eine Bürotätigkeit aus.«

»Ach, du meinst, dass wir Frauen körperlich nicht so viel leisten können wie ihr Männer!« Sie funkelte ihn angriffslustig an.

»Spreche ich gerade mit Emmeline Pankhurst oder mit Abigail Langfort?« Er zwinkerte ihr neckisch zu.

»Es ehrt mich zwar, dass du mich mit der berühmtesten Suffragette Englands in Verbindung bringst, aber leider ist es heutzutage immer noch so, dass wir Frauen in den Köpfen der Männer die schwachen Geschöpfe sind, die es zu beschützen gilt.«

»Mache ich auf dich den Eindruck eines Mannes, der so denkt?« Ihre Blicke kreuzten sich. »Es ist einfach eine Tatsache, dass der Beruf des Feuerwehrmannes eine physische Herausforderung darstellt. Allein die Ausrüstung, die wir bei Einsätzen tragen, wiegt rund fünfundzwanzig Kilo. Das ist schon für einen Mann ein ordentliches Gewicht.«

»Hm.« Sie knabberte an ihrer Unterlippe. Bis jetzt hatte sie sich nie Gedanken über die Anforderungen gemacht, die dieser Job mit sich brachte.

»Wir sind quasi die Männer für das Grobe«, scherzte Owen.

»Entschuldige. Das war ein wenig vorschnell von mir. Aber ich muss so häufig gegen Vorurteile in meinem Job kämpfen, dass es mir manchmal schwerfällt, locker zu bleiben.«

Seine Mundwinkel zucken. »Das ist mir bereits aufgefallen.«

Sie dachte daran, wie sie ihn angeschrien hatte, als er sie aus dem Haus getragen hatte.

»Ich habe mich schrecklich benommen, als du mich aus dem Haus gezogen hast.« Sie nahm einen letzten Schluck aus ihrer Tasse. Der Kaffee war kalt und sie verzog das Gesicht.

»Ich fand es eher beeindruckend, mit welcher Kraft du dich gewehrt hast, um die Mutter zu retten.« Pure Bewunderung sprach aus seinen Augen. »Das hätten die wenigsten Männer getan.«

»Du machst das jeden Tag.«

»Aber bei mir ist es mein Job, genau wie du jeden Tag dein Leben aufs Spiel setzt.«

»Ich schätze, da haben wir etwas gemeinsam.«

Eine Gruppe Vögel flog zwitschernd über ihre Köpfe hinweg. Viele der Besucher hatten sich bereits auf den Heimweg gemacht.

»Wie spät ist es?« Abby warf einen Blick auf die goldene Armbanduhr, ein Geschenk ihrer Großmutter.

In einer Dreiviertelstunde war das offizielle Ende der Veranstaltung. Sie kam sich vor wie Aschenputtel auf dem Ball, kurz bevor die Uhr Mitternacht schlug. Dabei hatte sie sich gerade an das Kleid gewöhnt.

Owen räusperte sich. »Es wäre doch schade, wenn wir dich in deinem schönen Kleid nicht ausführen würden.« Hatte er ihre Gedanken erraten? Ein zartes Flattern machte sich in ihrem Bauch bemerkbar. »Was würdest du sagen, wenn ich dich zum Abendessen einlade?« Er räusperte sich.

Sie zögerte keine Sekunde. »Ich würde mich freuen!«

»Wirklich?« Owen wirkte überrascht.

»Ja. Natürlich.« Sie strahlte ihn an. »So schnell wirst du mich nämlich nicht mehr in einem Kleid sehen.«

»Was sehr bedauerlich ist. Du siehst darin absolut toll aus.«

Eine verräterische Wärme kroch ihr den Hals hoch. »Da wird sich Holly freuen, wenn ich ihr das erzähle.«

150

»Hat sie das Kleid ausgesucht?«

»Du hast es erraten. Holly ist Moderedakteurin und absolut begnadet. Ich bin die einzige Normale in der ganzen WG.«

»Nur keine falsche Bescheidenheit.« Er lächelte. »Schließlich bist du eine Heldin, und noch dazu hat die Queen dir die Hand geschüttelt.«

»Gut, dass du mich daran erinnerst! Ich glaube, ich werde mir nie wieder die Hände waschen können.«

»Ich weiß nicht, ob ich das gutheißen soll, auch wenn ich dich verstehe.« Er deutete mit dem Kopf in Richtung Ausgang. »Wollen wir los?«

»Gerne.« Sie hatte seit dem Frühstück nichts mehr gegessen und verspürte einen leichten Hunger. »Wohin gehen wir denn?«

»Was hältst du vom *Heaven's Place*?«

Abby lachte laut auf. »Da ist Zoey die Köchin. Sie wohnt auch in der WG.«

Owen seufzte. »Man könnte meinen, ganz Portobello ist in eurer Hand.«

»Deshalb nennen wir uns auch die Portobello Girls!«

»Aha.« Er überlegte einen kurzen Moment. »Dann würde ich dir ein anderes Lokal vorschlagen. Eines, wo uns vielleicht nicht jeder kennt und wir ungestört miteinander reden können. Es ist ganz klein und hat nur wenige Tische, aber das Essen ist genial.«

»Na dann. Worauf wartest du noch? Du willst mich doch nicht verhungern lassen.«

Owen legte wie selbstverständlich seinen Arm um ihre Taille. »Das würde ich mir niemals verzeihen. Sergeant Langfort, wenn Sie mir bitte folgen würden.«

»Nichts lieber als das.« Sie kicherte vergnügt. »Aber ich muss dich warnen.«

Er zog die dichten Augenbrauen nach oben. »So?«

»Ja, wenn mir das Essen nicht schmeckt, kann ich sehr, sehr ungemütlich werden.«

»Und was bedeutet das?«

»Das willst du nicht wissen.«

»Oh! Ich gebe aber zu bedenken, dass ich ein großer, starker Feuerwehrmann bin und keine Angst habe.«

»Dafür bin ich eine kleine fiese Polizistin, die Tricks draufhat, von denen du nichts ahnst«, erwiderte sie.

Er grinste. »Jetzt machst du mich neugierig!«

Lachend machten sie sich auf den Weg.

17

Abby zog ihr Handy aus der Tasche und wählte.

»Wo steckst du?« Hollys Stimme schepperte an ihr Ohr. »Ich mache mir schon Sorgen!«

»Entschuldige, Mum, aber ich habe einen Freund getroffen«, erwiderte sie gut gelaunt.

»Haha. Sehr witzig. Hast du getrunken?«

»Nur ein paar Gläschen.« Wie zur Bekräftigung ihrer Worte musste sie hicksen. »Ups!« Sie hielt sich die Hand vor den Mund.

»Aha. Und wer ist dieser mysteriöse Freund?«

»Owen Wright«, nuschelte sie. »Der Feuerwehrmann.«

»Feuerwehrmann?«

»Na, der Typ, der mich gerettet hat.«

»Ach der!« Holly schnaubte. »Ich habe keine Ahnung, von wem du sprichst.«

Sie seufzte laut. »Das ist *der* Feuerwehrmann, der mich aus dem brennenden Haus geholt hat!«

»Was?! Wieso ist er bei dir?«

»Lange Geschichte. Das erzähle ich dir später. Auf jeden Fall sind wir im *Harry's*.«

»Ist das nicht dieser süße Laden in Kensington?«

»Genau der.«

»Ah, da war ich mit Jay letzte Woche. Das Essen ist der Hammer.«

»Das brauchst du mir nicht zu sagen. Ich habe das Gefühl, gleich zu platzen.«

Sie hatte einen Lammbraten mit Minzsoße gegessen, der einfach unglaublich geschmeckt hatte, abgesehen davon, dass die Portion locker für zwei Personen gereicht hätte. Aber sie war ausgehungert gewesen und hatte – sehr zu Owens Belustigung – alles bis auf den letzten Bissen aufgegessen. Sie hatte zum Glück nie Probleme mit ihrer Figur gehabt.

Obwohl sie mit ihren einen Meter fünfundsechzig klein war, konnte sie essen wie ein Scheunendrescher, ohne nur ein Gramm zuzunehmen – sehr zum Ärger von Emily, die Zucker und Fett nur ansah und schon ein Kilo mehr auf den Rippen hatte.

»Hast du die Queen gesprochen?«

»Ja. Ich habe ihr sogar die Hand geschüttelt.« Stolz schwang in ihrer Stimme mit.

»Oh mein Gott!«, schrie Holly. »Abby hat der Queen die Hand geschüttelt!«

»Wer ist denn bei dir?«

»Olive, Liam und Emily«, erwiderte Holly fröhlich.

»Okay. Bitte grüß alle lieb von mir.«

»Werde ich, und du mach keinen Blödsinn«, verabschiedete Holly sich.

»Niemals! Ich bin Polizistin, schon vergessen?«

»Wie könnte ich? Deine Handschellen baumeln schließlich über meinem Bett.« Die Handschellen waren ein Geburtstagsgeschenk von ihr gewesen, nachdem Holly sie wochenlang deswegen genervt hatte. Abby wollte auflegen.

»Halt!«

»Was denn noch?« Sie wurde ungeduldig. Owen würde bestimmt eine Vermisstenanzeige aufgeben, wenn sie nicht bald zurückkam.

»Ist der Typ heiß?«

Sie schnalzte mit der Zunge. »Er ist der englische Jason Momoa. Reicht das als Antwort?«

Sie grinste breit. Tatsächlich erinnerte er sie an den amerikanischen Schauspieler. Sie und Holly hatten jeden Film von ihm gesehen. Owen hatte eine ähnlich männliche Ausstrahlung.

»Oh mein Gott«, hauchte Holly.

»Ja, du sagst es. Der Typ ist ein echter Kerl.« Bei dem Gedanken an Owen schlug ihr Herz einen Takt schneller.

»Du musst mir alles erzählen«, verlangte Holly.

»Vielleicht, aber ganz bestimmt nicht jetzt. Tschüss, Holly.« Ohne die Antwort abzuwarten, legte sie auf.

Sie warf einen Blick in den Spiegel. Ihre Wangen waren gerötet und ihre Augen leuchteten wie zwei Glühbirnen. Der Lippenstift war längst verschwunden. Der Fascinator saß schief auf ihrem Kopf. Sie nahm das alberne Hütchen ab und fuhr sich mit den Fingern durch die Haare. So würde es gehen.

Sie verließ die Toilette und ging zurück ins Restaurant. Owen hatte nicht zu viel versprochen. Das *Harry's* war gemütlich und ein absoluter Geheimtipp. In der Mitte prasselte ein Feuer im offenen Kamin. Das Mobiliar war aus dunklem Holz und rustikal. Gleich neben dem Eingang war der Tresen mit der Zapfanlage, die Küche befand sich seitlich davon. Jedes Mal, wenn die Tür aufging, wehte ein herrlicher Kräutergeruch durch das Restaurant. Alles war in das weiche Licht der Kerzen getaucht, die auf den Tischen standen. Im Hintergrund lief leise Loungemusik.

Man hatte ihnen einen Tisch direkt am Kamin gegeben. Zur Begrüßung hatte der Wirt ihnen eine Flasche Rotwein gebracht, die sie im Laufe des Abends geleert hatten. Die Zeit war wie im Flug vergangen. Owen hatte sich als unterhaltsame Gesellschaft herausgestellt und sie mit Anekdoten von seiner Arbeit unterhalten. Er hatte einen ähnlichen Humor, und sie hatten viel gelacht. Abby konnte sich nicht erinnern, wann sie sich das letzte Mal mit einem Mann so gut gefühlt hatte.

»Da bist du ja«, empfing er sie. »Ich hatte schon Angst, du könntest weggelaufen sein.«

Sie lachte. »Ich habe kurz überlegt, aber dann hatte ich Mitleid mit dir.«

»Gott sei Dank, da bin ich aber froh.« Er fasste sich an die Brust. »Wir Männer haben nämlich auch Gefühle.«

»Wie schön für euch. Zum Glück haben wir Frauen keine.« Owens Lächeln verschwand. »Entschuldige, habe ich etwas Falsches gesagt?«, fragte Abby, irritiert über den plötzlichen Stimmungswechsel.

»Nein, natürlich nicht. Ich musste nur an meine Ex denken«, gestand er ihr.

Er war also nicht immer Single gewesen, und wie es aussah, war die Beziehung nicht im Guten auseinandergegangen.

»Sie hat mich wochenlang mit meinem besten Freund betrogen.« Anscheinend hatte Owen ihre Gedanken erraten. »Eines Tages bin ich früher von der Arbeit gekommen und habe die beiden im Bett erwischt.«

»Ich dachte, so etwas passiert immer nur uns Frauen«, bemerkte Abby.

»Nein. Meine Ex hat das ganze Programm durchgezogen. Nachdem ich sie zur Rede gestellt habe, hat sie mir die Schuld gegeben. Ich hätte sie nicht genügend beachtet und mich nur um meinen Job gekümmert.«

»Hast du das?«, hakte sie nach.

»Nicht mehr als jeder andere auch.« Owen schüttelte den Kopf. Sein Mund war kaum mehr als ein dünner Strich. »Ich dachte, wir könnten uns wie zwei erwachsene Menschen trennen. Nicole war da anderer Ansicht. Sie hat meine Wohnung leergeräumt und ist abgehauen.«

»Und dein Freund?«

Owen zuckte mit den Achseln. »Ich habe mich versetzen lassen. Deshalb bin ich auch nach Portobello gezogen.«

Die Sache mit seiner Ex war also noch nicht so lang her, schloss sie. Die Art, wie Owen redete, ließ darauf schließen, dass seine Freundin ihn stark verletzt hatte.

»Das tut mir sehr leid.« Sie legte ihre Hand auf seine. Sofort stellte sich das gleiche angenehme Gefühl bei ihr ein wie im Krankenhaus.

Er sah sie mit seinen Katzenaugen an. »Danke, aber mittlerweile bin ich ganz froh, dass es so gekommen ist. So habe ich Nicoles Charakter wenigstens noch rechtzeitig erkannt und nicht erst, wenn es zu spät gewesen wäre.« Sein Blick wanderte ins Leere. Wahrscheinlich dachte er an seine Ex.

Abby zog ihre Hand zurück. Er hatte diese Nicole also heiraten wollen. Für einen Moment war es still zwischen ihnen. Um sie herum herrschte noch immer rege Betriebsamkeit. Die Bedienung, eine dralle Blondine, wuselte durch die Gänge und brachte den Gästen ihr Essen.

»Und, hast du deine Freundinnen erreicht?«, lenkte Owen das Gespräch auf ein unverfänglicheres Thema. Erleichtert erzählte sie ihm von dem Telefonat. »Die haben wohl Angst, dass dir etwas passiert.«

»Nee. Holly ist der neugierigste Mensch, den ich kenne. Die hat, wenn überhaupt, nur Angst, dass sie etwas verpassen könnte.«

»Ich schätze, wenn man in einer WG lebt, gehört das dazu.«

»Allerdings. Das und vieles andere. Ohne die Mädels hätte ich mich so manches Mal ziemlich alleine auf der Welt gefühlt«, stellte sie leise fest.

»Du?« Owen runzelte die Stirn. »Ich hatte eher den Eindruck, dass du viele Freunde hast.«

»Ja, aber du vergisst, dass ich in einer Männerdomäne arbeite und ständig von harten Kerlen umgeben bin. Da tut es gut, wenn man ab und zu mal ganz Mädchen sein darf.«

»Hm. Das kann ich verstehen.« Sein Blick fiel auf die Karte, die der Kellner zuvor gebracht hatte. »Was möchtest du zum Dessert?«

Dich, fuhr es ihr durch den Kopf.

»Nichts, danke. Ich bin pappsatt«, sagte sie stattdessen.

Was war nur los mit ihr? Sie kannte Owen kaum, und trotzdem hatte sie das unbändige Bedürfnis, ihn auf seine geschwungenen Lippen zu küssen.

»Sollen wir noch Wein bestellen?« Er wedelte mit der leeren Flasche in der Hand.

»Lieber nicht.« Sie schüttelte den Kopf. »Wenn ich noch mehr trinke, tanze ich auf dem Tisch.«

Owen schnipste laut. »Herr Ober, noch eine Flasche!«

Abby lachte. »Nein, ich meine es ernst. Ich hatte wirklich genug. Außerdem willst du mich nicht tanzen sehen.«

»Woher willst du das wissen?« Er beugte sich zu ihr. Sein Gesicht war ganz nah.

Erst jetzt fiel ihr die kleine silberne Narbe oberhalb seiner Augenbraue auf. Die goldenen Punkte in seinen Augen glitzerten wie winzige Sterne. Ihr Blick fiel auf seinen Mund, der förmlich danach schrie, von ihr geküsst zu werden.

Ihr Körper sendete eindeutige Signale aus. Ein Problem, das sie seit ihrer Jugend begleitete und dazu geführt hatte, dass sie mit dem einen oder anderen Mann im Bett gelandet war, wo sie es besser gelassen hätte.

»Ich denke, wir sollten die Rechnung verlangen. Ich muss morgen wieder früh raus«, murmelte sie.

Für einen kurzen Moment verschwand sein Lächeln, und Enttäuschung zeigte sich auf seinem Gesicht. Sekunden später hatte er sich wieder im Griff.

»Einverstanden. Ich habe morgen auch einen langen Tag.« Er gab dem Kellner ein Zeichen. Abby öffnete die Tasche, um ihren Geldbeutel herauszuholen. »Bitte, ich würde dich gerne einladen.« Sie öffnete zum Protest den Mund. »Abby, ich weiß, du bist eine selbstständige Frau, die mit beiden Beinen im Leben steht«, kam er ihr zuvor.

»Aber ich bin ein Mann mit traditionellen Werten und bestehe darauf, die wunderschöne Frau an meiner Seite zum Essen einzuladen.«

Er nahm ihre Hand. Sofort durchfuhr sie ein Blitz, dort, wo sie sich berührten. Sie zuckte kaum merklich zusammen.

»Einverstanden?« Er lächelte sie an.

»Einverstanden«, sagte sie mit rauer Stimme. Ihr war leicht schwindelig vom Wein.

Der Kellner brachte die Rechnung. Schweigend sah sie zu, wie Owen sie beglich.

»Wollen wir?« Er stand auf und reichte ihr die Hand. Wie selbstverständlich legte er den Arm um ihre Taille und führte sie zum Eingang.

»Danke für den Wein, Harry«, verabschiedete er sich beim Hinausgehen vom Besitzer.

»Kumpel, für dich doch immer. Ich stehe tief in deiner Schuld. Was du für uns getan hast, werde ich dir nie vergessen.« Der Wirt klopfte ihm auf die Schulter.

»Hör auf. Das hätte jeder in meiner Situation gemacht«, wehrte Owen bescheiden ab.

»Miss«, wandte sich Harry an Abby. »Er ist einer von den Guten. Wenn Sie den bekommen, haben Sie Glück.«

»Okay, Harry. Das reicht«, ging Owen dazwischen. »Wir sehen uns bald.«

»Ich sage nur, wie es ist«, verteidigte sich der Wirt.

»Bis bald!«

»Auf Wiedersehen, und vielen Dank«, sagte Abby. »Das Essen war wirklich klasse. Sie machen mit Ihrer Küche meiner Freundin Zoey Konkurrenz, und das hat etwas zu bedeuten.«

Der Wirt musterte sie misstrauisch. »Sprechen Sie von Zoey Desmond?«

»Ja genau. Kennen Sie sie?«

»Ich versuche seit Jahren, sie für mein Restaurant zu gewinnen, aber sie hat es vorgezogen, im *Heaven's Place* anzufangen.« Harry fasste sich mit der Hand an die Brust. »Das hat wehgetan.«

Abby lachte.»Kann ich mir vorstellen. Zoey ist wirklich klasse. Aber Ihr Koch ist auch echt gut.«

»Ja, hat auch 'ne Weile gedauert, bis ich ihn gefunden habe. Köche sind ein ganz eigener Menschenschlag. Jeder von denen hat so seine Marotten – vor allem die Männer.« Er zwinkerte ihr zu.»Bitte bestellen Sie Zoey schöne Grüße und sagen Sie ihr, meine Küche ist immer für sie offen.«

»Versprochen. Ich werde es ihr ausrichten.«

Sie gingen nach draußen. Es war kühl geworden und Abby fror in ihrem dünnen Kleid. Sie schauderte.

»Hier.« Owen legte ihr gentlemanlike sein Jackett über die Schultern. Sofort hüllten sie eine angenehme Wärme und sein Duft ein.

Sie sah zu ihm hoch.»Danke.«

Ihre Füße schmerzten und am liebsten hätte sie die Schuhe ausgezogen und wäre barfuß weitergelaufen, aber angesichts der frühlingshaften Temperaturen verzichtete sie darauf. Sie schlenderten durch die menschenleere Straße.

»Was hat es mit diesem Harry auf sich?«, wollte sie wissen.»Wieso steht er in deiner Schuld?«

Owen lächelte.»Ah, da ist sie wieder, die kleine Polizistin!«

»Ich bin einfach von Natur aus neugierig«, gestand sie.

»Er und seine Frau haben eine sechsjährige Tochter, Ellie. Die Kleine ist vor zwei Jahren an Leukämie erkrankt, und die Familie hat verzweifelt einen Knochenmarkspender gesucht.« Das Lächeln war aus seinem Gesicht verschwunden.»Ich habe damals einen Aufruf bei der Feuerwehr gestartet. Über zweihundert Kollegen sind ihm gefolgt.« Er machte eine Pause.

»Habt ihr einen Spender gefunden?«

Owen nickte.»Wie es der Zufall wollte, war tatsächlich einer dabei.«

»Was für ein Glück. Geht es dem Kind gut?«

»Ja. Das war fast ein Wunder. Wir konnten es alle kaum glauben. Mittlerweile ist die Kleine wohlauf und hat die Krankheit überstanden. Die Ärzte geben ihr eine Überlebenschance von über neunzig Prozent.«

Sie sah bewundert zu dem großen Mann auf. Es war immer wieder erstaunlich, was hinter einem Menschen steckte, wenn man etwas an der Oberfläche kratzte. Sie hatte schon die unterschiedlichsten Typen kennengelernt. Die einen erzählten immer, wie toll sie waren und wie sie helfen wollten, aber wenn es drauf ankam, kniffen sie. Aber dann gab es die Sorte Mensch, die nicht darüber sprach, Gutes zu tun, sondern es einfach tat. Mit jeder Minute, die sie Owen näher kennenlernte, wurde er ihr sympathischer.

Sie hatten das Haus in der Portobello Road erreicht.

»Da wären wir.« Sie blieb stehen. Ihr war leicht schwindelig vom Wein. Das Licht der Laterne fiel auf sie herab. Sie drehte sich zu ihm. Sein Arm lag weiterhin um ihre Hüfte. »Danke für den wunderschönen Abend.«

Seine Augen funkelten wie zwei Bernsteine.

»Ich habe dir zu danken«, erwiderte er mit rauer Stimme.

Ihre Blicke verhakten sich ineinander. Ihr Körper vibrierte ganz zart, wie ein Instrument, das man zum Klingen brachte. Er beugte sich zu ihr runter. Sein Atem streifte ihr Gesicht.

»Abby.« Er sprach ihren Namen wie eine Verheißung aus.

Instinktiv hielt sie die Luft an. Sein Gesicht schwebte über ihrem.

Küss mich!

Das Vibrieren in ihrem Inneren wurde stärker. Sein Gesicht näherte sich in Zeitlupe, als müsste er jede seiner Bewegungen genau planen. Seine Augen hielten sie weiter gefangen. Die kleinen goldenen Punkte kamen immer näher.

Ihre Lippen berührten sich. Abby schloss die Augen. Sein Mund fühlte sich genauso an, wie sie es sich vorgestellt hatte. Weich und trotzdem fest. Die Bartstoppeln kratzten über ihre empfindliche Haut, aber das war ihr egal. Sie wollte auf keinen Fall unterbrechen, was sie begonnen hatten. Seine Hand wanderte zu ihrem Nacken, als hätte er Angst, sie könnte sich ihm entwinden. Seine Zunge durchbrach ihre Lippen.

Ihre Zungen umkreisten sich und erforschten das unbekannte Terrain. Sein Daumen streichelte dabei die empfindliche Stelle in ihrem Nacken, was sie fast um den Verstand brachte. Sein Kuss war zart und voller Sehnsucht. Sie genoss jede Sekunde seiner Umarmung und wünschte sich, dass er nie aufhörte. Sie fuhr mit der Hand über seinen Rücken und spürte die festen Linien seiner Muskeln unter dem dünnen Stoff seines Hemdes. Sie ging auf die Zehenspitzen, um ihm noch näher zu sein, presste sich gegen seinen starken Körper wie ein Schutz suchendes Kind. Seine Hand blieb in ihrem Ausschnitt liegen. Dort, wo er sie berührte, brannte ihre Haut. Trotz der Kälte war ihr heiß. Eine Welle der Lust spülte über sie hinweg. Am liebsten hätte sie ihm die Klamotten vom Leib gerissen und sich ihm an Ort und Stelle hingegeben. Seine Männlichkeit törnte sie an. Sie wollte mehr.

Sanft beendete er den Kuss. Wie betäubt blieb sie stehen und öffnete blinzelnd die Augen. Er sagte keinen Ton, sondern sah sie nur an. Seine Haare fielen ihm ins Gesicht. In seinen Augen spiegelte sich die gleiche Leidenschaft, die von ihr Besitz ergriffen hatte. Er streichelte ihre Wange und hinterließ eine brennende Spur. Am liebsten hätte sie sich ihm erneut an den Hals geworfen, aber eine innere Stimme warnte sie, es lieber nicht zu tun. Stattdessen blieb sie einfach stehen und genoss seine Wärme.

Er räusperte sich. »Ich sollte besser gehen.« Er entließ sie mit einem Ruck aus seiner Umarmung. Ein kühler Windhauch ließ sie schaudern.

»Gute Nacht, Abby.«

»Gute Nacht, Owen.«

In ihrem Kopf drehte sich alles und sie konnte keinen klaren Gedanken fassen. Alles lag im Nebel. Das Einzige, woran sie denken konnte, war der Kuss. Dieser sensationelle Kuss. Mit zitternden Fingern zog sie den Schlüssel aus der Tasche. Owen stand noch immer vor ihr. Fragend sah sie ihn an.

»Ich warte noch, bis du im Haus bist«, teilte er ihr mit ernster Miene mit.

Sie musste lächeln. »Ich bin Polizistin. Schon vergessen?«

»Nein, aber für mich bist du heute Abend einfach eine begehrenswerte Frau, mit der ich essen war und die ich sicher nach Hause bringen möchte«, entgegnete er mit rauer Stimme. Ein warmes Glücksgefühl durchströmte sie.

»Na dann.« Sie steckte den Schlüssel ins Schloss. »Gute Nacht, Owen.«

»Abby?«

»Ja?« Sie drehte ihr Gesicht zu ihm. Das Licht der Laterne fiel auf ihn und hüllte ihn golden ein. Er sah aus wie ein Gott.

»Darf ich dich anrufen?«

Ihr Herz machte einen Hüpfer. »Ich wäre beleidigt, wenn du es nicht tun würdest.«

»Gut.« Ein zufriedenes Lächeln breitete sich auf seinem Gesicht aus, während er sich ihre Nummer notierte. »Dann bis morgen.«

»Schlaf gut.« Mit diesen Worten ging sie ins Haus.

Sie spürte seine Blicke noch, als die Tür hinter ihr ins Schloss fiel.

18

Ihr war leicht schwindelig, als sie die Tür zur Wohnung aufschloss, und sie fühlte sich seltsam befreit. Es war dunkel im Flur. Anscheinend waren ihre Mitbewohnerinnen bereits ins Bett gegangen. Sie schlüpfte aus den Pumps. Die verdammten Dinger quälten sie schon den ganzen Tag. Ihre Zehen waren ganz taub. Was man als Frau nicht alles tat, um zu gefallen. Zögernd sah sie sich in der Dunkelheit um. Sie war viel zu aufgekratzt, um zu schlafen. Wie ein Kätzchen schlich sie auf Zehenspitzen in die Küche, um sich ein Glas Wasser zu holen.

Ihr Blick fiel auf den Tisch, wo noch die Teller vom Abendessen standen. Pizzareste waren darauf zu erkennen. Sie musste an Harry denken. Ob sich Zoey überhaupt bewusst war, wie begehrt sie war? Sie musste ihr unbedingt von ihrer Begegnung mit Harry erzählen und wie er von ihr geschwärmt hatte.

Lächelnd schenkte sie sich ein Glas Wasser ein und leerte es mit einem Zug. Das kühle Nass tat gut. Für einen Moment schloss sie die Augen und dachte an Owen. Sie konnte seine Hand noch immer auf ihrem Rücken spüren. Fühlte die Hitze, die von ihm ausgegangen war. Der Kuss hatte sie völlig aus dem Konzept gebracht. Seine Berührungen waren eine Offenbarung. Sie seufzte. Ob er sich wie versprochen melden würde?

Mit einem seligen Grinsen auf dem Gesicht ging sie über den Flur. Durch die Ritze von Hollys Zimmertür fiel noch Licht. Wahrscheinlich war Jay zu Besuch. Sie schlich weiter ins Badezimmer und wusch sich das Gesicht, dann ging sie in ihr Zimmer.

Sie schaltete das Licht neben ihrem Bett ein. Dabei handelte es sich um ein ehemaliges Blaulicht, das ihre Kollegen ihr zum Geburtstag geschenkt hatten. Sie hatte es als Nachttischlampe umfunktioniert. Sie schlüpfte aus dem Kleid. Mit wehmütigem Gefühl hängte sie es sorgfältig über den Bügel. Den Pumps trauerte sie allerdings keine Sekunde nach. Sie verstand nicht, wie Holly solche Mordinstrumente freiwillig ins Büro tragen konnte. Auf der anderen Seite waren die Pumps für den Abend mit Owen verantwortlich.

Ihr Blick fiel auf ihr Bett. Zur Feier des Tages hatte sie die Queen-Bettwäsche aufgezogen. Auf dem Kopfkissen war die königliche Krone abgebildet und auf der Decke war die Queen in Lebensgröße aufgedruckt. Sie hatte die Bettwäsche bei einem ihrer Streifzüge zusammen mit Holly bei *Harrods* entdeckt und sich sofort darin verliebt. Die Wände ihres Zimmers waren ebenfalls mit Bildern der Queen gepflastert. Selbst auf dem Schreibtisch unter dem Fenster standen Fotos der königlichen Familie. Sie war eben ein Fangirl durch und durch. Ohne die Einladung zur Gartenparty wäre sie Owen wahrscheinlich nicht wiederbegegnet. Man konnte also guten Gewissens behaupten, dass die Queen sie zusammengeführt hatte.

Sie ließ sich rückwärts aufs Bett fallen und wurde in eine Wolke aus Daunen eingehüllt. *Herrlich.* In ihrem Kopf drehte sich alles und Owens Gesicht tanzte hinter ihren geschlossenen Lidern.

Es klapperte an der Tür. Erschrocken fuhr sie hoch.

»Abby!« Hollys Kopf schob sich durch den Türrahmen. Sie trug ein übergroßes T-Shirt mit Prinzessin Leia aus *Star Wars* darauf. Ansonsten war sie bis auf eine Unterhose nackt. Mit wenigen Schritten war sie bei ihr. »Ich will alles von deinem Treffen mit der Queen wissen!« Sie machte einen Hechtsprung aufs Bett.

»Hey, vielleicht wollte ich gerade schlafen gehen!«

»Darauf kann ich leider keine Rücksicht nehmen. Als deine Stylistin habe ich ein gewisses Recht auf Berichterstattung.«

Sie seufzte gespielt. »Okay. Dagegen lässt sich nichts sagen.«

Holly schnappte sich eines der Kissen und stopfte es sich hinter den Rücken. »So, und jetzt los. Wie war die Queen?«

Abby öffnete den Mund, um zu antworten. Im gleichen Moment klopfte es an der Tür und Olive stand im Raum. Ihre blonden Haare lagen wirr um ihren Kopf. Ein sicheres Zeichen dafür, dass sie bereits geschlafen oder zumindest im Bett gelegen hatte. »Dachte ich mir doch, dass ich eure Stimmen gehört habe.«

»Abby hat sich heimlich in ihr Zimmer geschlichen, ohne uns Bescheid zu sagen«, platzte Holly heraus.

Abby gab ihrer Freundin einen Stoß in die Seite.»Du Schlange! Das war nur aus Rücksicht auf euren Schönheitsschlaf.«

»Dass ich nicht lache.« Olive hüpfte zu ihnen aufs Bett.»Ha. Du hast wohl gedacht, du entgehst unserem Verhör. Da muss ich dich leider enttäuschen. Wir haben bis vor einer halben Stunde auf dich gewartet. Das ist schließlich eine ziemlich große Sache, wenn eine von uns bei der Queen zum Tee eingeladen ist.«

Abby grinste.»Man könnte meinen, du arbeitest bei der Polizei!«

»Das habe ich alles von dir gelernt«, sagte Olive entschieden.»Erzählst du uns nun freiwillig alles oder muss ich die Handschellen aus Hollys Zimmer holen?«

»Also ...«, fing Abby an.

Es klopfte an der Tür. Keinen Wimpernschlag später kam Zoey hereingestürmt.»Dachte ich es mir doch!« Sie blieb stehen.»Ist das hier eine konspirative Versammlung ohne mich? Habe ich was verpasst?«

Zoey hatte ein Seidennachthemd an, das in sündigem Rot schimmerte. Ihre Füße steckten in rosa Hausschuhen, die mit Plüsch besetzt waren. Ihre lockigen Haare standen störrisch zu allen Seiten ab wie kleine Klapperschlangen, die zum Angriff bereit waren. Abby ließ sich theatralisch rücklings mit dem Kopf auf das Kissen fallen.

»Miss Marple wollte uns gerade erzählen, wie es bei der Queen war.« Holly wippte fröhlich mit den Füßen in der Luft.

»Wollte ich das?«

»Ja, wolltest du.« Olive klopfte auf die freie Stelle neben sich im Bett.»Hier ist noch Platz.«

Mit einem Satz war Zoey bei ihnen. Das Bett bebte, als sie sich auf die Matratze fallen ließ.»Ach, ich lieeeebe dein Bett! Da liegt man wie in einer Wolke und die Queen lächelt einen noch dazu an.«

»Danke, eigentlich wollte ich in der Wolke schlafen – alleine mit der Queen und meinen Gedanken an Owen«, erwiderte Abby.

»Dafür ist es nun zu spät!« Holly drehte sich auf den Bauch. Die Ellbogen aufgestützt, musterte sie Abby.»Los, lass dich nicht so bitten und erzähl uns von der Queen, dem heißen Feuerwehrmann und was sonst noch passiert ist.«

»Heißer Feuerwehrmann?« Zoey sah in die Runde.»Habe ich was verpasst?«

»Allerdings«, antwortete Olive. »Abbys Lebensretter war auch bei der Queen.«

»Echt? Wahnsinn! Hattet ihr Sex?« Zoey hatte die Augen weit aufgerissen und grinste breit.

»Hey, das war unser erstes Date.«

»Als ob dich das schon jemals davon abgehalten hätte«, sagte Holly.

»Hattet ihr Sex? Siehst du deshalb so glücklich aus?«

Sah man wirklich so deutlich, dass ihr der Abend mit Owen gefallen hatte?

»Er hat mich geküsst«, gestand sie.

»Ha! Also doch.«

Abby richtete sich auf. »Ich sagte geküsst, nicht gevögelt!«

»Soso.« Olives Röntgenblick ruhte auf ihr.

»Ich bin eine erwachsene Frau und kann küssen, wen ich will.«

»Hey, Schwester, wir sind ganz auf deiner Seite.« Holly lachte. »Deshalb möchten wir ja an deinem Glück teilhaben. Aber der Reihe nach: erst die Queen, dann Owen.«

»Ich will Beweisfotos sehen«, sagte Zoey.

»Ich habe keine Fotos gemacht.«

»Was?«, schrien Zoey, Holly und Olive gleichzeitig.

»Ruhe!« Abby war aufgesprungen. »Ihr haltet jetzt sofort alle die Klappe.« Augenblicklich herrschte Stille. Lediglich Holly gab ein Kichern von sich. »Mit dir habe ich noch ein Hühnchen zu rupfen«, fuhr Abby sie an. »Deinetwegen hätte man mich fast verhaftet.«

»Was?!« Holly sah sie mit großen Augen an.

Ihr Mund verzog sich zu einem breiten Grinsen. »Allerdings! Ich bin mit dem Absatz im Gras stecken geblieben und hätte mich um ein Haar vor der königlichen Familie und Presse auf die Nase gelegt.«

Abby ließ sich wieder auf das Bett fallen.

»Das kann auch nur dir passieren«, stellte Zoey fest.

»Lass mich raten«, mischte sich Olive ein. »Der Feuerwehrmann hat dich gerettet.«

»Woher weißt du das?«, fragte sie verwundert.

Olive tippte sich mit dem Finger auf die Nase. »Mein angeborener journalistischer Spürsinn.«

»Aber wieso bin ich daran schuld?«, protestierte Holly.

»Deine Scheißschuhe sind es, wenn man es genau nimmt. Ich bin mit den Mistdingern stecken geblieben.«

Holly kicherte. »Das musst du uns unbedingt erzählen!«

Abby gab sich geschlagen, und so verbrachte sie die nächste Stunde damit, ihren Freundinnen von ihrem Tag – und vor allem von ihrem Abend! – zu berichten. Zwischendrin lief Zoey in die Küche, um mit Chips und Schokolade bewaffnet ihren Ausführungen lauschen zu können. Holly schleifte ihre eigene Decke an, sodass sich alle vier Portobello Girls in Abbys Bett einkuscheln konnten.

Abby erzählte gerade zum dritten Mal der neugierigen Holly von ihrem Kuss mit Owen, als Olive sie unterbrach. »Und was ist mit Jason?«

Sofort hatte sie ein schlechtes Gewissen. Für sie war die Affäre mit Jason unverbindlich und freundschaftlich gewesen, aber nachdem er extra ihretwegen nach London geflogen war, musste sie annehmen, dass er doch mehr für sie empfand. Im Krankenhaus hatte sie es einfach nicht übers Herz gebracht, die Sache zu beenden, und auch jetzt wollte sie seine Gefühle nicht verletzen, aber es musste leider sein. Jason war ein lieber Kerl, aber sie empfand nun mal nichts für ihn außer Freundschaft.

»Sobald er wieder in London ist, rede ich mit ihm«, antwortete sie bestimmt.

Wann immer das sein wird, fügte sie im Stillen hinzu.

19

»Oh mein Gott, Abby!« Hollys lauter Schrei erschütterte ihr Trommelfell.

Mühsam öffnete sie die Augen. »Was?« Sie tastete nach ihrer Uhr. Es war kurz nach acht. »Wieso bist du schon wach?«

»Du bist auf der ersten Seite der *Sun*!« Holly wedelte mit einer Zeitung in der Hand, ohne auf ihre Frage zu antworten. Die Schlafmaske klebte noch auf ihrer Stirn.

Mit einem Ruck war sie hellwach. »Du verarschst mich doch.«

»Niemals! Überzeug dich selbst!« Holly streckte ihr die *Sun* entgegen.

Blinzelnd warf sie einen Blick darauf. »Heilige Scheiße!«

»Sag ich doch!«

Gleich auf der ersten Seite war sie in ihrem Kleid zu sehen. Ihre Augen waren weit aufgerissen und ihr Mund geöffnet. Owen stand hinter ihr und hatte seine Hände auf ihren Brüsten. Im Hintergrund waren verschwommen die Queen und Prinz Philip zu erkennen. Darunter stand in dicken Buchstaben:

Polizistin in den sicheren Händen der Feuerwehr beim Empfang der Queen.

Sämtliches Blut wich aus ihrem Gesicht. »Oh nein!«

»Hast du nicht gesagt, ihr hättet euch lediglich geküsst?« Holly grinste schelmisch. »Das sieht aber ganz und gar nicht danach aus.«

»Du machst geradezu den Eindruck, als ob du dich freuen würdest«, knurrte Abby, den Blick noch immer auf das unsägliche Bild gerichtet.

Holly ließ sich auf der Bettkante nieder. »Irgendwie schon.«

»Hau ab, du schadenfrohe Schlange.« Abby zog sich die Decke über den Kopf. »Ich kann mich nie mehr in der Öffentlichkeit sehen lassen.«

»Quatsch. Es ist doch offensichtlich, dass er dich festhält«, drang Hollys Stimme dumpf durch die Decke.

»Nein. Was sollen nur alle von mir denken?«

Ihre Freundin zerrte an dem Überzug. »Hey, du bist doch sonst so ein tougher Cookie!«

»Ja, aber das ist etwas total anderes! Ich bin schließlich keine Kardashian, sondern nur eine kleine Polizistin.«

»Nun stell dein Licht nicht so unter den Scheffel. Du siehst gut aus, und noch dazu hast du einem Menschen das Leben gerettet. Das können die Kardashians nicht von sich behaupten. Schön sein kann schließlich jeder, aber nicht ein Held.«

»Ich wünschte, meine Kollegen würden das so sehen.« Sie fühlte sich schrecklich elend. Die *Sun* lag meist im Aufenthaltsraum des Reviers aus. Sie konnte förmlich hören, wie sich die Kollegen über sie lustig machten. Das Foto schrie förmlich danach.

»Abby, du solltest die ganze Sache mit Humor sehen. Außerdem hast du den Artikel nicht zu Ende gelesen, oder?«

Sie schlug die Decke zurück. »Bestimmt stehen da lauter schreckliche Sachen drin.«

Ihre Augen flogen über die Seite.

Natürlich handelt es sich hier um einen Schnappschuss. Commander Owen Wright und Sergeant Abigail Langfort waren beide maßgeblich an der Rettungsaktion vor wenigen Wochen beteiligt, bei der eine Mutter und ihr zweijähriges Kind aus einem brennenden Haus geborgen werden konnten. Die Queen und Prinz Philip zeigten sich äußerst amüsiert über den kleinen Zwischenfall während der Gartenparty, in deren Verlauf Sergeant Langfort mit ihren Pumps im Rasen stecken blieb und in letzter Minute von ihrem Feuerwehrkollegen Owen Wright vor dem Fall gerettet werden konnte. Die beiden sympathischen Beamten wurden von der Queen und ihrem Gemahl herzlich begrüßt und dürften eines der Highlights der gestrigen Gartenparty gewesen sein.

Ein weiteres Highlight ...

Abby atmete erleichtert durch.

»Siehst du, ganz so schlimm ist es nicht«, sagte Holly.

Sie legte die Zeitung beiseite. »Zum Glück.«

»Ich finde den Artikel für die *Sun* ehrlich gesagt ziemlich witzig geschrieben.«

»Wie ich meine Kollegen kenne, interessiert die nur das Foto ...«, murmelte Abby.

»Hey, Langfort.« Die Jungs von der Spätschicht waren eingetroffen. Abby sah von ihrem Computer hoch. Danny stand vor ihr. Sein Blick glitt über sie hinweg. »Warum trägst du keine Pumps im Job? Dann könnte ich dich auch mal retten ...« Ein breites Grinsen zog sich über sein Gesicht.

»Das würde dir so passen.«

»Allerdings! Ich würde dich auch sicher ganz festhalten.« Er wölbte die Hände, als würde er zwei Brüste umfassen.

Abby schnellte von ihrem Stuhl hoch. »Du bist ein ganz schönes Arschloch.«

»Ach komm schon, Langfort. Verstehst du keinen Spaß mehr?«

Die anderen Jungs lachten.

»Das ist nicht witzig«, knurrte sie.

»Also ich fand deinen Gesichtsausdruck ehrlich gesagt großartig. Sah aus, als ob du dich amüsieren würdest.« Er ahmte sie nach.

»Danny, hau ab, bevor ich dir persönlich eine reinhaue«, meldete sich Kyle, der eben wieder ins Büro gekommen war, hinter ihrem Rücken zu Wort.

Überrascht drehte sie sich um.

»Hey, man wird doch wohl noch einen kleinen Scherz machen dürfen.« Danny grinste anzüglich.

»Nein, Mann, nicht mit meinem Partner.« Kyle baute sich vor ihm auf.

Er war gut einen Kopf größer und deutlich breiter gebaut. Aus dem Augenwinkel sah Abby, dass die Kollegen im Hintergrund sie aufmerksam beobachteten.

Danny hob beschwichtigend die Hände. »Okay, okay. Beruhig dich.«

»Gut. Jetzt kannst du dich noch bei Abby entschuldigen, dann vergessen wir die ganze Sache«, forderte Kyle.

Sie öffnete den Mund, aber Kyle signalisierte ihr, still zu sein.

»Fawner, was soll das?« Danny sah ihn mit finsterer Miene an. »Du bist doch einer von uns.«

»Pass mal auf, Danny.« Kyle machte noch einen Schritt vor, sodass sein Gesicht nur Zentimeter von Dannys entfernt war. »Langfort ist mein Partner, und ich verlange von dir, dass du ihr gegenüber etwas mehr Respekt zeigst.«

»Kyle, schon gut. Ich kann für mich selbst sprechen«, warf sie ein.

»Ganz wie du möchtest.« Kyle nickte, ohne den Blick von Danny zu lassen.

Im Büro herrschte Stille. Alle Anwesenden hatten den Schlagabtausch zwischen Kyle, Danny und ihr verfolgt.

»Ich weiß ja nicht, was zwischen euch beiden läuft, aber es wäre schön, wenn ihr es außerhalb des Dienstes regeln würdet.«

»Was soll das?« Sie funkelte Danny wütend an. »Was zwischen mir und Kyle ist, geht dich gar nichts an. Er ist mein Partner. Im Gegensatz zu dir weiß er, wie man sich einer Kollegin gegenüber verhält. Ich denke, damit sollte die Sache jetzt ein für alle Mal geklärt sein. Oder möchtest du noch etwas hinzufügen?«

»Nichts für ungut, Langfort.« Bradley, Dannys Partner, klopfte ihr beim Hinausgehen auf die Schulter. »Du kennst doch Danny. Ist ein alter Hitzkopf mit dem Herz am rechten Fleck.«

»Schon gut, Bradley.« Sie zwang sich zu einem Lächeln. »Ich denke, er hat es kapiert.«

»Fawner. Langfort.« Bradley tippte sich gegen die Krempe seiner Mütze. »Man sieht sich.«

Sie und Kyle gingen hinaus. Keiner von ihnen sagte ein Wort. Kyles Reaktion hatte sie überrascht, und sie fragte sich, warum er sich auf einmal wie ihr Beschützer aufspielte.

»Das wäre nicht nötig gewesen«, sagte Abby mit gesenkter Stimme, als sie den Fahrstuhl erreicht hatten. »Es ist nicht das erste Mal, dass ich mich gegen anzügliche Sprüche wehren muss. Der Artikel hat förmlich danach geschrien.«

»Trotzdem ist es nicht in Ordnung.« Er schaute mit ernster Miene auf sie herab. »Du solltest als Frau genauso behandelt werden wie jeder andere Kollege auch.«

»Falls ich dich erinnern darf«, sie grinste schief, »waren deine Sprüche in der ersten Zeit auch nicht gerade kollegial, um es mal nett auszudrücken. Ich fand, du warst ein ziemliches Machoarschloch.«

»Ich weiß, und ich schäme mich dafür.« Kyle wirkte ernsthaft betroffen.

Sie räusperte sich. »Das haben wir doch schon geklärt.« Der Fahrstuhl ging mit einem leisen *Pling* auf.

»Sag mal, ist nicht morgen das große Treffen mit den *Honey Hunters* für die Spendenaktion in der Schule nächste Woche?«

»Ja. Wieso?«

Langsam fuhr der Aufzug nach unten.

»Wäre es okay für dich, wenn ich mitkomme?« Er sah zu ihr rüber. »Ich finde das Projekt, das du mit den Jugendlichen auf die Beine gestellt hast, wirklich toll und würde euch gerne weiter dabei unterstützen.«

»Klar. Wir können jede Hilfe gebrauchen«, antwortete sie erfreut.

»Cool. Dann könnt ihr auf mich zählen.«

Das Handy brummte in ihrer Tasche. Sie hatte den ganzen Tag auf ihr Handy geschielt, aber bis auf einen Anruf von ihrer Mutter hatte sich niemand gemeldet. Ihr Puls schnellte angesichts der Nachricht nach oben.

Hi Traumfrau,

wollte mich schon früher melden, aber hier war die Hölle los. Tut mir leid wegen des Fotos in der Sun. Kann ich dich mit einem Abendessen vielleicht gnädig stimmen oder legst du mich jetzt bei unserem nächsten Treffen in Handschellen?

Sie schmunzelte. Sie mochte Männer mit Humor.

Hi, ob ich dich in Handschellen lege, hängt von der Qualität des Abendessens ab.

Es dauerte nur wenige Sekunden und die Antwort kam.

Dann muss ich mir wohl Mühe geben. Hast du heute Abend Zeit? Würde dir sieben Uhr passen?

Sie überlegte kurz. Wenn sie sich beeilte, könnte sie es bis sieben Uhr schaffen.

Klingt prima.

Sie spürte, dass Kyle sie beobachtete.

Soll ich dich abholen?
Ihre Finger flogen schon fast über das Handydisplay.
Nein, ich komme direkt zu dir.
*Das Maison chez Wright freut sich auf Ihren Besuch und bittet Sie,
die Handschellen und andere Waffen zu Hause zu lassen.*
Sie unterdrückte ein Lachen. Im gleichen Moment ging der Aufzug
auf.

»Alles okay?« Kyle sah sie forschend an.

»Jaja.« Sie steckte das Handy weg. Ihr Herz pochte vor Vorfreude.

»Du, ich wollte noch etwas mit dir besprechen ...«

»Hat das bis morgen Zeit? Ich bin nämlich verabredet.«

Kyle blieb unschlüssig stehen. »Ja, eigentlich schon.«

»Prima. Dann bis morgen.«

Gut gelaunt ging sie zum Ausgang.

20

Die Gegend war ihr zwar bekannt, aber sie kam nicht allzu häufig hierher. Entlang der Straße reihten sich die Fassaden der Häuser wie die Bücher in einem Regal. Winzige Vorgärten, in denen das Gras millimetergenau geschnitten war und von Blumenbeeten gesäumt wurde, unterstrichen den Eindruck einer gepflegten Wohngegend. Das immerwährende Rauschen der Autos war leise im Hintergrund zu hören. Ansonsten war es ruhig in der Straße. Die meisten Einwohner saßen um diese Uhrzeit vor dem Fernseher und ließen sich unterhalten. Ihre Augen suchten die schlichten Namensschilder ab.

Owen James Wright

Ihre Finger zitterten, als sie den Klingelknopf drückte.

»Hallo?«, meldete sich Owens melodische Stimme.

»Hi, ich bin's.«

»Abby, wie schön. Ich hatte schon Angst, dass du mich versetzt.«

Es summte und die Tür ging mit einem leisen *Klick* auf. Mit klopfendem Herzen ging sie nach oben. Als sie im dritten Stock ankam, wartete Owen bereits auf sie.

»Hallo«, begrüßte sie ihn ein wenig atemlos. Er sah fantastisch aus in seinen schwarzen Hosen und dem schwarzen T-Shirt. Seine Haare schimmerten feucht und er hatte sich rasiert.

»Hi.« Wie selbstverständlich beugte er sich vor und gab ihr einen zärtlichen Kuss.

Sofort setzte ein Flattern in ihrem Bauch ein, als hätten Hunderte von Schmetterlingen gerade zum Flug abgehoben.

»Oh«, war alles, was sie sagte, als er sich von ihr löste. Sie blinzelte. Mit dieser Begrüßung hatte sie nicht gerechnet.

»Du siehst atemberaubend aus.« Der Blick aus seinen honigfarbenen Augen glitt bewundernd über sie hinweg. »Und wie ich sehe, bist du, was die Schuhe anbelangt, auf Nummer sicher gegangen.«

Sie hatte sich für eine schwarze Hose mit einer lockeren Bluse darüber und flachen Sandalen entschieden.

»Ja, ich habe keine Lust, noch mal stecken zu bleiben. Wobei ...« Sie lächelte. »Wenn ich es mir genau überlege, eigentlich ein Fehler. Dann hast du keinen Grund, mich noch mal aufzufangen.«

»Darüber brauchst du dir keine Gedanken zu machen.« Zum Beweis schlang er seine Arme um sie und küsste sie.

Als sich ihre Lippen berührten, war sie wie vom Blitz getroffen. Er küsste genauso gut, wie sie es in Erinnerung hatte. Fast noch besser. Der erste Kuss war ein vorsichtiges Herantasten gewesen, dieser war voller verzehrender Leidenschaft. Ihr Körper reagierte instinktiv. Presste sich an ihn. Ihre Zungen umspielten sich. Seine Haut roch nach Seife, gemischt mit seinem Eau de Toilette, einem würzig männlichen Duft. Seine Hand glitt ihren Rücken hinunter und blieb etwas oberhalb ihres Pos liegen. Den ganzen Tag hatte sie sich nach seinem Kuss gesehnt. Gierig erwiderte sie seinen Zungenschlag. Sie fuhr ihm mit der Hand durch die dichten Haare. *Wunderbar*. Am liebsten wäre sie über ihn hergefallen, aber das letzte bisschen Vernunft hielt sie zurück.

Er räusperte sich. »Besser so?«

»Viel besser. Ich würde sagen, das war eine anständige Begrüßung.«

Sie schmunzelte. Ihre Lippen pochten von seinem Kuss.

»Komm doch rein.« Er machte eine ausladende Handbewegung.

Neugierig betrat sie die Wohnung. Ein angenehmer Geruch nach gebratenem Hühnchen mit Kräutern hing in der Luft.

»Hier entlang.« Er deutete zum hinteren Teil des Appartements. Der Dielenboden knarrte bei jedem Schritt. Sie folgte ihm, dabei betrachtete sie interessiert die Bilder an den Wänden. Fotografien, die Notting Hill und Umgebung kunstvoll in Szene setzten. Dabei waren die Farben so leuchtend, dass man das Gefühl hatte, mittendrin zu stehen.

»Tolle Fotos«, bemerkte sie im Vorbeigehen.

»Danke. Fotografieren war schon immer mein Hobby.«

»Die hast du gemacht?« Sie blieb stehen. »Die sind fantastisch.«

»Ach was.« Er wischte ihr Lob mit einer Handbewegung weg. »Das ist nur Anfängerkram.«

»Nein, ehrlich, die sind richtig gut. Nicht, dass ich etwas davon verstehen würde, aber mir gefallen sie.«

»Wie ich schon sagte, das ist nur ein Hobby, für das mir meistens die Zeit fehlt. Hier ist das Badezimmer.« Er deutete auf eine Tür, die rechts vom Flur abging. »Daneben ist das Schlafzimmer.«

Abby schluckte beim Anblick des ausladenden Bettes.

»Das ist ja die reinste Spielwiese«, bemerkte sie trocken.

»So habe ich es noch nie gesehen«, antwortete er grinsend.

Er führte sie weiter bis zum Wohnzimmer, das gleichzeitig als Esszimmer diente. Abby kam sich vor, als wäre sie in eines der Hochglanzmagazine für *Schöner Wohnen* gehüpft. Alles war farblich perfekt aufeinander abgestimmt. Der hintere Teil des riesigen Raumes bestand aus einer hellen Küchenzeile. Der Küchenblock davor war gleichzeitig Kochbereich und Esstisch. Das Wohnzimmer war durch eine halbe Wand, in die ein Kamin eingelassen war, hinter dessen Glasscheibe ein Feuer flackerte, vom restlichen Teil des Raumes getrennt. Das Chesterfield-Sofa war aus cognacfarbenem Leder gearbeitet, ebenso der Sessel davor. An der Wand gegenüber hing ein moderner Flachbildfernseher. Der Dielenboden war naturbelassen und schimmerte in einem satten Holzton. Aus modernen Lautsprechern ertönte leise Musik.

»Schön hast du es hier«, sagte sie abschließend. »Richtig stylish.«

»Freut mich, dass es dir gefällt. Die Vorbesitzer waren eines dieser hippen Pärchen, und mir hat es gefallen. Also habe ich es gelassen, wie es war.«

»Sehr cool.« Sie deutete auf das Feuer. »Ich habe mir immer einen Kamin gewünscht. Leider ist bei uns im Haus kein Abzug vorhanden.«

»Ich bin schon gespannt, wie es bei euch aussieht.«

»Leider wirst du die Wohnung nie zu sehen bekommen«, sagte sie entschieden und stemmte ihre Hände in die Hüften.

Er sah sie bestürzt an. »Was? Wieso?«

»Na, weil es bei uns absolut chaotisch aussieht. Ich sage nur: Vier Frauen unter einem Dach, und keine davon ist mit großen hausfraulichen Fähigkeiten ausgestattet. Wenn man mal von Zoey absieht, die zumindest kochen kann.« Sie grinste. »Gegen deine Wohnung schaut es bei uns aus, als ob eine Bombe explodiert wäre.«

Sie dachte an das Kinderspielzeug, das in jeder Ecke lag. An Dexter, der überall seine Spuren hinterließ. An das Geschirr in der Spüle und an ihr ungemachtes Bett.

»Ich würde sagen, damit kann ich leben.« Owen schmunzelte sichtlich erleichtert. Dabei bildeten sich winzige Lachfältchen um seine Augen. Ohne seinen Dreitagebart sah er jünger aus.

»Das sagst du so.« Sie zwinkerte ihm zu. »Aber spätestens, wenn du mein Zimmer siehst, ergreifst du die Flucht.«

»Ich bin mir sicher, dass das nicht der Fall sein wird.« Er trat dicht an sie heran, sodass sie die Hitze spürte, die von seinem Körper ausging.

»So schnell wirst du mich nicht mehr los.« Sein Blick huschte über ihr Haar, ihre Wimpern und ihren Mund.

»Das hoffe ich doch.« Zur Bekräftigung ihrer Worte stellte sie sich auf die Zehenspitzen und küsste ihn.

Sie seufzte leise, als sie sich trennten. Für einen Augenblick blieben sie stehen und genossen einfach die Nähe des anderen. Owen hatte seine Hand noch immer auf ihrer Hüfte liegen.

Er räusperte sich. »Möchtest du etwas zu trinken?«

»Gerne.« Langsam lösten sie sich voneinander.

»Ich habe Bier, Bier oder Bier.« Er kratzte sich am Kopf. »Meine hausmännlichen Fähigkeiten halten sich auch ziemlich in Grenzen.«

Sie grinste. »Dann nehme ich doch spontan ein Bier.«

»Eine gute Wahl.« Owen ging zum Kühlschrank und zog zwei Flaschen hervor. »Glas?«

»Wenn es dich nicht stört, dann aus der Flasche. Aus dem Glas schmeckt es nur halb so gut.«

»Ganz mein Reden.« Er reichte ihr das Bier. »Endlich eine Frau, die weiß, was gut ist.«

Sie stießen an. »Auf einen schönen Abend.«

»Wenn er so weitergeht, wie er angefangen hat, habe ich da keine Zweifel.« Sein Blick blieb auf ihrem Mund kleben. Sie wurde ungewöhnlich nervös. Hastig wandte sie sich ab und trank einen kräftigen Schluck. Das Bier war angenehm kühl. »Aaah, das tut gut. War ein langer Tag heute.«

»Komm, setz dich doch und erzähl mir, was los war.« Er deutete auf einen der Stühle am Esstisch. »Ich mache uns derweil den Salat fertig.«

Sie ließ sich auf den Stuhl nieder. »Ich weiß nicht, wie es bei dir war, aber meine Kollegen haben ganz schön vom Leder gelassen wegen des Zeitungsartikels.«

Sie erzählte ihm von dem Zwischenfall auf der Wache.

»Was für ein Idiot.«

»Du sagst es. Aber das ist bei uns normal. Ich war nur überrascht, wie Kyle mich verteidigt hat. Das kannte ich so nicht.«

»Du und dieser Kyle versteht euch gut?«

»Am Anfang nicht, aber jetzt immer besser.« Sie schilderte, wie Kyle sich an seinem ersten Tag ihr gegenüber aufgeführt hatte. »War ein ganz schön harter Brocken ...« Sie fuhr gedankenverloren mit dem Finger über das Etikett an der Flasche. »Ich hatte ihn zuerst anders eingeschätzt, aber je näher ich ihn kennenlerne, desto überraschter bin ich, was hinter dieser arroganten Fassade steckt. Er möchte bei den *Honey Hunters* mitmachen.«

»Das ist doch toll. Ehrlich gesagt habe ich auch darüber nachgedacht, nachdem du mir davon erzählt hast.«

»Wirklich?«

»Na klar.«

»Das wäre fantastisch. Die Jungs wären begeistert, einen echten Feuerwehrmann zu haben.« Sie fragte sich im Stillen, welchen Spitznamen sie ihm wohl verpassen würden.

Owen sah ihr tief in die Augen. »Einen Penny für deine Gedanken.«

»Ich habe erfahren, dass Kyle von den Kids Captain America genannt wird, und bin gespannt, was sie sich für dich überlegen.«

Owen grinste. »Also ich finde, Iron Man würde passen.«

Sie lachte laut auf. »Ich hatte eher an Hulk gedacht.«

»Ich weiß nicht, ob das ein Kompliment ist.«

»Absolut. Hulk war der Held in meiner Jugend, nebst Mr Stringer«, versicherte sie.

»Okay, das klingt akzeptabel.« Er prostete ihr zu. »Hast du denn schon analysiert, was hinter meiner gutaussehenden Oberfläche steckt?«

»Du meinst, abgesehen von deinem Helfersyndrom kleinen Frauen gegenüber ...« Sie lächelte.

»Touché.«

»Ein Mann, der verdammt gut küssen kann!« Ihre Blicke kreuzten sich. Bei dem Anblick seiner Augen blubberte ihr Magen sofort.

Er grinste, und auf seinen Wangen bildeten sich zwei Grübchen. »Das ist erst der Anfang.«

Sie leckte sich mit der Zungenspitze über die Lippen.»So?«

»Allerdings.« Mit einem Schritt war er bei ihr, schlang seine Arme um ihre Taille, was bei ihrem Größenunterschied gar nicht so einfach war, und zog sie an sich heran.»Möchtest du eine kleine Kostprobe?«

»Ähm, von was jetzt genau?«

»Davon.«

Seine Lippen legten sich warm auf ihren Mund. Er schmeckte nach Bier und Kräutern. Seine muskulösen Arme hielten sie fest umschlossen. Sein Kuss war drängend und voller Leidenschaft. Ihr ganzer Körper war in Aufruhr. Sie sehnte sich nach seinen Berührungen. *Wie sich seine nackte Haut wohl anfühlt?*

Er löste sich nach einer gefühlten Ewigkeit von ihr.»Ich glaube, wir sollten damit aufhören, sonst wird das nichts mit unserem Abendessen.«

»Wäre das so schlimm?« Sie sah ihm sehnsüchtig in die Augen.

»Bist du sicher?« Seine Stimme klang rau.

Sie fuhr mit den Fingerspitzen über seine Brust. Sie spürte, wie er die Muskeln anspannte.»Wenn ich mir jemals über etwas sicher war, dann darüber.«

Ohne ein Wort hob er sie mit einem Ruck hoch. Sie schlang die Beine um seine Hüften und presste ihren Oberkörper gegen seine breite Brust. Ihre Hände legte sie auf seine Wangen und küsste ihn. Ein atemloser Kuss, voller Sehnsucht und Verlangen. Seine Hände glitten über ihren Rücken. Wie machte der Kerl das nur, ohne sie fallen zu lassen? Seine Berührung hinterließ eine glühende Spur auf ihrem Körper. Seine Zunge neckte sie und sie erwiderte sein Spiel. Es war herrlich. Sie genoss jede Sekunde davon. Ihr Körper hatte längst alle Weichen gestellt und wartete nur darauf, dass er sich nahm, was sie ihm so offen darbot.

Abrupt zog er seinen Kopf zurück. Abby blinzelte verwirrt. Hatte sie etwas falsch gemacht?

»Ich möchte keine Affäre, keinen One-Night-Stand«, brummte er. Er atmete schwer.»Ich finde, das solltest du wissen, bevor ...«

Abby schluckte. Sie hatte nicht mit so einer Aussage gerechnet. Alles, woran sie denken konnte, war Sex. Mit dem Gedanken, eine Beziehung mit ihm einzugehen, hatte sie sich noch nicht auseinandergesetzt. Geschweige denn irgendwelche Pläne gemacht. Sie kannte ihn doch kaum. Außerdem war da noch Jason. Sofort überfiel sie ihr schlechtes

Gewissen. Sie musste unbedingt mit ihm sprechen, sobald sich die Gelegenheit bot. Bis dahin wollte sie keine Versprechen machen.

Sie zögerte. »Ich auch nicht.«

In ihrem Kopf herrschte noch immer ein totales Vakuum. Sein Blick versenkte sich in ihren, als würde er versuchen, die Wahrheit in ihren Augen zu lesen. Seine Fingerspitzen strichen über ihr Gesicht, zärtlich, gleich den Flügeln eines Schmetterlings. Sie zitterte erregt.

»Ich habe noch nie eine Frau so begehrt wie dich. Als du in der Bar standest, die Hände zu Fäusten geballt, und den Männern eingeheizt hast ... Du hast ausgesehen wie die leibhaftige Rachegöttin. Ich wollte diese faszinierende Frau unbedingt kennenlernen. Dann habe ich dich mit diesem Danny gesehen und dachte, ich hätte keine Chance und dass du schon vergeben bist. Ich bin zu oft enttäuscht worden.« Er holte tief Luft. »Abby, ich bin kein Mann für eine Nacht.« Er presste die Lippen fest aufeinander.

Sie nickte stumm, während sie die Tragweite seiner Worte zu erfassen versuchte. Bisher waren es die Männer gewesen, die auf Sex gedrängt hatten. Sie hatte nie ein Problem damit gehabt, wenn sie der gleichen Ansicht gewesen war. Sex war ein Ausgleich zu ihrem stressigen Berufsalltag. Beim Sex konnte sie sich fallen lassen und gleichzeitig wunderbar entspannen. Das hier war neu für sie.

Owen sah sie fragend an. »Abby?«

Statt zu antworten, verschloss sie seinen Mund mit einem Kuss.

»Das war unglaublich«, flüsterte Owen an ihrem Ohr. Seine Finger fuhren zärtlich die Rundungen ihrer Brust nach.

»Hmmm.« Ein wohliger Schauer lief über ihren Bauch.

Sie kuschelten vor dem Kamin. Bis ins Schlafzimmer hatten sie es nicht mehr geschafft. Um sie herum lagen die Klamotten verstreut auf dem Boden. Im Hintergrund lief leise Musik. Ein alter Sommerhit aus den Neunzigern, den ihre Mutter häufig gehört hatte, während sie das Abendessen für die Familie vorbereitet hatte.

»Unglaublich!« Sie lächelte selig, darum bemüht, ihren Herzschlag zu beruhigen. »Es war fantastisch.«

Sie hatten sich aufeinander gestürzt und ohne Vorbehalte geliebt. Owen war ein fantastischer Liebhaber, der sich so lange zurückgehalten hatte, bis sie dachte, sie würde sich in tausend Stücke auflösen. Mit gezielten Bewegungen hatte er sie zum Orgasmus gebracht und ihr ungeahnte Lustgefühle verschafft. Als sie gekommen war, hatte die Welt aufgehört, sich zu drehen. Es hatte nur noch sie und ihn gegeben. Noch immer zog sich ihr Unterleib in rhythmischen Wellen zusammen und erinnerte sie daran, zu welchen Gefühlen sie fähig war.

Ihr Blick fuhr die Linien seiner Muskeln nach. Auf seiner Brust kringelten sich dunkle Haare, die in einen feinen Streifen übergingen, der nach unten zu seinem Schwanz führte. Seine Muskulatur war von harter körperlicher Arbeit geprägt. Er strahlte natürlichen Sexappeal aus.

»Du bist wunderschön.« Er bedeckte ihr Gesicht mit Küssen.

Sie fuhr ihm mit der Hand durch das verstrubbelte Haar. »Du siehst auch nicht schlecht aus.«

»Nicht schlecht?! Ich hatte mit ›heiß‹ oder ›sexy‹ gerechnet!«

»Du willst sexy aussehen?« Sie kicherte.

»Miststück.« Er knabberte an ihrem Ohrläppchen. »Gefällt dir das?«

Sie stöhnte leise, als er zu saugen begann. Seine Zunge umkreiste ihre Ohrmuschel. Ihr Lustzentrum, das sich gerade erst beruhigt hatte, erwachte erneut zum Leben. Seine Hände umschlossen ihre Brüste.

»Genau die richtige Größe. Wäre ich ein Künstler, hätte ich sie genau so gemalt.« Sein Mund wanderte ihren Hals entlang nach unten. »Alles an dir ist perfekt.«

Sie stöhnte. »Wenn du nicht aufhörst, kann ich für nichts garantieren.« Seine Zunge zog kleine feuchte Kreise um ihre Brustwarze. »Du Mistkerl.« Sie drückte ihn von sich. »Du hast es nicht anders gewollt.«

Mit einer geschmeidigen Bewegung setzte sie sich rittlings auf ihn.

»Ich habe gehofft, dass du das sagen würdest.« Er grinste breit. Seine Augen glühten wie Kohlestücke.

Dann küsste er sie und die Welt um sie herum verschwamm ein zweites Mal an diesem Abend.

»Musst du wirklich gehen?« Er lag auf dem Rücken und beobachtete, wie sie sich ihren Slip überzog.

Mit den zerzausten Haaren und dem leichten Schlafzimmerblick sah er wahnsinnig sexy aus. Sofort verspürte sie ein unbändiges Verlangen, ihn zu küssen.

»Ja, ich habe morgen Dienst. Ich brauche wenigstens ein paar Stunden Schlaf.«

»Du kannst doch bei mir schlafen«, schlug er vor.

Sie lächelte. »Du glaubst wirklich, dass ich zum Schlafen komme, wenn ich bei dir bleibe, nach dem, was in den letzten Stunden passiert ist?«

»Hey, ich bin nur ein Mann aus Fleisch und Blut. Ich muss auch schlafen.« Er streckte den Arm nach ihr aus. »Komm, bleib hier.«

Sie baute sich breitbeinig vor dem Bett auf. »Nur wenn du mir versprichst, dass du mich schlafen lässt.«

»Großes Ehrenwort.« Zum Beweis hob er seine Finger.

Sie schielte misstrauisch hinter seinen Rücken. »Keine Tricks.«

»Keine Tricks«, versicherte er.

»Na gut.« Mit einem Satz hüpfte sie zurück ins Bett und kuschelte sich an seinen herrlich warmen Körper. Owen schlang die Arme um sie und zog sie fest an sich heran. »Mhm.«

Sie schloss die Augen. Die letzten Stunden waren unglaublich gewesen, und sie hatte die ganze Zeit das Gefühl, sich in einem Traum zu bewegen. Sie hatten ihre Körper erkundet, die fremd und gleichzeitig eigenartig vertraut waren. Er hatte sie mit Zärtlichkeit überschüttet und ihr das Gefühl gegeben, dass es nur sie und ihn auf der ganzen Welt gab. Es war, als ob die Zeit stehen geblieben wäre und die Unendlichkeit für einen Augenblick ihre Tore geöffnet hätte, um sie willkommen zu heißen. Sie wünschte sich, sie hätte jede Sekunde einfangen können, um sie immer und immer wieder zu durchleben. Konnte man mit einem Menschen, den man so wenig kannte, so glücklich sein? Sie hatte noch nie etwas Derartiges erlebt.

»Gute Nacht, Traumfrau.« Das Licht ging aus.

»Gute Nacht«, murmelte sie, dann überkam sie bleierne Müdigkeit.

»Guten Morgen, Schlafmütze!« Owens Gesicht schwebte über ihr. Er gab ihr einen zärtlichen Kuss. Er schmeckte nach Pfefferminz.

»Mhm.« Sie fuhr sich mit der Zungenspitze über die Lippen. »So kannst du mich immer wecken.«

»Nichts lieber als das.« Seine Haare schimmerten feucht. Er hatte sich ein Handtuch um die schmale Hüfte gewickelt und gewährte ihr einen Blick auf seinen fantastisch gebauten Oberkörper. Unter der goldbraunen Haut am Bauch zeichnete sich ein Sixpack ab, das jeden Mann vor Neid erblassen lassen würde. »Kaffee?«

Er hielt ihr einen Becher mit der dampfenden Flüssigkeit entgegen.

»Das nenne ich mal Service!« Sie lachte und nahm den Becher dankend entgegen.

Sie hatte fantastisch geschlafen. Dementsprechend ausgeruht fühlte sie sich. Das erste Mal in ihrem Leben hatte sie neben einem Mann geschlafen, ohne mitten in der Nacht wach zu werden und sich heimlich aus dem Zimmer zu schleichen. Selbst mit Jason lag sie die halbe Nacht wach und lauschte seinem Atem.

»Hast du gut geschlafen?«

Sie gähnte herzhaft. »Wie ein Murmeltier.«

»Geschnarcht hast du aber eher wie ein Bär.« Seine Mundwinkel zuckten.

»Niemals!« Sie machte einen Schmollmund. »Du weißt doch, wir Frauen pupsen Feenstaub und gehen nie, aber auch *nie* auf Toilette.«

»Gut, dass wir das geklärt haben.« Er grinste. »Dann war das wohl jemand anderes heute Nacht in meinen Armen. Denn die Frau, die neben mir lag und dein Gesicht hatte, hat geschnarcht wie ein Seemann.«

»Pah! Das hast du geträumt.« Sie nahm einen kräftigen Schluck. Der heiße Kaffee belebte ihre Geister. »Ah, das tut gut. Hast du denn gut geschlafen?«

Sie sah ihm tief in die Augen. Ein Fehler, denn sofort war da wieder dieses lustvolle Ziehen im Unterleib.

»Das fragst du noch?« Er beugte sich herab und gab ihr einen Kuss. »So gut wie schon lange nicht mehr.«

»Dann geht es dir wie mir«, murmelte sie.

Er strich ihr sanft eine vorwitzige Strähne aus dem Gesicht. »Ich habe jede Sekunde mit dir genossen.« Sie nickte stumm. »Ich weiß nicht, wie es dir geht, aber ich würde das hier«, er deutete auf sie und dann auf sich, »gern fortsetzen. Ich glaube, wir sind gut miteinander.«

»So geht es mir auch«, gestand sie ihm mit rauer Stimme, noch immer von ihren Gefühlen für ihn überwältigt.

»Es gibt nur eine Bedingung«, er sah ihr tief in die Augen, »wenn das mit uns funktionieren soll.«

Seine plötzliche Ernsthaftigkeit überraschte sie.»Und die wäre?«
»Du musst mir versprechen, dass wir immer ehrlich zueinander sind.« Sein Blick versenkte sich in ihren.»Ich bin in meinem Leben zu oft enttäuscht worden, und du bist mir zu wichtig, um dich zu verlieren.«

Sie dachte an Jason. Jetzt war der Zeitpunkt, Owen davon zu erzählen. Auf der anderen Seite hatte sie das letzte Mal vor dem Brandunfall mit Jason geschlafen. Würde Owen das verstehen? Sie wollte auf keinen Fall das zarte Pflänzchen ihrer frisch gewonnenen Vertrautheit zerstören. Außerdem hatte sie schon im Krankenhaus beschlossen, die Affäre endgültig zu beenden, und bisher einfach noch keine Gelegenheit dazu gehabt. Für sie war die Sache erledigt – sie musste das nur noch Jason mitteilen.

»Du bist mir auch wichtig«, antwortete sie stattdessen.

Owen nickte.»Gut.«

»Wie spät ist es?«, versuchte sie, das Gespräch auf ein weniger verfängliches Thema zu lenken. Gleichzeitig nahm sie sich vor, Jason noch heute anzurufen.

»Gerade mal sechs. Ich hatte keine Ahnung, wann du beim Dienst sein musst, deshalb habe ich dich geweckt.«

»Das passt perfekt.« Sie rekelte sich.»Dann habe ich noch Zeit, um zu duschen, nach Hause zu fahren und mich gemütlich umzuziehen.«

»Hast du da nicht was vergessen?« Er zog das Handtuch von der Hüfte. Seine pralle Männlichkeit streckte sich ihr entgegen.

Sie lächelte.»Bist du immer so unersättlich?«

»Nur bei dir.«

21

Den ganzen Morgen hatte sie versucht, Jason telefonisch zu erreichen. Leider ohne Erfolg. Sie hatte ihm eine Nachricht auf der Mailbox hinterlassen, mit der dringenden Bitte, sie zurückzurufen.

Sie saß mit Kyle im Auto. »Und du bist dir sicher, dass du deinen freien Nachmittag opfern und mit mir zu den *Honey Hunters* fahren willst?«

»Wäre ich sonst hier?« Kyle saß lässig auf dem Beifahrersitz, den Arm auf dem Fensterrahmen. Sie gähnte verstohlen. Der wenige Schlaf machte sich bemerkbar. »War wohl 'ne lange Nacht gestern?«

Sie spürte seine Blicke auf sich ruhen, während sie den Wagen um die Ecke lenkte.

»Könnte man sagen.« Sie wartete, dass die Ampel auf Grün sprang. Langsam beschleunigte sie das Auto und fuhr die kleine Seitenstraße hoch.

»Der Feuerwehrmann?«

Sie drehte den Kopf verwundert zur Seite. »Wie kommst du darauf?«

»Ach, einfach nur so.« Helens altes Häuschen tauchte vor ihnen auf, und Abby parkte. Kyle lächelte ihr beim Aussteigen zu. »Ich schätze, die Mädchen werden dich mit Fragen bombardieren.«

»Du meinst, wegen der Queen?«

»Ja, und dem Zeitungsartikel.«

Sie stöhnte leise. »Erinnere mich nicht daran.«

Gestern hatten sie mehrere Passanten angesprochen, und auch in der Kantine beim Mittagessen hatte man hinter ihrem Rücken getuschelt.

Sie gingen den schmalen Weg zum Haus hoch. Es war angenehm warm und überall hörte man die Bienen zwischen den Rosenstöcken summen. Abby öffnete das eiserne Tor zum Garten.

»Sarge! Captain America!« Marcie hatte sie entdeckt.

Kyle schmunzelte. »Ist nicht auf meinem Mist gewachsen.«

»Ich weiß, und ich finde den Namen absolut passend.«

Gut gelaunt begrüßte sie die übrigen Jugendlichen. Es tat gut, all ihre Schützlinge wohlauf zu sehen.

»Wir haben Sie vermisst, Sarge«, flüsterte Fanny ihr leise zu.

Von der Sozialarbeiterin, die für ihren Fall zuständig war, hatte Abby erfahren, dass man das Mädchen bei einer Pflegefamilie untergebracht hatte. So wie es aussah, ging es ihr dort gut. Die ungesunde Blässe war aus ihrem Gesicht verschwunden und ihre Augen glänzten.

»Es ist schön, dich zu sehen.« Sie legte die Hand unter Fannys Kinn und zwang sie, ihr in die Augen zu sehen. »Wie geht es dir?«

Fanny schluckte. Das Lächeln war aus ihrem Gesicht verschwunden. »Die Pflegefamilie ist nett, aber ich vermisse meine Mum.«

»Die Sozialarbeiterin sagte mir, dass man um eine Lösung bemüht ist, dass du deine Mum sehen kannst.«

»Wann?« Tränen sammelten sich in den Augen des Mädchens.

»Sobald die Sozialarbeiterin der Ansicht ist, dass sie dir mit ihrem Besuch nicht mehr schadet als hilft. Deine Mutter ist krank und muss erst einmal die Therapie hinter sich bringen, damit sie dir wieder eine gute Mutter sein kann.« Es tat ihr in der Seele weh, zu sehen, wie Fanny unter der Trennung von ihrer alkoholkranken Mutter litt. »Ich bin mir sicher, dass es nicht mehr lange dauern wird.« Sie wusste, es war nur ein schwacher Trost, aber zumindest war es eine Perspektive.

»Sarge«, unterbrach Marcie ihre Unterhaltung. »Wir hatten schon Angst, Sie würden nicht mehr wiederkommen.«

»Glaubt ihr wirklich, ich würde euch im Stich lassen?« Abby schüttelte energisch den Kopf. »Da gehört schon ein bisschen mehr dazu als ein lächerliches Feuer.«

»Oder ein Feuerwehrmann.« Marcie grinste frech. Alle Augen waren auf sie gerichtet. »Cooles Foto von Ihnen in der *Sun*.«

»Ja, ja, ja. War klar, dass euch das gefallen würde.«

»Wir dachten, dass Sie und Captain America …« Fanny machte eine unauffällige Kopfbewegung in Kyles Richtung. »Sie beide würden ein hübsches Paar abgeben.«

»Wie kommt ihr auf die Idee? Kyle und ich sind Kollegen«, antwortete sie bestimmt. Sie wollte gar nicht erst, dass das Gerücht die Runde machte.

»Schon gut, Sarge. War reine Neugierde«, sagte Fanny blitzschnell. Ihr Blick wanderte zu Kyle, der zwei Meter entfernt stand und sich angeregt mit Noah unterhielt. Sollte sie seine Signale übersehen haben? Sie dachte an seine Reaktion gestern auf der Wache. Bisher hatte sie sich darüber keine Gedanken gemacht, aber die Mädchen hatten recht: Sein Blick beinhaltete mehr als nur freundschaftliches Interesse. Wenn es so war, musste sie schnellstmöglich reinen Tisch machen. Es reichte, dass sie noch nicht mit Jason gesprochen hatte. Sie wollte nicht noch etwas zwischen sich und Owen stehen haben.

»Wie läuft es mit den Bienen?«, wechselte sie das Thema.

»Mega, aber das müssen wir Ihnen unbedingt zeigen!« Marcie deutete auf den Bienenkasten. »Die haben angefangen, Honig zu produzieren. Man kann richtig zuschauen, wie die Waben sich füllen.«

»Na dann lasst uns mal hingehen«, schlug sie vor und gab Kyle ein Zeichen.

Marcie lief neben ihr. »Sie haben uns noch nicht erzählt, wie es bei der Queen war!«

»Ist sie wirklich so nett, wie man immer sagt?«, fragte Fanny.

»Hat sie eine Krone getragen?«, wollte Betsy, die Dritte im Bunde der Mädchen, wissen.

»Halt! Eine Frage nach der anderen.« Abby schmunzelte. »Aber erst schauen wir nach den Bienen. Deshalb sind wir schließlich hier.«

»Ooooh«, stöhnten die Mädchen.

»Erst die Arbeit, dann das Vergnügen«, sagte Abby. »Wir wollen schließlich niemanden benachteiligen.«

»Einverstanden.« Die jungen Frauen hakten sich bei ihr unter. »Aber nur, wenn Sie versprechen, uns alles zu erzählen.«

»Okay. Großes Ehrenwort.«

»Das sieht aus, als wären unsere Bienen richtig fleißig.« Abby legte den Deckel behutsam zurück auf den Bienenkasten.

Alle Jugendlichen hatten sich um sie herum versammelt und lauschten ihren Worten. Dazwischen summten die Bienen, als wären sie ebenfalls Teil der Unterhaltung.

»Ja. Haben Sie gesehen, die Waben füllen sich langsam«, sagte Noah.

Abby nickte.»Das würde ich schon mal als Erfolg verzeichnen. Der Imker wollte bei unserem nächsten Treffen vorbeikommen und nach dem Rechten schauen. Falls ihr Fragen habt, könnt ihr sie ihm bei dieser Gelegenheit stellen.«

»Wann können wir den Honig ernten?«, meldete sich Lionel zu Wort.

»Ich schätze, da müssen wir uns noch etwas in Geduld üben«, sagte Abby.»Aber fragt den Imker. Der kennt sich besser aus als ich.«

»Ein Kasten ist zu wenig«, maulte Noah.»Wir bräuchten viel mehr.«

»Kommt Zeit, kommt Rat. Erst einmal müssen wir das nötige Geld sammeln. Vorher ist an eine Neuanschaffung nicht zu denken.« Abby wischte sich die Hände an der Hose ab.»Habt ihr denn schon alles für den Basar vorbereitet?«

»Ja.« Noah schnippte mit den Fingern. Sofort eilten zwei der Jungs los, um kurz darauf mit mehreren Plakaten wiederzukommen.

Abby betrachtete die Zeichnungen der Jugendlichen.»Das sieht richtig cool aus. Vor allem gefällt mir, dass ihr Noahs Logo überall miteingearbeitet habt.«

Der brüllende Bär mit dem Schriftzug und der kleinen Biene prangte auf allen Plakaten.

»Aber wir haben noch was vorbereitet«, sagte Lionel geheimnisvoll.

Der dunkelhäutige Junge war einer der Ersten gewesen, die sich für die *Honey Hunters* angemeldet hatten. Zunächst hatte Lionel ihr misstraut und jeden ihrer Schritte argwöhnisch beobachtet. Es waren viele Gespräche nötig gewesen, bis Lionel endlich Vertrauen zu ihr gefasst hatte. In der Schule waren seine Leistungen miserabel gewesen. Abby war es nach langem Drängen und jeder Menge Überzeugungsarbeit gelungen, ihn für ein Lernprogramm außerhalb der Schule anzumelden. Lionel hatte hart gearbeitet und allen Unkenrufen zum Trotz war er innerhalb kürzester Zeit von seinen Noten her in das Mittelfeld aufgestiegen.

»Nun bin ich gespannt.« Sie warf Kyle einen fragenden Blick zu.

Ihr Kollege zuckte lächelnd mit den Achseln. Ihr Gespür sagte ihr, dass Kyle etwas mit der Überraschung zu tun hatte.

»Captain America hatte die Idee«, bestätigte Noah prompt ihre Vermutung.

»Ich dachte, wir sollten den Besuchern nicht nur das Projekt, sondern auch die Arbeit an sich näherbringen.« Er gab den Jungs ein Zeichen. »Deshalb haben wir bei meinem letzten Besuch einige Fotos gemacht.« Lionel zauberte ein großes Plakat hervor, das er hinter der Holzwand zum Schuppen versteckt hatte. Alle Blicke ruhten erwartungsvoll auf Abby, während sie die Bilder betrachtete.

Kyle hatte die Teens bei ihrer Arbeit mit den Bienen fotografiert und so in Szene gesetzt, dass es nicht nur wie ein Schülerprojekt wirkte, sondern einen professionellen Eindruck vermittelte. Man konnte sehen, wie die Jugendlichen den Bienenkasten pflegten und kontrollierten. Unter jedem Bild stand ein kleiner Text, der dem Betrachter alles erklärte. Abby war total begeistert von den Bildern. Kyle hatte es geschafft, die Dynamik innerhalb der Gruppe einzufangen. Man hatte fast das Gefühl, mitten im Geschehen dabei zu sein.

»Das ist richtig toll«, lautete Abbys anschließendes Urteil. »Wenn die Leute jetzt nicht spenden, verstehe ich die Welt nicht mehr. Hat man euch schon den Plan für die Veranstaltung gegeben?«

Marcie schüttelte den Kopf.

»Dann wird es höchste Zeit.« Abby holte die Zettel mit dem Zeitplan aus ihrer Tasche. »Ich erwarte, dass ihr alle pünktlich seid, damit wir mit dem Aufbau fertig sind, bevor die ersten Besucher kommen. Es wird verschiedene Programmpunkte geben. Zum Abschluss der Veranstaltung werden die Gewinner der Tombola ermittelt, und gleich im Anschluss wird der Spendenertrag bekannt gegeben.« Aufgeregtes Murmeln. »Diejenigen, die zum Aufbau eingeteilt sind, sind auch für den Abbau verantwortlich. Die Mädchen kümmern sich hauptsächlich um die Betreuung des Standes. Ich werde die ganze Zeit dabei sein.«

»Ich auch«, meldete sich Kyle zu Wort.

Sie hatten bisher nicht darüber gesprochen, ob er sich weiter an dem Projekt beteiligen würde. Umso mehr freute sie sein Engagement. »Gut. Dann haben wir so weit alles geregelt.«

»Mein Dad hat gesagt, das wäre voll die Pussy-Arbeit und echte Männer verbringen ihre Zeit nicht damit, Bienen zu züchten.« Harry war noch nicht lange Mitglied der Gruppe. Sein Vater war ein despotischer Mann, der das Geld der Familie bei Pferdewetten verspielte. »Er will, dass ich stattdessen zum Fußball gehe.«

»Dann richte deinem Dad aus, dass er sich gerne mit mir darüber unterhalten kann«, schaltete sich Kyle in das Gespräch ein. »Außer, du möchtest lieber Fußball spielen.«

Harry zögerte einen winzigen Augenblick. Unbewusst hielt Abby gespannt die Luft an.

»Nein, ich bin lieber hier«, lautete die Antwort.

Abby atmete erleichtert aus. Sie hätte es sehr bedauert, wenn Harry die Gruppe verlassen hätte.

Kyle hatte sich in der kurzen Zeit ihrer Abwesenheit einen ziemlich guten Ruf bei den Jugendlichen erarbeitet. Sehr erfreulich. So hatten die Jungs eine zweite Bezugsperson und konnten sich in typischen Männerfragen an ihn wenden.

»Ich habe auch noch eine Überraschung für euch«, verkündete sie.

»Echt?« Die Jugendlichen sahen sie erwartungsvoll an.

Sie hatte auf dem Weg zur Arbeit kurz beim Copyshop haltgemacht und die T-Shirts abgeholt, die sie vor ihrem Krankenhausaufenthalt in Auftrag gegeben hatte.

Sie warf Noah ihre Wagenschlüssel zu. »Liegt im Kofferraum. Und denk gar nicht darüber nach, mit dem Auto abzuhauen.«

Alle lachten.

»Niemals.« Noah grinste schief. Sie wusste, dass er schon mehrere Autos geknackt hatte und ohne Führerschein gefahren war.

Helen kam mit einem Spazierstock bewaffnet aus dem Haus. »Dachte ich mir, dass ich deine Stimme gehört habe.« Ihre kleinen Äuglein scannten Abbys Gesicht. »Wie ich sehe, hast du alles unbeschadet überstanden.«

»Du weißt doch, Unkraut vergeht nicht.« Sie gab ihr einen Kuss.

»Hast uns allen einen ganz schönen Schrecken eingejagt.« Helen deutete mit der Spitze des Stocks auf Kyle. »Zum Glück hat dein Freund uns alles erzählt.«

»Wir sind nicht …«, protestierte Abby. Eine schmächtige Gestalt tauchte hinter Kyles Rücken auf und zog ihre Aufmerksamkeit auf sich. »Benjamin!«

Sie hatte nicht mehr damit gerechnet, dass der Junge kommen würde.

»Den da habe ich vor dem Haus aufgegriffen«, erklärte Noah lakonisch, als würde es sich um einen Sträfling handeln, der dabei gewesen war, aus dem Gefängnis auszubrechen. Er hatte die Tüte mit den Shirts in der Hand und musterte den Neuen feindselig. »Hat vor dem Haus rumgelungert. Als er mich gesehen hat, wollte er abhauen. Aber ich war schneller.«

»Danke, Noah, aber das wäre nicht nötig gewesen.« Sie ging einen Schritt auf den verängstigten Jungen zu. Ben hatte seinen Blick gesenkt und die Arme trotzig vor der Brust verschränkt. »Das ist Benjamin Miller«, erklärte sie. »Wir haben uns auf der Wache kennengelernt. Ich habe ihm angeboten, bei uns mitzumachen.«

Unwilliges Murren war zu hören. Aus Erfahrung wusste sie, dass es schwer für die Neuen war, in der Gruppe Anschluss zu finden. Dies waren keine normalen Jugendlichen. Alle, die vor ihr standen, hatten sich auf der Straße behauptet. Der Umgangston war zum Teil rau. Sie würde etwas Hilfestellung leisten müssen.

»Benjamin wurde erwischt, wie er versucht hat, ein Auto zu knacken«, prahlte sie, um ihn für die Jungs interessant zu machen.

Normalerweise hätte sie seine Tat nicht hervorgehoben, als wäre das, was er getan hatte, etwas Tolles, aber hier war es wichtig. Die Jungs mussten Ben respektieren, wenn er von ihnen akzeptiert werden sollte.

»Das Milchgesicht?«, stichelte Noah prompt.

Ben schob trotzig die Unterlippe vor. Sein Blick war abweisend und Abby war sich sicher, dass er überlegte, wie er am besten abhauen konnte.

»Ja. Wir haben ihn geschnappt, weil seine Kumpels ihn hängen gelassen haben«, fuhr sie ruhig fort.

Für einen Moment herrschte betretenes Schweigen. Auf der Straße galt noch immer das Gesetz: *Einer für alle, alle für einen.* Wer dagegen verstieß, wurde geächtet.

»Scheiße, Mann.« Lionel legte Ben die Hand auf die Schulter. »Das tut mir echt leid.«

»Das ist voll uncool«, stimmte Noah mit ein.

»Danke.« Ben klang überrascht. Es war offensichtlich, dass er nicht mit einer solchen Reaktion gerechnet hatte.

Die Mädchen beäugten ihn neugierig. Er war ein gut aussehender Junge und Abby war sich sicher, dass die eine oder andere ein Auge auf den Neuankömmling werfen würde.

»Gut, dass du heute gekommen bist«, übernahm Abby die Gesprächsführung. Sie gab Noah ein Zeichen, ihr die Tasche zu geben. »Wir haben am Wochenende eine wichtige Veranstaltung und können jede Hilfe gut gebrauchen. Worum es genau geht, können dir die Jungs erklären. Du könntest ihnen beim Aufbau helfen, wenn du möchtest.«

»Klar.« Sie sah, wie er den Rücken durchstreckte. Das erste Mal, seit er aufgetaucht war, huschte ein Lächeln über sein Gesicht. Sie hob die schwere Tüte hoch. »Das hier ist für euch!«

»Handschellen?« Noahs Augen blitzten vergnügt.

»Davon träumst du wohl. Nein, etwas anderes, aber ich glaube, es wird dich freuen.« Sie zog eines der schwarzen T-Shirts aus der Tasche.

Ein Raunen ging durch die Gruppe.

»Aber das ist ja mein Logo!«, rief Noah baff.

»Ja, ich war derart begeistert davon, dass ich es übernommen habe«, erklärte sie. »Ich hoffe, das ist okay für dich.« Sie hatte die T-Shirts aus eigener Tasche bezahlt.

»Wow, Noah, das ist echt geil.« Fanny trat einen Schritt vor. »Haben Sie für uns auch welche gemacht?«

»Es ist für jeden eins da. Die für die Mädchen sind etwas schlanker geschnitten. Ich hoffe, ich habe eure Größen richtig geschätzt.« Sie wandte sich an Ben, der schüchtern an der Seite stand. »Für dich ist auch eins dabei.« Sie gab ihm einen sanften Stoß, damit er nach vorne ging. »Los. Du bist jetzt einer von uns.« Sie machte eine Pause. »Natürlich nur, wenn du es möchtest.«

Ein Leuchten ging über sein schmales Gesicht. »Ja, Ma'am.«

»Sarge«, verbesserte sie ihn. »So nennen mich alle hier.«

»Sarge«, wiederholte er.

»Das dürfte dir passen.« Fanny reichte Ben lächelnd ein T-Shirt. Sie war die Rädelsführerin der Mädchen. Wenn sie Ben akzeptiert hatte, würde es nicht lange dauern, bis die anderen ihrem Beispiel folgten. Zumindest ein Anfang war gemacht.

»Das war wieder ein erfolgreicher Nachmittag«, stellte Abby auf dem Weg zum Auto fest.

»Spätestens mit den T-Shirts hattest du sie in der Tasche«, sagte Kyle mit Anerkennung in der Stimme.

»Das war der Plan dahinter«, gestand sie ihm.

»Hast du Lust, mit mir ein Bier trinken zu gehen? Gleich um die Ecke gibt es einen echt netten Pub.«

Abby blieb stehen. Eigentlich hatte sie nichts vor. Owen war im Dienst und ihre Freundinnen waren mit ihren Männern unterwegs. Ihr Plan war es gewesen, sich gemütlich vor den Fernseher zu setzen. Außerdem war da noch diese unausgesprochene Sache von gestern zwischen ihnen.

»Kyle.« Sie sah ihm fest in die Augen. »Ich muss unbedingt etwas mit dir klären.«

»Das hört sich gar nicht gut an.«

Abby streckte ihren Rücken durch und holte tief Luft. »Ich weiß gar nicht, wie ich es sagen soll, aber ich habe das Gefühl, dass du ...« Sie zögerte. Seine Stirn lag in Falten und zwischen seinen Augenbrauen hatte sich eine steile Falte gebildet. »Kann es sein, dass du für mich mehr empfindest als nur Kameradschaft?«

Sie hatte bewusst das Wort gewählt, um ihre Beziehung auf das zu reduzieren, was sie in ihren Augen war. Für einen winzigen Moment legte sich Schweigen über sie. Auf Kyles Gesicht zeichnete sich völlige Fassungslosigkeit ab.

Sollten die Mädchen tatsächlich mit ihrer Vermutung recht gehabt haben? Wenn es so war, musste sie gleich morgen zu ihrem Chef gehen und ihn bitten, ihr einen anderen Partner zuzuteilen. Was sehr bedauerlich wäre, jetzt, wo sie sich so gut verstanden.

Völlig unvermittelt fing Kyle an zu lachen. Erst ganz leise, dann immer lauter. Abby sah verdattert zur Seite. Mit dieser Reaktion hatte sie nicht gerechnet.

»Ich verstehe nicht, was daran so witzig ist!«

»Du und ich!« Kyle deutete mit dem Finger auf sie. Sein Lachen wurde lauter.

»Das ist nicht komisch!«

»Wenn du wüsstest, wie komisch es wirklich ist!«

Abby kam sich langsam lächerlich vor. »Es wäre schön, wenn du mich aufklären würdest, was dich daran so erheitert.«

»Entschuldige.« Er wischte sich mit dem Handrücken über die Augen. »Es ist nur – ich bin schwul!«

»Was?« Sie hatte die Worte zwar verstanden, konnte sie jedoch nicht mit dem Bild, das sie von Kyle hatte, in Einklang bringen.

»Du hast richtig gehört. Ich bin schwul. Ich lebe seit drei Jahren mit meinem Freund zusammen.«

Sie ließ sich auf den Kotflügel ihres Autos nieder. »Holy Shit!«

»Ich wollte es dir schon lange sagen, aber irgendwie hat sich nie die Gelegenheit dazu geboten. Als du mich geküsst hast, hatte ich Angst, du könntest in mich verliebt sein. Ich wollte deine Gefühle nicht verletzen. Deshalb habe ich nichts gesagt«, erklärte er.

Sie stöhnte. »Das war eine typisch unüberlegte Abby-Aktion.«

»Dann bist du nicht in mich verknallt?«

Sie schüttelte den Kopf. »Nein. Ehrlich gesagt bin ich gerade dabei, mich in einen anderen zu verlieben.«

Er fasste sich mit beiden Händen an die Brust. »Autsch.«

Sie lachten beide erneut auf.

»Du bist also schwul.«

»Jep.« Seine eisblauen Augen musterten sie. »Ist das ein Problem für dich?«

»Nein, natürlich nicht. Es spielt keine Rolle für mich, ob du Männer oder Frauen liebst. Du bist mein Kollege und ich arbeite gerne mit dir zusammen.«

»Danke. Ich wünschte, das würden alle so sehen. Leider gibt es immer noch jede Menge Vorurteile, vor allem in den typischen Männerberufen.«

»Das kann ich mir vorstellen. Im Prinzip kämpfen wir beide auf gleicher Front.«

»Das dachte ich auch, als ich Danny zugehört habe.«

»Seit wann weißt du, dass du schwul bist?«

»Ich wusste schon immer, dass ich anders als die anderen Jungs bin. Aber irgendwie wollte ich es nicht wahrhaben. Meine Eltern sind ziemlich konservativ und haben von mir erwartet, dass ich ein hübsches Mädchen mit nach Hause bringe. Also habe ich Frauen gedatet. Mein erstes Mal war mit einer Frau.« Er legte den Kopf leicht schräg. »Es war okay, aber nicht so, wie es meine Freunde immer erzählt haben. Es fehlte was.« Er schwieg für einen Moment. »Irgendwann habe ich Edward kennengelernt. Es war Liebe auf den ersten Blick. Nachdem wir uns ein paarmal getroffen haben, war relativ schnell klar, dass wir zusammen sein wollen.«

»Und wann hattest du dein Coming-out?«

»Offiziell gar nicht. Meine Eltern glauben bis heute, dass ich ein *echter* Kerl bin. Ich bringe es einfach nicht übers Herz, ihnen zu sagen, dass ihr einziger Sohn schwul ist und sie aller Wahrscheinlichkeit nach keine Enkel bekommen werden. So wie sie es sich wünschen.« Sein Mund war kaum mehr als ein dünner Strich. Es war ihm deutlich anzusehen, dass er unter der Situation mit seinen Eltern litt.»Erschwerend kam mein Job bei der MDP hinzu. Die Jungs sind wirklich harte Kerle. Kameradschaft und Zusammenhalt untereinander werden dort hochgehalten. Einen schwulen Mann hätten die niemals akzeptiert.«

»Deshalb bist du zur Metropolitan Police gewechselt«, murmelte sie nachdenklich.

So langsam wurde ihr alles klar. Kyles machohafte Art am Anfang, seine Sprüche ihr gegenüber, sein übertriebenes Ego. Das war alles nur gespielt, um seiner Umwelt das Image des harten Polizisten zu vermitteln. Sie war so mit sich beschäftigt gewesen, dass sie die Zeichen übersehen hatte.

»Ja«, bestätigte Kyle.»Ich habe es nicht mehr ausgehalten, täglich den toughen Kerl zu spielen und so zu tun, als wäre es das Größte, eine Frau nach der anderen flachzulegen.« Er sah sie traurig an.»Als die Jungs über dich hergefallen sind, ist mir die Hutschnur geplatzt.«

Sie schmunzelte.»Das habe ich gemerkt.«

»Ich habe mich plötzlich in dir wiedererkannt. Du bist die einzige Frau auf der Wache und ständig den männlichen Vorurteilen ausgesetzt. Ich wollte, dass damit Schluss ist. Du hast mehr als einmal bewiesen, dass du es mit jedem der Männer aufnehmen kannst.«

In ihrem Hals hatte sich ein Kloß gebildet. Sie schluckte heftig dagegen an, aber er wollte nicht verschwinden. Kyle hatte seinen Kampf auf sie übertragen.

»Als ich Edward von deinem Kuss erzählt habe, war er der Meinung, ich sollte dich offen darauf ansprechen. Aber ich wollte das Verhältnis zwischen uns nicht noch mehr belasten.«

»Das tut mir so leid. Ich hätte mit dir reden sollen.«

»Freunde und Partner?« Er reichte ihr die Hand.

Sie schlug kräftig ein.»Nichts lieber als das.«

»Du musst Edward unbedingt kennenlernen. Ich habe ihm so viel über dich erzählt.«

»Gerne.« Ein Windstoß spielte mit ihren Haaren wie ein Kätzchen mit Wollfäden. Sie fuhr sich mit der Hand durch die Haare.»Willst du es den Kollegen sagen?«

Er zögerte.»Ich weiß noch nicht. Edward meint, es wäre langsam an der Zeit.«

Er starrte auf seine Schuhspitzen. Von der Selbstsicherheit, die sonst von ihm ausging, war nichts mehr da.

»Was hast du zu verlieren?«, fragte sie sanft.

Kyle zuckte mit den Schultern.»Mein Standing innerhalb der Truppe?«

»Ach«, wischte sie seine Bedenken weg.»Du bist ein sauguter Polizist und ein zuverlässiger Partner. Das ist alles, was zählt. Eigentlich sollte es allen egal sein, mit wem du in die Kiste hüpfst.«

»Das sagst du. Ich bin mir allerdings nicht so sicher, ob die anderen das genauso sehen«, gab Kyle zu bedenken.

»Die werden sich daran gewöhnen, genauso wie sie sich an mich gewöhnt haben. Für mich war es am Anfang auch nicht immer leicht, aber das nehme ich gerne für meinen Traumberuf in Kauf. Außerdem hast du mich. Ich bin dein Partner und stehe zu dir, egal was die anderen über dich sagen. Lass sie sich doch das Maul zerreißen.« Sie nahm seine Hand und drückte sie.»Gib ihnen Zeit, sich an den Gedanken zu gewöhnen. Ich bin mir sicher, sie werden sich beruhigen. Du bist schließlich nicht der erste schwule Polizist, genauso wenig wie ich die erste weibliche Polizistin bin. Je mehr von uns dazu stehen, wer und was sie sind, desto schneller wird unsere Umwelt begreifen, dass sie uns nicht unterkriegen kann. Ich denke, es wird noch eine Weile dauern, bis alle Vorurteile in den Köpfen der Menschen weg sind, aber zumindest ein Anfang ist gemacht.«

»Meine Güte, Abby, du solltest wirklich in die Politik gehen.«

»Das haben schon andere gesagt.« Sie grinste.»Aber ich bleibe lieber Polizistin. Jetzt, wo ich so einen coolen Partner an meiner Seite habe.«

22

»Ich dachte schon, wir kriegen dich gar nicht mehr zu Gesicht«, empfing Holly sie. Olive und sie hatten es sich zusammen mit Emily im Wohnzimmer gemütlich gemacht. Ozzy lag dösend auf dem Teppich davor. Dexter hatte sich an ihn gekuschelt.

»Ich war beschäftigt«, erwiderte sie grinsend.

»Musstest du den Schlauch für deinen Feuerwehrmann halten?«, witzelte Holly zweideutig und angelte mit ihren Fingern Nachos aus der Schale auf dem Couchtisch.

Abby fläzte sich auf den freien Sessel. »Haha. Zumindest hast du noch deinen schrägen Sinn für Humor.«

»Das musst gerade du sagen«, quetschte Holly zwischen zwei Bissen hervor.

Abbys Blick fiel auf die Zeitschriften auf dem Tisch. »Wie ich sehe, steckt ihr fest in der Hochzeitsplanung.«

»Du brauchst gar nicht abzulenken. Wie läuft es zwischen dir und dem heißen Feuerwehrmann?« Holly grinste sie breit an. Sie sah in ihrem quittengelben Overall absolut stylish aus.

Abby schaufelte sich eine Handvoll Nachos in den Mund. »Gut.«

Ihre Freundinnen starrten sie an.

»Glaubst du ernsthaft, dass du uns mit einem ›gut‹ abspeisen kannst?«, meinte Emily empört. »Wir wollen alles wissen. Wie ist er im Bett? Wir wollen Details!«

Für einen Moment schwebte das Bild von Owens nacktem Körper durch ihren Kopf. »Das könnt ihr vergessen. Ich erzähle nichts.«

»Du spinnst wohl. Wir sind deine besten Freundinnen! Sex ist doch erst richtig gut, wenn man ihn mit den besten Freundinnen teilt«, argumentierte Emily.

»Ist das so? Dann musst du dir eine andere Freundin suchen.«

Sie kaute genüsslich. Es bereitete ihr eine diebische Freude, die Mädels auf die Folter zu spannen.

»Pass auf, ich mache es dir einfach«, schlug Olive diplomatisch wie immer vor. »Ich stelle dir Fragen und du brauchst nur mit Ja oder Nein zu antworten.«

»Nein!«, sagte sie entschieden.

Olive streckte ihr die Zunge raus. »Spielverderber!«

»Das lässt mich kalt.« Abby kaute genüsslich. Dexter schnurrte im Hintergrund. »Wo ist Rose?«

»Schläft bei Olive im Bett. Hoffentlich!« Emily legte die Hand auf ihren leicht gewölbten Bauch.

»Geht es dir gut?«, erkundigte Abby sich.

»Ja, das Baby wächst und gedeiht. Mein Körperumfang und mein Gewicht ebenso.« Emily strahlte. »Außerdem bin ich total aufgeregt wegen der Hochzeit!«

»Emily, du kommst vom Thema ab. Wir waren gerade dabei, Abby über ihr Liebesleben mit dem scharfen Feuerwehrmann auszufragen«, ermahnte Holly sie. *Die Schlange!*

»Tschuldigung. Da habe ich mich doch tatsächlich ablenken lassen.«

»Also hier ist meine erste Frage«, machte Olive gewohnt hartnäckig weiter. »Stimmt es, dass Feuerwehrmänner besonders gut untenherum gebaut sind?«

»Wie meinst du das?« Abby blinzelte unschuldig. Tatsächlich hatte Owen einen recht beeindruckenden Schwanz.

»Herrgott noch mal.« Holly runzelte die Stirn. »Lass dir nicht die Würmer aus der Nase ziehen.«

»Der von Owen ist winzig. Aber das ist okay«, sagte sie ruhig, als wäre es die selbstverständlichste Sache auf der Welt.

»Oh.« Es herrschte betroffenes Schweigen.

Abby brach in schallendes Gelächter aus. »Der Mann ist ein Sexgott und untenherum sehr gut ausgestattet!«, gestand sie. »Ich habe so etwas noch nicht erlebt. Es ist unglaublich. *Owen* ist unglaublich. Der Mann kann immer!«

Einen Moment war es still im Zimmer. Dann brach lauter Jubel aus.

Holly zwickte sie in den Arm. »Mensch, jetzt hättest du mich fast gehabt.«

»Vorsicht! Das tut weh«, protestierte Abby.

»Das soll es auch!« Die letzten zwei Tage hatte sie im Büro gesessen und sich immer wieder ertappt, wie sie an Owen gedacht hatte. »Los, erzähl. Wie seid ihr zusammengekommen?«

»Also.« Sie griff in die Schale und stopfte sich eine Ladung Chips in den Mund. Sie hatte den ganzen Tag noch nichts Vernünftiges gegessen. »Hey, du kannst doch jetzt nicht essen«, schimpfte Emily.

Abby schluckte den Nachobrei herunter. »Er hat für mich gekocht.«

»Ein Mann, der kochen kann, ist schon mal gut«, kommentierte Olive.

»Ehrlich gesagt bin ich nicht dazu gekommen, seine Kochkünste zu testen.« Abby lachte heiser.

Olive sah sie mit großen Augen an. »Willst du damit sagen, dass ihr ...«

»Jep. Wir sind noch vor dem Salat übereinander hergefallen, als hätten wir jahrelang keinen Sex gehabt.« Sie erzählte ihren Freundinnen von dem Abend bei Owen. »Ich habe in seinen Armen geschlafen wie ein Murmeltier.« Sie verrollte genießerisch die Augen.

Holly hopste vergnügt auf und ab. »*Abby ist verliebt. Abby ist verliebt.*«

»Hör auf. Wir kennen uns doch kaum, und ich habe erst einmal bei ihm übernachtet. Das ist alles noch ganz frisch für mich.«

»Ist doch egal. Wenn es der Richtige ist, dann geht es eben manchmal schnell«, meinte Holly.

»Wer hätte gedacht, dass du dich mal so richtig verknallen würdest.« Olive legte ihr die Hand auf die Schulter.

»Ja, ich kann es selbst nicht glauben.«

Dexter erhob sich träge und kam zu ihnen getapst. Mit einem Satz sprang er auf Hollys Schoß. »Wann lernen wir deinen sexy Feuerwehrmann näher kennen?«

»Keine Ahnung. Darüber haben wir noch gar nicht gesprochen.«

»Wir wissen ja jetzt, was ihr die ganze Zeit gemacht habt«, entgegnete Emily lachend.

Abby grinste. »Ehrlich gesagt liegst du mit deiner Vermutung gar nicht so verkehrt.«

»Was sagt dein Partner dazu?«, fragte Holly.

»Kyle?«

»Ja, wer sonst? Oder hast du noch andere Partner?«

Sie sah Holly verwundert an. »Wieso fragst du?«

»Keine Ahnung. Ich hatte immer das Gefühl, dass zwischen euch etwas läuft.«

Abby lehnte sich zurück. »Kyle ist schwul.«

»Echt?« Holly, Emily und Olive starrten sie mit großen Augen an. »Ja, er hat es mir nach unserem Treffen mit den *Honey Hunters* gestanden.«

Olive schüttelte ungläubig den Kopf. »Krass. Ich dachte, der Typ wäre so ein Macho.«

»Das dachte ich auch zu Beginn.« Sie erzählte ihnen von ihrem Gespräch mit Kyle.

»So kann man sich in einem Menschen täuschen«, stellte Olive am Ende fest.

»Das hat mir mal wieder gezeigt, dass man Menschen nicht in Schubladen packen sollte«, sagte Abby nachdenklich. »Sagt mal, wo steckt eigentlich Zoey? Die bekommt man kaum noch zu Gesicht.«

»Im *Heaven's Place*. Wo sonst? Chris nimmt die Arme ganz schön ran. Ein zusätzlicher Aushilfskoch reicht nicht. Es wird Zeit, dass Chris noch einen festen Koch einstellt, um Zoey zu entlasten. So kann es jedenfalls nicht weitergehen.«

Die anderen nickten zustimmend. In den letzten Wochen hatten sie ihre Mitbewohnerin wirklich selten gesehen.

»Was ist mit Jason?«, fragte Olive. »Habt ihr schon gesprochen?«

Abby schüttelte den Kopf. »Ich habe ein paarmal versucht, ihn zu erreichen, aber er geht nicht ans Handy. Meine WhatsApp-Nachricht von heute Morgen hat er auch noch nicht beantwortet, obwohl er sie gelesen hat.«

»Eigenartig. Normalerweise ist er doch ganz zuverlässig«, murmelte Holly.

»Meinst du einen anderen Jason als ich?« Abby neigte den Kopf leicht zur Seite. »In letzter Zeit war er ganz schön unzuverlässig. Hat sich kaum noch gemeldet. Seit seinem Besuch im Krankenhaus habe ich so gut wie nichts mehr von ihm gehört.«

»Man könnte den Eindruck bekommen, er wäre nach Italien ausgewandert«, sagte Emily nachdenklich.

»Das dachte ich auch schon«, stimme Abby ihr zu.

Olive klopfte ihr auf die Schulter. »Du wirst das schon regeln.«

»Natürlich. Lieber gestern als heute. Im Notfall rufe ich ihn an. Ich habe schließlich lange genug gewartet.« Ihr Blick fiel auf die Hochzeitsprospekte. »Aber nun zu erfreulicheren Dingen. Was macht die Hochzeitsplanung?«

»Läuft auf Hochtouren.« Emily strahlte. »Die Wedding Planerin ist toll und ich brauche mich um nichts zu kümmern. Das Einzige, was mir noch fehlt, ist das passende Kleid.«

»Stell dir vor«, warf Olive ein, »Cassie und Sam kommen auch. Ich habe heute Morgen mit ihnen telefoniert. Die Dreharbeiten von Sams neuem Film wurden noch mal verschoben.«

»Wann ist denn jetzt der Umzug nach London geplant?«

»Nach meiner Hochzeit. Solange wollen sie noch zwischen Schottland und London pendeln«, erklärte Olive.

»Taylor, Matt und die Kinder kommen zur Hochzeit«, sagte Emily.

Abby freute sich riesig über diese Neuigkeit. Es war eine Ewigkeit her, dass sie sich alle getroffen hatten. »Wie schön, dann sind die Portobello Girls wieder alle vereint!«

»Ja, allerdings kann nicht jedes Mal eine von uns heiraten, nur damit wir uns alle sehen«, sagte Olive.

Abby nickte. »Das stimmt. Das letzte Mal war zu deinem Heiratsantrag letztes Jahr.«

»Das war ein legendärer Abend.« Emily lachte auf. »Ich werde nie vergessen, wie Sam, Matt und Liam auf dem Tresen getanzt haben.«

Auch Abby lachte. Sam hatte seinen traditionellen Kilt getragen, und mehrere Frauen hatten sich vor den Tresen gestellt, in der Hoffnung, einen Blick darunter werfen zu können, um die Frage zu beantworten, ob Schotten nun etwas darunter trugen oder nicht. Sehr zum Bedauern der Frauen hatte Sam aufgepasst und ihnen keinen tieferen Einblick gewährt.

»Wie wäre es, wenn wir ein Datum im Jahr festlegen, an dem wir uns treffen? Am besten richtet jede von uns der Reihe nach ein Fest aus«, schlug Abby vor. »Was meint ihr?«

»Gute Idee!« Emily überlegte kurz.» Dieses Jahr bin ich dran, und nächstes Jahr ...«

»... übernehmen Liam und ich die Party!«, vollendete Olive den Satz.

»Aber wieso?« Abby runzelte die Stirn.» Ihr habt doch letztes Jahr das Fest im *Heaven's Place* gegeben.«

Olive wirkte auf einmal unsicher.» Ich muss euch etwas sagen ...«

»Du bist schwanger!«, platzte Holly heraus.

»Nein.« Olive winkte ab.» Das nicht. Aber Liam und ich finden, es wird Zeit für den nächsten Schritt. Deshalb sind wir auf der Suche nach einer gemeinsamen Wohnung.«

Es herrschte betroffenes Schweigen. Olive war die älteste Mitbewohnerin der WG. Sie war der Kleber, der alle zusammenhielt. Olives Blick wanderte durch die Runde.» Mädels?«

Abby fand als Erste die Sprache wieder.» Ich freue mich für dich.«

»Ich mich auch«, stimmte Emily ihr zu.

»Ich habe mich schon gefragt, wann es endlich so weit ist«, gestand Holly.

»Gibt es schon ein konkretes Datum?«, fragte Abby.

»Wir sind uns noch nicht einig, ob wir in Liams Wohnung ziehen oder uns etwas Neues suchen. Schließlich wollen wir Kinder, und Liams Wohnung ist zwar groß, hat aber nicht genügend Räume.«

»Du willst Kinder?« Abby sah ihre Freundin überrascht an. Für sie war Olive die perfekte Karrierefrau. Immer zielorientiert und zu hundert Prozent im Job dabei.

»Was dachtest du denn? Natürlich will ich Kinder. Ich bin sechsunddreißig. So langsam läuft mir die Zeit davon. Liam macht nächstes Jahr seinen Facharzt. Danach kann es losgehen.«

»Kinder sind toll.« Emily streichelte liebevoll ihren Bauch.» Ich hätte niemals gedacht, dass ich Mutter werden würde, und jetzt frage ich mich, wie ich jemals daran zweifeln konnte, dass ich Kinder will.«

Abby schnaubte.» Sagt die Frau, die ihr Kind letzte Woche noch in die U-Bahn setzen wollte, in der Hoffnung, es würden sich nette Pflegeeltern finden.«

»Ich habe eben auch meine schwachen Momente«, verteidigte sich Emily.

»Ich glaube nicht, dass ich Kinder möchte«, verkündete Holly.

Die nächste Überraschung für Abby. »Echt nicht?«

»Nein. Ich bin nicht zum Muttersein gemacht. Wir haben uns schon öfter darüber unterhalten. Jay und ich wollen es beide nicht.«

»Mhm. Das hätte ich nicht gedacht, wobei ich deine Entscheidung absolut respektiere. Für mich wäre ein Leben ohne Kinder undenkbar«, sagte Emily.

»Sag mal ...«, nahm Abby wieder den Gesprächsfaden auf. »Wenn du gehst was wird dann mit uns?«

»Wieso? Ich suche eine Nachmieterin. Das ist doch klar.«

»Aber ohne dich ist die WG nicht mehr dieselbe«, beharrte Abby.

»Blödsinn. Und wer weiß«, Olive lächelte, »vielleicht ziehst du bald mit Owen zusammen.«

»Hey, jetzt aber mal halblang. Das ist alles noch ganz frisch«, wehrte sie sich.

Ihr Handy brummte in der Hosentasche. Sie zog es heraus. Owens Nummer leuchtete ihr vom Display entgegen.

»*Owen*«, formte sie lautlos mit dem Mund.

Olive schmunzelte. »Wenn man vom Teufel spricht!«

Abby gab ihnen ein Zeichen, sie zu entschuldigen. Dann ging sie in ihr Zimmer.

»Hi«, meldete sie sich. Sie hatte den ganzen Tag auf ihr Handy gestarrt und auf einen Anruf von ihm gewartet. Am Ende hatte sie schon befürchtet, er würde sich gar nicht mehr bei ihr melden.

»Hallo. Schön, dich zu hören«, drang seine melodische Stimme an ihr Ohr. Sofort breitete sich ein warmes Gefühl in ihrem Bauch aus und die Schmetterlinge, die bis eben geschlafen hatten, flatterten heftig. »Wie geht es dir?«

Sie ließ sich aufs Bett fallen. »Jetzt, wo ich deine Stimme höre, gut.«

»Wieso, was ist passiert?« Er klang besorgt.

»Nichts Schlimmes.« Sie erzählte ihm von dem Gespräch mit ihren Mitbewohnerinnen. »Ich bin einfach traurig, dass Olive auszieht.«

»Aber sie ist ja nicht aus der Welt. Ihr könnt euch immer noch jeden Tag sehen.«

»Das ist nicht das Gleiche.« Sie spielte gedankenverloren mit einer Haarsträhne.

»Wahrscheinlich nicht. Aber so ist nun mal der Lauf der Dinge.«

»Ach, ihr Männer seid immer so schrecklich praktisch. Wie war dein Dienst bisher?«

»Anstrengend. Zwei Brände und ein Autounfall. Aber der krönende Abschluss war die Rettung einer Katze.« Er lachte.

»Ich bin stolz auf dich.«

»Das darfst du auch sein. Die ältere Dame wollte uns nämlich unbedingt noch auf einen Tee und Kekse eingeladen.«

»Wie nett von ihr. Das ist mir noch nie passiert.«

»Das wäre es gewesen, wenn die Kekse nicht schon Schimmel gehabt hätten.« Sie konnte förmlich sehen, wie er sich schubberte. Sie lachte laut auf. »Und was hast du heute sonst noch so gemacht?«

Sie erzählte ihm von ihren Vorbereitungen für die Benefizveranstaltung in der Schule.

»Warum hast du mir nicht früher davon erzählt?«, hörte sie ihn am anderen Ende sagen. »Ich hätte dich unterstützt.«

»Wie schade. Aber dafür ist es nun leider zu spät. Daran habe ich überhaupt nicht gedacht«, gestand sie ihm.

»Und wo und wann ist diese Veranstaltung genau?« Sie nannte ihm die Daten. »Da komme ich dich auf jeden Fall besuchen. Ich muss schließlich sehen, was meine Freundin so treibt.«

Er hatte sie als seine Freundin bezeichnet. Ein plötzliches Glücksgefühl überkam sie.

»Das brauchst du nicht. Ich bin bestimmt ziemlich im Stress.«

»Selbst wenn. Ich möchte dich einfach sehen und in deiner Nähe sein.« Er machte eine kurze Pause. »Ich vermisse dich, Abigail Langfort. Du hast mir ganz schön den Kopf verdreht. Weißt du das?«

»Ich habe es gehofft.« Ihr Herz machte einen freudigen Hüpfer. Es ging ihm so wie ihr. Für einen winzigen Augenblick hatte sie die Angst überkommen, dass er es sich anders überlegt haben könnte.

»Ich habe den ganzen Tag an dich gedacht.«

»Ich auch an dich«, gestand sie.

Es war ungewohnt für sie, so offen über ihre Gefühle zu reden. Normalerweise hielt sie ihre Emotionen in der Gegenwart von Männern zurück, da sie häufig als Schwäche ausgelegt wurden.

»Sag mal, was hältst du davon, wenn ich kurz vorbeikomme?«

»Dein Ernst?« Sie schnappte überrascht nach Luft.

»Wenn es um dich geht, mache ich keine Witze.«

»Aber ich dachte, du hast Dienst?«

»Hintergrunddienst«, verbesserte er sie. »Im Moment ist alles ruhig, und im Zweifelsfall wird es eben ein sehr kurzes Treffen. Aber ein Kuss von dir wäre es mir wert.«

Sie überlegte. Holly, Olive und Emily saßen im Wohnzimmer. Zoey würde auch bald kommen. War sie bereit, Owen ihren Freundinnen vorzustellen?

»Wenn du nicht willst, dann sag es bitte.« In seiner Stimme schwang Enttäuschung mit.

»Doch, klar.« Sie nannte ihm ihre Adresse. »Ich freue mich auf dich.«

»Bis gleich.« Er legte auf.

Abby sah an sich herunter. Sie konnte Owen unmöglich in diesem Outfit empfangen. Mit einem Satz sprang sie auf. Zum Glück war Holly da, um sie zu beraten. Außerdem musste sie unbedingt ihre Unterwäsche wechseln. Der schlammfarbene Baumwollschlüpfer, der sich unter ihrer Jogginghose verbarg, war nicht gerade dazu geeignet, sie vor einem Mann zu präsentieren. Noch dazu einem Mann, mit dem man erst einmal im Bett gelegen hatte.

Ihr Handy vibrierte in ihrer Hand. Für einen Moment stockte ihr der Atem. *Jason.*

Verdammt, ausgerechnet jetzt!

»Jason?«

»Abby.« Jasons Stimme war verzerrt und kaum zu verstehen.

»Jason, ich versuche schon seit Tagen, dich zu erreichen.«

Lautes Knacken, begleitet durch lautes Rauschen. »Ich …be keine Verb…ung.«

»Was? Ich kann dich nicht verstehen«, schrie sie in den Hörer.

Es drangen lediglich Wortfetzen an ihr Ohr. »Ital… schlechte Verbindung.«

»Jason?« Sie lauschte angestrengt.

»Morgen …« Dann brach seine Stimme ab.

Mist. Sie wählte seine Nummer. Das Besetztzeichen ertönte. Was hatte er mit ›morgen‹ gemeint?

Fluchend legte sie auf. Egal, im Moment hatte sie Wichtigeres zu tun, als sich mit Jason auseinanderzusetzen. In weniger als fünfzehn Minuten würde Owen hier sein. Wenn sie sich noch umziehen wollte, musste sie sich beeilen. Ihr Blick glitt durch ihr Zimmer. Ihre Klamotten der letzten Tage lagen verstreut auf dem Boden. Hastig sammelte sie sie auf und warf sie in den Wäschekorb. Mit wenigen Handgriffen hatte sie ihr Bett gemacht. Sie zog ihre Jogginghose aus und warf sie ebenfalls in den Wäschekorb, gefolgt von ihrem Prinz-Charles-Shirt. Dann stürmte sie ins Wohnzimmer.

»Bist du auf dem Weg hierher überfallen worden?«, bemerkte Holly trocken und deutete auf sie.

»Nein. Owen kommt in zehn Minuten vorbei«, erwiderte sie.

»Owen?« Olives wohlgezupfte Augenbraue schnellte nach oben. »Owen!«

»Ja, und ich brauche dringend Style-Hilfe«, bat sie, den Blick auf Holly gerichtet.

»Alles klar! Willst du ihn gleich in ein Bett zerren? Dann müssten wir uns nur auf die Unterwäsche konzentrieren«, sagte Holly und stand auf.

»Sehr witzig«, knurrte Abby.

»Finde ich schon. Endlich kann ich mal die dummen Sprüche machen, die du sonst machst.« Holly hakte sich bei ihr unter.

Olive und Emily waren ebenfalls aufgestanden. »Wir kommen mit. Schließlich habe ich noch nie einem echten Feuerwehrmann die Hand gereicht«, erklärte Olive entschlossen.

Abby seufzte. »Von mir aus. Hauptsache, wir fangen jetzt an, sonst stehe ich wirklich nur in Unterhose da, wenn er kommt.«

Keine zehn Minuten später stand Abby in Jeans und einer lockeren Bluse im Flur und öffnete die Haustür.

»Hi, Owen.«

Er sah in seinen Jeans und dem Hemd umwerfend aus. Seine Haare glänzten feucht, als hätte er gerade geduscht. Als er sie sah, blitzten seine Augen voller Begehren auf. Ohne sie zu begrüßen, schlang Owen seine Arme um sie, zog sie an sich heran und küsste sie innig. Sofort hüllte sein herrlich männlicher Duft sie ein.

Abby schmiegte sich an seinen muskulösen Körper und gab sich ganz dem Kuss hin. Sie fühlte sich wie Wachs in seinen Händen. Es gab nur noch sie und ihn. Vergessen waren Holly, Olive und Emily, die wartend im Flur standen. Als er sie aus seinen Armen entließ, stieß sie einen wohligen Seufzer aus.

»Alleine dafür hat sich der Weg gelohnt«, holte seine melodische Stimme sie zurück in die Wirklichkeit.

»Mhm.« Sie schenkte ihm ein glückliches Lächeln.

Jemand räusperte sich. Ertappt drehte sich Abby um. Ihr Blick wanderte zu ihren Freundinnen.

»Ich fühle mich ein kleines bisschen beobachtet«, flüsterte er ihr zu. Sein warmer Atem kitzelte sie am Ohr.

»Wenn ihr weiter so grinst, denkt Owen noch, ihr seid in Menschen verwandelte Frösche«, rief sie ihre Freundinnen zur Ordnung.

Owen winkte hinter ihrem Rücken. »Hi, Mädels.«

Holly, Olive und Emily kamen auf sie zu.

»Hi, ich bin Emily. Wir hatten ja noch nicht das Vergnügen.«

Owen schenkte Emily ein Lächeln. »Aber ich habe schon von dir gehört.«

»Dann geht es dir wie uns. Abby redet seit Tagen nur noch von dir«, begrüßte Holly ihn.

Abby machte einen kleinen Schritt zur Seite und trat Holly auf den Fuß. Zeitgleich schoss sie Pfeile mit den Augen in ihre Richtung.

»Warum trittst du mich denn?« Holly machte einen Schmollmund.

»Ich sage nur, wie es ist.«

Abby stöhnte. Owens Mundwinkel kräuselten sich, und er sah aus, als würde er jeden Moment in lautes Lachen ausbrechen.

»Wer dich als Freundin hat, braucht keine Feinde mehr«, zischte Abby.

»Hallo, Owen«, grüßte Olive ihn mit einem leichten Kopfnicken. »Hör einfach nicht auf die beiden Streithähne. Ich freue mich jedenfalls, dass du hier bist.«

»Die Freude ist ganz meinerseits.«

»So, und damit ist die Show beendet.« Entschlossen schob Abby Owen in Richtung ihres Zimmers. Sie hatte das dringende Bedürfnis, mit ihm alleine zu sein.

»Aber ich dachte ... Wir dachten ...«, stotterte Holly überrascht.

»Falsch gedacht«, erwiderte Abby grinsend. »Bis später.«

»Es war nett mit euch!« Owen winkte ihren Freundinnen lachend zu.

Kaum, dass die Zimmertür hinter ihnen ins Schloss gefallen war, fiel sie ihm erneut um den Hals.

»Ich habe die ganze Zeit an dich gedacht«, gestand sie ihm.

Seine Augen glitten liebevoll über sie hinweg. Ein wohliger Schauer lief über ihren Rücken und sie verspürte das dringende Bedürfnis, ihn zu küssen.

»Du siehst noch schöner aus, als ich dich in Erinnerung hatte«, flüsterte er ihr heiser zu. Seine Augen zogen sich lustvoll zusammen. Abby stellte sich auf die Zehenspitzen und legte ihre Lippen auf seinen Mund. Owen hob sie mit einem Ruck an, ohne den Kuss zu unterbrechen. Sie schlang die Beine um seine Hüfte und presste sich an ihn. Eine warme Welle der Lust überkam sie.

Ihre Zungen verknoteten sich ineinander. Abby stieß einen leisen Seufzer aus. Er schmeckte herrlich, und mit jeder Sekunde, die sie in seinen Armen lag, wuchs ihre Lust. Owens Atem ging stoßweise, als sie sich voneinander lösten. In seinen Augen spiegelte sich ihre Lust.

»Wir haben nicht lange Zeit«, flüsterte er heiser.

»Dann lass uns keine Sekunde verschwenden«, gab sie zurück und fing an, sein Hemd aufzuknöpfen.

23

»Noah, das Schild muss höher«, kommandierte Abby in Polizistenmanier.

Um sie herum herrschte hektischer Trubel in der Aula. Die letzten Handgriffe wurden erledigt, damit alles fertig war, wenn die ersten Besucher kamen. Entlang der Wände der Halle waren Stände aufgebaut, die die verschiedenen Interessengebiete der Schule zeigten. Es gab eine Sitzecke mit Bänken und Tischen, wo man sich entspannt niederlassen konnte, um bei einer Tasse Kaffee oder Tee den angebotenen selbst gebackenen Kuchen zu genießen. Die Schulband steuerte von der kleinen Bühne zur musikalischen Unterhaltung der Gäste bei. Das Programm war bunt und abwechslungsreich. Die Schüler hatten Theaterstücke einstudiert und einige Jugendliche würden ihre Gesangsdarbietungen zum Besten geben.

Abby und die *Honey Hunters* waren seit Stunden mit dem Aufbau ihres Standes beschäftigt. Noah, Lionel, Ben und die anderen Jungs hatten hart gearbeitet, um ihr Projekt bestmöglich zu präsentieren. Die Mädchen hatten sie dabei tatkräftig unterstützt und sich um die Dekoration gekümmert. Kyle war den Jungs zur Hand gegangen. Abby hatte die Aufgaben verteilt und deren Ausführung überwacht.

Abby winkte Noah zu, der auf der Leiter stand. »Sehr gut. Jetzt hängt es perfekt!«

Kyle kam zu ihr. »Na du alter Sklaventreiber. Bist du endlich zufrieden?«

Wie sie trug Kyle seine Uniform. Der Assistant Commissioner hatte ihnen die Genehmigung dazu erteilt, das Projekt offiziell zu begleiten und zu präsentieren. Abby erhoffte sich, dass sich dadurch noch mehr Leute zum Spenden animiert fühlten.

Abby ließ ihren Blick über den Stand gleiten. Marcie, Fanny und die anderen Mädchen hatten sich bereits dahinter aufgebaut und diskutierten aufgeregt miteinander. In ihren schwarzen Hosen und den T-Shirts, die Abby ihnen geschenkt hatte, sahen die Mädchen absolut klasse aus. Das gelb-orange Logo leuchtete dem Betrachter schon von Weitem entgegen. Auf dem Tisch vor ihnen lagen Prospekte aus. Auf den letzten Seiten waren die Anschaffungen aufgelistet, die noch benötigt wurden und durch Spenden finanziert werden sollten. Abby hatte den Text zusammen mit den Jugendlichen verfasst.

Über dem Stand hing ein großes Schild, auf dem Noahs Logo von den *Honey Hunters* prangte. Unmittelbar daneben hatten sie die Plakatwände mit Kyles Fotografien und den dazugehörigen Erklärungen aufgebaut. Das riesige Glücksrad war davor aufgebaut, um die Besucher anzulocken. Hier konnte man kleine Gewinne erdrehen. Der Hauptgewinn war ein Besuch bei den *Honey Hunters* und das passende T-Shirt dazu.

»Ich finde, es sieht richtig cool aus«, lautete Abbys abschließendes Urteil.

Kyle legte ihr eine Hand auf die Schulter. »Du kannst stolz auf dich sein, Langfort, und auf das, was du auf die Beine gestellt hast. Ich bin mir sicher, dass das Projekt ein richtiger Erfolg wird.«

»Das ist lieb von dir.« Sie sah zu ihm hoch. »Mein Traum wäre es, dass wir überall in der Stadt Bienenkästen aufstellen könnten, um die sich vorbestrafte Jugendliche kümmern. Das Ganze sollte durch Kollegen und Sozialpädagogen betreut werden, die den Jugendlichen dabei helfen, ihre Ausbildung zu beenden. Mein Traum wäre es, wenn sich die älteren Jugendlichen später selbst an dem Projekt beteiligen würden und die Jüngeren von ihren Erfahrungen profitieren könnten. Aber bis dahin ist es noch ein weiter Weg.«

Kyle warf ihr einen anerkennenden Blick zu. »Ich merke schon, du bist eine kleine Visionärin.«

»Vielleicht.« Abby zuckte mit den Achseln. »Ich möchte einfach einen kleinen Teil dazu beitragen, dass unsere Welt eine bessere wird.«

»Wenn das jemand schafft, dann du. Ich würde mich freuen, wenn ich auch ein Teil davon sein dürfte.«

»Es wäre mir eine Ehre, Captain America in unserem Team zu haben.« Sie schmunzelte spitzbübisch.

»Mach dich nur lustig«, erwiderte Kyle lachend. »Mir gefällt's.«

Abby stöhnte. »Männer. Ihr seid doch alle gleich!«

Unwillkürlich musste sie an Owen denken. Kurz nachdem sie sich leidenschaftlich geliebt hatten, hatte sein Bereitschaftshandy geklingelt und er war zu einem Großbrand gerufen worden. Sehr zu Abbys Bedauern. Sie hätte noch Stunden in seinen Armen liegen können, um seine Nähe zu genießen. Umso mehr freute sie sich auf den heutigen Nachmittag, wenn Owen sie abholen würde.

Ein schlanker Mann kam auf sie zu. Abby bemerkte, wie sich Kyles Körperhaltung augenblicklich veränderte. Der Mann lächelte, als er Kyle sah. Er hatte dunkelblonde Haare, ein rundliches Gesicht und trug eine braune Hornbrille, die ihm den Touch eines Intellektuellen verlieh, was im Gegensatz zu seiner eher lässigen Kleidung stand. Kyle hatte Haltung angenommen und räusperte sich sichtlich nervös.

»Das ist Edward«, folgerte Abby haarscharf. »Richtig?«

»Ich dachte mir, es wäre schön, wenn ihr euch kennenlernt. Außerdem wollte ich ihm zeigen, womit ich seit Neustem meinen Freitagnachmittag verbringe, anstatt mit ihm ins Fitnessstudio zu gehen.«

»Du hättest mich ruhig vorwarnen können, dann hätte ich mich in Schale geworfen.« Sie zupfte an ihrem Hemd.

Kyles sah sie liebevoll an. »Langfort, du siehst immer klasse aus.«

»Du alter Charmeur.« Sie schenkte ihm ein Lächeln. Seit ihrem Gespräch nach dem Treffen herrschte zwischen ihnen eine lockere Vertrautheit, die man sonst nur zwischen besten Freunden fand.

»Hi«, begrüßte Edward sie. Der Blick aus seinen graublauen Augen streifte Kyle.

»Hi, Edward.« Er lächelte fast schüchtern. Es war beiden anzumerken, dass die Situation ungewohnt für sie war.

»Hallo, ich bin Abby.« Sie streckte Edward die Hand entgegen, entschlossen, die angespannte Stimmung aufzulockern. »Endlich lerne ich den Mann kennen, der das Herz von unserem unsterblichen Captain America erobert hat.« Edwards wohlgezupfte Augenbraue schnellte nach oben. Abby lachte. »Hat er dir nicht erzählt, dass die *Honey Hunters* ihn so getauft haben?«

»Soso.« Seine Mundwinkel zuckten belustigt.

Kyle winkte ab. »Ach, das ist doch nur ein Spaß.«

»Darf ich dich ab sofort auch so nennen?«, witzelte Edward.

»Nur, wenn du mir dann auch den nötigen Respekt entgegenbringst«, forderte Kyle.

Edward lachte. »Vergiss es, Fawner! Ich habe dich schon in Situationen gesehen, die mir das schlicht unmöglich machen. Ich sage nur: Einhornhausschuhe.«

»Stopp! Ich muss mit dem Mann zusammenarbeiten!« Sie kicherte. Bilder von Kyle in Uniform mit Einhornplüschschuhen dazu tanzten durch ihren Kopf.

Edwards Blick glitt interessiert über den Stand. »Sieht richtig professionell aus.«

»Finde ich auch«, stimmte Abby ihm zu. »Die Jugendlichen haben sich mächtig ins Zeug gelegt.«

»Ist das Ihr Typ?« Marcie stand plötzlich neben ihnen.

Abby tippte sich gegen die Brust. »Meiner?«

»Nein, von Captain America natürlich.« Das Mädchen strahlte Kyle und Edward an.

»Aber woher weißt du ...?«, stotterte Kyle verblüfft.

»Ich bin doch nicht von gestern. Ich habe sofort gewusst, dass Sie schwul sind«, erwiderte die Kleine keck. »Sie sehen einfach zu gut aus für 'nen Hetero.«

Kyle stöhnte. Edward wieherte leise neben ihm.

»Ich schätze, da hast du deine Antwort, was dein Outing angeht«, flüsterte Abby ihm ins Ohr.

»Hi.« Noah und die Jungs gesellten sich zu ihnen. Interessiert musterten sie den Fremden.

Kyle holte tief Luft. »Das ist Edward. Mein Freund.«

Verdutzte Blicke bei den Jungs.

»Ich war neugierig, wer meinen Partner seit Neustem davon abhält, mit mir Squash zu spielen«, sagte Edward mit entwaffnender Offenheit.

Die Jungs lachten leicht verunsichert. Blicke wurden gewechselt.

»Sergeant Fawner ist ein cooler Bulle«, ergriff Noah schließlich das Wort.

»Da bin ich ganz deiner Meinung.« Edward grinste. »Habt ihr Lust, mir ein bisschen über die *Honey Hunters* zu erzählen?«

»Klar.« Lionel winkte Edward, ihm zu folgen.

Dieser zwinkerte Kyle zu. »Bis später.«

»Ich schätze, damit bist du deinen Schatz erst einmal los.« Noah und die Jungs hatten sich um Edward versammelt und erklärten ihm wild gestikulierend die Plakatwände. »Und, war es so schlimm?«

»Du meinst, dazu zu stehen, dass ich schwul bin?«

»Jep.«

Kyle lächelte schief. »Ich hätte es mir nicht so einfach vorgestellt.«

»Na siehst du.« Abby klopfte ihm auf die Schulter. »Das war erst der Anfang. Ich schätze, bei den Jungs auf der Wache wird es nicht ganz so easy werden. Aber das kriegen wir hin.«

»Mit dir an meiner Seite mache ich mir da keine Gedanken.«

Aus dem Augenwinkel sah Abby die ersten Besucher in die Aula strömen.

»Showtime.« Sie klatschte in die Hände. »Auf die Plätze, Leute!«

Sofort eilten die Jugendlichen auf ihre Positionen. Kyle und Abby stellten sich mit einem Stapel Prospekte neben die Plakatwände.

»Viel Glück!«, rief Abby. »Und strengt euch an!«

»Yes, Sarge!« Noah, Lionel und Ben salutierten gespielt.

Sie konnte nur noch lächeln. Die *Honey Hunters* waren eine Herzensangelegenheit von ihr, seit sie während ihrer Ausbildung das Jugendstrafgefängnis besucht hatte. Damals hatte sie sich geschworen, straffälligen Jugendlichen zu helfen, wieder aus dem Sumpf von Straftaten, Gewalt, Missbrauch und Alkohol herauszukommen. Endlich nahm ihr Traum Formen an und sie erntete die ersten Früchte ihrer Arbeit.

Ben winkte ihr zu. Das sommersprossige Gesicht des schlaksigen Jungen strahlte vor Glück. Fanny, die ein Auge auf ihn geworfen hatte, stand neben ihm und strahlte ebenfalls. Vielleicht würde die zarte Freundschaft dem Jungen helfen, seine Hindernisse zu überwinden und seinen Weg zu gehen, ohne sich von irgendwelchen Gangmitgliedern beeinflussen zu lassen. Sie konnte es nur hoffen. Rückschläge gehörten zu ihrem Geschäft. Erst vor Kurzem hatte sie einen der Jungen verloren, als er erneut bei einem Einbruch erwischt worden war.

»Hallo, Sergeant Langfort«, begrüßte der Direktor sie freudig und riss sie aus ihren Gedanken.

»Hallo, Mr Parker.« Sie machte eine ausladende Handbewegung. »Ist das nicht ein schönes Bild?« Immer noch kamen Leute in die Aula geströmt. Vor allen Ständen hatten sich interessierte Schüler und deren Eltern aufgebaut, um sich zu informieren oder unterhalten zu lassen. Mr Parker nickte.»Ja. Wie es aussieht, stößt Ihre Idee auf große Gegenliebe. Wir sollten uns mal darüber unterhalten, ob wir das Projekt *Honey Hunters* nicht auch auf die Schule ausweiten. Platz hätten wir im schuleigenen Garten genug.«

»Das hört sich gut an«, sagte Abby erfreut.

Wie es aussah, würde der Tag tatsächlich ein Erfolg werden. Ihr Blick fiel auf Kyle, der sich mit Edward unterhielt. Die beiden waren wirklich ein schönes Paar. Sie dachte an Owen. Er hatte sie heute Morgen zweimal angerufen und ihr gesagt, wie sehr er sie vermisste. Ihr Herz war fast übergelaufen vor Glück, als sie seine warme Stimme gehört hatte. Sie konnte es kaum noch abwarten, wieder in seinen Armen zu liegen. Aber jetzt würde sie sich erst einmal um ihre Schützlinge kümmern.

»Die Veranstaltung ist ein Hit«, beglückwünschte Kyle sie.»Wir haben schon fast alle Prospekte verteilt, und die Liste für die Bestellungen der T-Shirts ist voll. Wenn die Nachfrage weiter so steigt, können wir in den professionellen Bereich wechseln und einen Laden aufmachen.«

Abby gluckste.»Lieber nicht! Mein Job als Polizistin ist mir heilig. Außerdem wäre Ihre Majestät bestimmt nicht begeistert, wenn ich die Seiten wechseln würde, jetzt, wo sie mich kennengelernt hat.«

»Zum Glück mangelt es dir nicht an Selbstvertrauen«, frotzelte Kyle.

»Das sagt ausgerechnet der Mann, den alle Captain America nennen.«

»Touché.«

Aus dem Augenwinkel sah sie eine bekannte Gestalt auf sich zukommen. Ihr Puls schaltete einen Gang höher.

Kyles Blick war ihrem gefolgt.»Was ist los?«

»Das ist Jason. Mein Ex.« Sie presste die Kiefer aufeinander.»Na, eigentlich waren wir nie richtig zusammen.«

»Aha.« Kyle musterte ihn interessiert.»Ist das nicht der Typ von der Unterwäsche- Werbung letztes Jahr, die auf allen Londoner Bussen geklebt hat?«

»Jep. Genau der.«

Jason sah fantastisch wie immer aus. Seine Haut war von einer goldenen Bräune überzogen, ohne übertrieben zu wirken. Die lässige Jeans saß perfekt auf seiner Hüfte und betonte seine schlanken Beine. Das Shirt war für ihren Geschmack ein wenig zu eng und lag wie eine zweite Haut an seinem durchtrainierten Oberkörper. Jedes Mädchen, jede Frau in der Aula drehte sich nach ihm um.

»Den würde ich auch nicht von der Bettkante stoßen«, flüsterte Kyle ihr zu.

»Das dachte ich auch, als ich ihn das erste Mal gesehen habe«, murmelte sie.

In ihrem Kopf ratterten die Gedanken. Ausgerechnet jetzt musste er auftauchen! Owen konnte jeden Moment hier sein.

»Abby!« Jason baute sich mit der Selbstverständlichkeit eines Mannes, der wusste, welche Wirkung er auf seine Umwelt hatte, vor ihnen auf. »Wie geht es dir, Babe?«

Kyles Mundwinkel kräuselten sich. »Babe?«

Abby versetzte ihm einen Stoß.

»Hi, Jason. Was machst du denn hier?«, sagte sie betont gleichgültig, in der Hoffnung, dass er ihre Aufregung nicht bemerkte.

»Ich habe dir gestern doch gesagt, dass ich heute komme und mit dir reden muss.« Sein Blick wanderte durch den Saal.

»Das habe ich nicht richtig verstanden. Die Verbindung war so schlecht. Ich muss auch mit dir reden, aber im Moment kann ich schlecht weg.« Sie deutete auf den Stand hinter ihrem Rücken.

»Ich kann später nicht, Babe.« Jason wirkte trotzig wie ein kleiner Junge.

»Abby, du kannst ruhig gehen. Ich habe das hier im Griff, und Edward kann zur Not auch helfen«, mischte sich Kyle in das Gespräch ein.

»Cool.« Jason reichte ihm die Hand. »Ich bin Jason. Abbys Nachbar.«

»Habe ich schon gehört. Allerdings nicht, dass du ihr Nachbar bist.« Abby versetzte ihm erneut einen Tritt. Kyle verzog das Gesicht, sagte jedoch kein Wort.

»Na gut. Was hältst du davon, wenn wir rausgehen, wo wir ungestört sind?«

Sie war noch immer dabei, ihren Puls zu beruhigen. Die Stunde der Wahrheit war gekommen. Sie hatte gehofft, das Ganze bei sich zu Hause erledigen zu können und nicht in aller Öffentlichkeit, aber Jason ließ ihr keine andere Wahl.

»Einverstanden.« Er legte völlig selbstverständlich seinen Arm um ihre Taille. Sie ließ ihn gewähren.

Die Blicke der *Honey Hunters* folgten ihnen nach draußen. Marcie und Fanny hatten die Köpfe zusammengesteckt und tuschelten aufgeregt.

»Ich hatte fast vergessen, wie sexy du in deiner Uniform aussiehst«, flüsterte er ihr auf dem Weg nach draußen augenzwinkernd zu.

Sie ärgerte sich, dass sie nicht schon viel früher einen Schlussstrich unter ihre Affäre gezogen hatte. Der Gedanke, dass er noch irgendeine Form von Anspruchsdenken auf sie haben könnte, störte sie. Sie dachte an ihr Versprechen Owen gegenüber. Auf der anderen Seite hatte Jason nichts verkehrt gemacht. Er verhielt sich wie immer.

»Bist du heute aus Italien gekommen?«, versuchte sie, das Gespräch auf ein weniger anzügliches Thema zu lenken.

»Ja, heute Morgen aus Mailand«, brummte Jason.

Sie hatten den Pausenhof erreicht, wo sich eine Bank befand. Eine Gruppe Schüler stand in einiger Entfernung zusammen, um zu rauchen.

»Du warst ganz schön lange weg«, stellte sie fest.

Jason blieb abrupt stehen. »Deshalb wollte ich mit dir sprechen.«

Er sah aus, als würde er sich nicht wohl in seiner Haut fühlen, was für Jason ziemlich ungewöhnlich war.

»Aha.« Sie beäugte ihn misstrauisch. Sie hatte keine Ahnung, was folgen würde. »Ich muss dir auch was sagen.«

»Du zuerst«, forderte er sie auf.

»Nein, du fängst an.«

»Okay.« Er holte tief Luft. Um seinen Mund lag ein ernster Zug. »Ich ziehe nach Mailand.«

»Was?« Sie schüttelte verwirrt den Kopf. »Aber was willst du denn in Mailand? Du sprichst ja nicht mal Italienisch.«

Er sah ihr fest in die Augen. »Ich habe mich verliebt.«

»In Mailand?«

»Nein, in Maria.« Jason strahlte, als er den Namen aussprach.

»Maria?«

»Maria Esposito. Es war Liebe auf den ersten Blick. Sie ist eine italienische Göttin.« Er schnappte sich Abbys Hand. »Es tut mir leid.« Damit hatte sie nicht gerechnet. »Machst du gerade Schluss mit mir?«

»Ja, wenn das für dich okay ist.«

»Ob das für mich okay ist? Das ist großartig!«, jubelte sie.

»Großartig?«

»Ja, weil ich dir sagen wollte, dass das mit uns beiden aufhören muss«, gestand sie ihm.

»Du wolltest mit mir …« Fassungslosigkeit stand in sein Gesicht geschrieben.

»Ja. Das mit uns … ich meine, das war nie wirklich was«, flossen die Worte aus ihr heraus. »Ich mag dich total, aber du bist nicht der richtige Mann für mich.«

Jason kratzte sich am Kinn. »Dann bist du nicht sauer auf mich?«

»Niemals.« Ihr wurde eine riesige Last von den Schultern genommen. »Ich bin nicht sauer auf dich. Ich wollte es dir schon im Krankenhaus sagen.«

»Ich dir auch. Aber du hast so verletzlich ausgesehen mit deinen verbrannten Haaren und den Pflastern im Gesicht. Ich wäre mir vorgekommen wie ein Schwein, wenn ich Schluss gemacht hätte.«

»Und ich dachte, du bist extra wegen mir gekommen, und habe es ebenfalls nicht übers Herz gebracht.«

»Shit.«

Abby lachte. »Du sagst es!«

»Kenne ich ihn?«

»Du meinst Owen? Nein, ich glaube nicht.« Sie erzählte ihm mit wenigen Worten, wie sie Owen kennengelernt hatte.

Er grinste, als sie fertig war. »Das klingt ganz so, als wärst du verknallt.«

»Ja, fühlt sich ganz so an. Und du und Maria?«

»Ihrer Familie gehört das Unternehmen, für das ich gearbeitet habe.«

»Dann hast du ja einen richtigen Fang gemacht.«

»Ja. Wenn alles so weiterläuft, werde ich ihr wohl einen Antrag machen.« Seine Augen funkelten vor Glück.

»Das freut mich für dich. Du hast jedes Glück der Welt verdient.«

»Du auch.« Sie standen sich gegenüber. Jason ergriff ihre Hände und zog sie ein Stück näher an sich, sodass sich ihre Fußspitzen fast berührten. »Wir hatten eine richtig schöne Zeit zusammen.«

Sie lächelte. »Ja, das hatten wir.«

»Ich werde euch vermissen. Dich und die anderen Portobello Girls«, sagte er ein wenig wehmütig. »Es hat Spaß mit euch gemacht.«

»Aber du meinst jetzt nicht den Sex, oder?«

»Nein, den hatte ich nur mit dir und Taylor.«

»Du bist mir keine Rechenschaft schuldig. Wir waren nie exklusiv.«

»Aber während unserer Zeit gab es keine andere«, sagte Jason ungewöhnlich ernst.

»Das freut mich.« Sie nickte gerührt. Sie war sich nie wirklich sicher gewesen, ob sie die einzige Frau in Jasons Leben gewesen war. »Du warst auch der Einzige.«

»Tja, ich schätze, das war's dann wohl.«

»Ja, das schätze ich auch. Wann ziehst du um?«

»Ich habe die Kündigung der Wohnung bereits bei meinem letzten Besuch eingereicht. Ich bin zum Ersten des nächsten Monats endgültig weg.«

»Du wirst mir fehlen.« Jason war immer ein guter Freund der Portobello Girls gewesen und sie hatten so manchen Abend zusammengesessen und gefeiert.

»Ich euch auch.« Er zog sie an sich und schlang die Arme um sie. Für einen Moment verharrten sie eng ineinander verschlungen. Abby hob den Kopf. Jasons Blick ruhte auf ihr. »Immer, wenn ich dich im Arm halte, wird mir bewusst, wie klein und zerbrechlich du doch bist.«

Er gab ihr einen sanften Abschiedskuss. »Pass auf dich auf. Und tritt den Arschlöchern ordentlich in den Hintern.«

Sie lächelte. »Worauf du dich verlassen kannst.«

Die letzten Besucher hatten die Aula verlassen und die Abbauarbeiten waren im vollen Gange. Zu ihrer Freude waren fast alle Eltern ihrer Schützlinge gekommen, um die Arbeit ihrer Kinder zu bewundern. Sogar Fannys Pflegeeltern waren erschienen. Es hatte sie gefreut, mit welchem Stolz die Jugendlichen ihre Arbeit präsentiert hatten.

Der Direktor hatte am Ende der Veranstaltung die eingegangenen Spenden gezählt. Eine stattliche Summe von knapp viertausendsechshundert Pfund war zusammengekommen. Das war weit mehr, als sie sich erhofft hatte. Ein großzügiger Spender, der nicht genannt werden wollte, hatte die Summe auf fünftausend Pfund aufgerundet. Damit konnten sie weitere Bienenkästen anschaffen und noch mehr Jugendliche einarbeiten.

»Jetzt müssen wir uns um weitere Betreuer kümmern. Alleine schaffe ich das nicht«, sagte Abby.

Kyle stupste sie an. »Du weißt doch, du kannst auf mich zählen.«

»Du wolltest sagen, auf *uns*«, verbesserte Edward ihn, der neben ihm stand.

»Ich könnte mir keine bessere Unterstützung wünschen. Vielleicht können wir ja noch den einen oder anderen Kollegen für unsere Aktion begeistern.«

Seit ihrem Gespräch mit Jason war sie erleichtert. Sie konnte es kaum noch abwarten, Owen wiederzusehen. Er hätte schon längst da sein müssen. Sie schielte zum Ausgang, in der Hoffnung, ihn irgendwo zu entdecken.

»Ich finde, das ist ein Grund zum Feiern«, schlug Kyle vor.

Sie drehte ihm den Kopf zu. »Ja, das sehe ich auch so. Was haltet ihr davon, wenn wir ins *Heaven's Place* fahren?«

Sie würde Owen anrufen und ihn bitten, dorthin zu kommen.

»Coole Idee«, stimmte Kyle begeistert zu. »Was meinst du?«

»Das ist doch dieses entzückende Restaurant in Portobello mit diesem heißen Besitzer«, flötete Edward. Seine Augen leuchteten begeistert auf.

»Okay, wir kommen nicht mit«, murrte Kyle streng.

Edward gab seinem Freund einen sanften Stoß in die Seite. »Ach, nun gönn mir doch auch mal was.«

»Ich habe dich gerne für mich alleine«, raunte Kyle mit tiefer Stimme.

»Sarge!« Marcie und Fanny winkten ihr zu. Die anderen Jugendlichen und ihre Eltern standen ebenfalls bei ihnen.

Sie eilte zu den Mädchen. Kyle und Edward folgten ihr.

»Na, was gibt es?«, fragte sie, erstaunt über die kleine Versammlung.

»Wir wollten Ihnen danken«, sagte Marcie feierlich und gab den anderen ein Zeichen. Eltern wie Kinder bildeten einen Kreis um Abby. »Jetzt macht ihr mich aber verlegen. Das ist nicht nötig. Dass ihr alle hier seid, ist für mich Belohnung genug.«

»Wir möchten uns bei Ihnen dafür bedanken, dass Sie uns die Chance gegeben haben, etwas Neues mit unserem Leben anzufangen«, sagte Noah. Alle nickten.

»Sie haben uns gezeigt, dass man es schaffen kann, wenn man es wirklich will«, ergänzte Lionel.

Abby schluckte schwer angesichts der lieb gewonnenen Gesichter um sie herum. Jeder der Teenager war ihr ans Herz gewachsen und sie würde für jeden Einzelnen von ihnen durchs Feuer gehen.

»Deshalb haben wir Ihnen eine Kleinigkeit gebastelt«, fuhr Fanny fort.

»Es ist nichts Großes, aber es kommt von Herzen.« Lionel zog ein kleines Päckchen hinter seinem Rücken hervor und überreichte es ihr.

Vorsichtig nahm Abby das Geschenk entgegen. Zu ihrer Überraschung war es erstaunlich leicht. »Was ist das?« Sie schüttelte es vorsichtig.

»Sarge, machen Sie es auf«, forderte Ben, der sich zu Fanny gestellt hatte.

Ihre Hand zitterte, als sie den Knoten löste. Das rote Geschenkband fiel zu Boden. Behutsam schob sie das hellblaue Papier zur Seite. In eine weiße Schachtel gebettet lag ein silbernes Polizeiabzeichen. Behutsam nahm sie es in die Hand.

Noahs Logo war darauf eingraviert. Darüber stand ihr Name geschrieben. Abby schluckte. Tränen hatten sich in ihre Augen geschlichen und sie blinzelte.

Noah und die anderen sahen sie erwartungsvoll an. »Gefällt es Ihnen?«

»Das ist viel zu viel«, schimpfte sie unter Tränen.

»Wir haben die Gravur selbst gemacht«, erklärte Lionel stolz.

Sie strich mit den Fingerspitzen vorsichtig über die Schrift. »Es ist wunderschön. Ich weiß gar nicht, was ich sagen soll außer … danke.«

Es musste eine stundenlange Arbeit gewesen sein, die Gravur so fein und präzise auf das Metall zu bringen.

»Stecken Sie es an«, drängte Marcie.

Abby reichte Kyle das Abzeichen. »Würdest du bitte?«

»Es ist mir eine Ehre.« Mit ernster Miene befestigte er die Nadel an ihrer Brusttasche.

Sie drehte sich zu den Jugendlichen und Eltern. »Na, was sagt ihr?« Applaus ertönte. Verlegen wischte sich Abby mit dem Handrücken über das Gesicht. Sie wünschte sich, Owen wäre hier und könnte sie sehen.

Wo steckte der Mann überhaupt? Er hatte ihr fest versprochen, vorbeizukommen. Sie wollte ihn so gerne ihren Schützlingen vorstellen.

»Es sieht toll aus.« Kyle schielte auf das Abzeichen. »Da könnte man direkt neidisch werden.«

»Sie müssen sich Ihres erst noch verdienen«, rief Marcie frech.

Kyle tippte sich gegen seine Mütze. »Ich werde mir Mühe geben.«

Abby räusperte sich, noch immer mit den Tränen kämpfend. »Ich danke euch von Herzen. Aber nicht ich habe das alles hier bewirkt ...« Sie deutete auf Kyles Fotowand. »Das ist einzig und alleine euer Verdienst. Ich habe nur die Rahmenbedingungen dafür geschaffen.« Sie atmete tief durch. »Ich bin mir sicher, dass ihr mit eurer Arbeit ein großes Vorbild für viele Jugendliche seid. Gemeinsam schaffen wir es, noch anderen die Chance zu geben, einen neuen Weg einzuschlagen.« Alle applaudierten. »Auf die *Honey Hunters*.« Sie streckte den Arm mit der geballten Faust in die Höhe.

»Auf die *Honey Hunters*«, brüllten unzählige Kehlen.

Abby checkte zum gefühlt hundertsten Mal ihr Handy. Immer noch keine Nachricht von Owen. Sie hatte mehrfach versucht, ihn zu erreichen, aber jedes Mal war die Mailbox angesprungen. Auch auf ihre Nachrichten hatte er nicht geantwortet. Eigenartig. Vielleicht hatte er überraschend einen Einsatz bekommen? Am liebsten wäre sie bei ihm vorbeigefahren, aber angesichts der Tatsache, dass alle Freunde ihrem Ruf gefolgt waren und sich im *Heaven's Place* eingefunden hatten, konnte sie nicht weg. Sie würde sich weiter gedulden müssen und hoffen, dass Owen sich noch melden würde.

Holly sah sie fragend an. »Hast du immer noch nichts von ihm gehört?«

»Nein.« Abby trank einen Schluck. Sie hatte schon zwei Bier intus und war nicht mehr ganz nüchtern.

»Ach, der meldet sich schon. Vielleicht musste er zu einem Einsatz«, mutmaßte Holly.

»Das habe ich auch gedacht.« Abby gab Chris ein Zeichen, ihr nachzuschenken.

»Na, wie geht es meiner Lieblingskollegin?« Kyle stellte sich breit grinsend vor sie. Er hatte seine Uniform gegen Jeans und Hemd eingetauscht.

»Owen ist nicht gekommen.« Sie ließ sich wieder auf den Barhocker nieder und leerte ihr Bier mit einem Zug.

»Das tut mir leid. Vielleicht ist ihm etwas dazwischengekommen?« Kyle nahm neben ihr Platz.

»Möglich, aber eher unwahrscheinlich«, antwortete Abby achselzuckend. Sie war frustriert.

Olive kam mit geröteten Wangen zu ihr. Liam stand mit Jay am Billardtisch und unterhielt sich.

»Da ist ja unsere Miss Marple.« Olives Blick fiel auf das leere Glas. »Du hast ja gar nichts mehr zu trinken. Dabei wollte ich gerade mit dir anstoßen.«

Aus dem Augenwinkel sah sie, wie Kyle den Kopf schüttelte.

»Hey, ich bin Polizistin. Ich kann das ab. Chris!« Abby deutete auf ihr leeres Glas. Sofort war Chris zur Stelle und reichte ihr ein neues Bier.

»Auf unsere Miss Marple!«, rief Olive lautstark in die Runde.

»Auf Miss Marple!«, stimmten die anderen mit ein.

Abby kippte das Bier gierig in sich hinein. Als sie fertig war, leckte sie mit der Zunge den Schaum von der Oberlippe. »Ahh, das tut gut.« Sie stieß einen herzhaften Rülpser aus. »Ups.«

Ihre Freundinnen lachten.

Kyle grinste. »Du bist echt 'ne Marke!«

Sie zuckte mit den Schultern. »Entweder man mag mich so, wie ich bin, oder man kann mir den Buckel runterrutschen.«

»Bravo, das ist die richtige Einstellung.«

Musik ertönte aus den Lautsprechern. Ein gängiger Popsong plärrte auf sie herab. Unwillkürlich fing sie an, im Takt der Musik mit den Füßen zu wippen. Der Alkohol machte sich langsam bemerkbar. Ihr war leicht schwindelig. Vielleicht sollte sie einen Gang runterschalten. Auf der anderen Seite hatte sie morgen frei und konnte ausschlafen. *Wieso nicht richtig feiern?*

»Ich möchte tanzen!«, johlte Zoey, die neben Abby auf dem Hocker Platz genommen hatte. Sie hatte gerötete Wangen und der Art nach zu urteilen, wie sie redete, war sie auch nicht mehr ganz nüchtern.

»Gute Idee!«, stimmte Holly zu. »Chris, deine Köchin will tanzen!«

Chris' Kopf tauchte hinter dem Tresen auf. »Moment.«

Es dauerte keine zwei Minuten und die Musik wurde lauter. Ein Lied aus den aktuellen Charts ertönte.

»Yeah!« Zoey rutschte vom Stuhl und ließ die Hüfte kreisen.

Liam öffnete grinsend den obersten Knopf seines Hemdes. »Na Kleine …«

»Untersteh dich! Wir sind hier nicht im *Tropicana*.« Olive schnappte sich lachend ihren Freund und zog ihn mit sich auf die improvisierte Tanzfläche.

Holly und Jay folgten.

»Los, Abby!« Zoey winkte ihr zu.

Abby warf einen Blick zu Kyle, der dicht neben Edward stand und sich ebenfalls zur Musik bewegte.

»Hey, Fawner, was hältst du von einem Tänzchen?«, forderte Abby ihn auf.

Kyle grinste. »Du meinst, wir beide?«

»Und was ist mit mir?«, schaltete sich Edward ein.

»Du hast ihn jede Nacht«, erwiderte Abby kess. »Ich will nur einen Tanz von ihm.«

Kyle lachte. »Ich würde sagen, dagegen ist nichts einzuwenden.«

»Mit mir tanzt du nie.« Edward schmollte.

»Das liegt daran, dass du mir ständig auf die Füße trittst, und noch dazu tanzt du wie Bill Cosby in seinen besten Zeiten.« Kyle reichte Abby die Hand.

»Das ist nicht wahr. Ich bin ein sehr guter Tänzer«, widersprach Edward.

»Aber ich bin besser.« Wie zum Beweis ließ Abby die Hüften kreisen.

»Gewonnen.« Kyle zog sie mit einem Ruck an sich heran und wirbelte sie einmal um die eigene Achse.

Edward seufzte. Chris beugte sich über den Tresen zu ihm. »Würdest du mit mir tanzen?«

»Oh! Der Chef persönlich.« Edwards Gesichtsfarbe wechselte in ein leuchtendes Rot. »Mit Vergnügen.«

Kyle blinzelte irritiert angesichts der neuen Situation. »Na Jungs, dann zeigt uns mal, was ihr draufhabt«, forderte Abby sie auf.

»Nichts leichter als das!« Kyle bugsierte Abby auf die Tanzfläche. Die Bässe hämmerten, und Abby bewegte sich zum Takt der Musik. Es war voll und von allen Seiten drängten die Tanzenden. Lachend ließ sie ihre Hüfte aufreizend kreisen. Der Alkohol war ihr in den Kopf gestiegen. Ihr war leicht schwindelig. Kyle stellte sich vor sie und bewegte seine Hüften synchron zu ihren. Sie legte ihre Hände auf seine Schultern und kopierte seine Bewegungen. Pfiffe ertönten. Übermütig warf sie den Kopf in den Nacken, während sie ihre Hüfte an Kyle rieb.

»Langfort, du bist ja nicht nur eine gute Polizistin, sondern auch noch eine Top-Tänzerin«, rief Kyle lachend.

»Du bist auch nicht von schlechten Eltern. Wenn du willst, melde ich uns nächste Woche für *Let's dance* an«, schlug sie atemlos vor.

»Ich bin dabei.« Er wirbelte sie herum, sodass sie in seinen Armen zum Stehen kam. Edward und Chris tanzten neben ihnen und waren ebenfalls bestens gelaunt.

Aus dem Augenwinkel nahm Abby eine hohe Gestalt wahr. Abrupt trat sie einen Schritt zurück. Owen stand keine zehn Meter entfernt und musterte sie mit finsterer Miene. *Verdammt.* Für einen Außenstehenden mussten sie und Kyle wie ein Liebespaar wirken.

Kyle, der von alldem nichts mitbekommen hatte, schlang seine Arme um ihre Taille und wollte sie an sich ziehen. Sie drückte ihn mit Kraft von sich. Er kam ins Stolpern, fing sich jedoch.

»Owen!«, ertönte Abbys Schrei über die Köpfe der Gäste hinweg.

Er hatte sich bereits abgewandt und bahnte sich seinen Weg durch die Menge. Ohne Kyle weiter zu beachten, lief Abby ihm hinterher, was gar nicht so einfach war. Einige Gäste standen im Weg. Unwirsch drängte sie sich an ihnen vorbei.

»Hey, kannst du nicht aufpassen?«, schimpfte eine Frau.

Das war Abby egal. Sie ging, so schnell sie konnte, und sah gerade noch, wie Owens massige Gestalt durch die Tür verschwand. Sie rannte ihm hinterher. In ihrem Kopf herrschte totale Leere.

»Owen!«

Er eilte mit langen Schritten über den Gehweg, und sie hatte Mühe, ihn einzuholen.

»Owen, so warte doch!«

Endlich blieb er stehen. Er hatte seine Hände in den Hosentaschen und musterte sie. Seine Augen schimmerten wie nasses Ebenholz im Schein der Straßenlaterne. Eine tiefe Falte hatte sich auf seiner Stirn eingegraben.

»Ich habe den ganzen Abend auf dich gewartet«, fing sie an.

»Das habe ich gesehen.« Seine Augen zogen sich zu Schlitzen zusammen.

»Das war Kyle. Mein Partner«, stammelte sie. Ihr Kopf war vom Alkohol vernebelt und es fiel ihr schwer, einen klaren Gedanken zu fassen.

Enttäuschung spiegelte sich in seinen Augen. »Dein Partner.«

»Nein, nicht so. Kyle und ich arbeiten zusammen.«

»Für mich sah es aus, als ob ihr auch sonst ganz gut miteinander arbeitet.« Der Zynismus war nicht zu überhören.

Es ärgerte sie, dass er wirklich dachte, sie würde ein doppeltes Spiel mit ihm spielen.

»Was willst du damit andeuten?«, fragte sie scharf.

»Dass du diesem Kyle mehr zugetan bist, als du zugibst«, schleuderte er ihr entgegen.

»Kyle ist schwul!«

Owens Augenbraue zuckte. »Und was ist mit dem Kerl, dem du dich auf der Schulveranstaltung in die Arme geworfen hast? War der auch schwul?«

Seine Augen schienen zu glühen, und es hätte sie nicht gewundert, wenn kleine Rauchwölkchen aus seinen Nasenflügeln aufgestiegen wären. Er war also bei der Veranstaltung gewesen und hatte sie und Jason zusammen gesehen. Verdammt!

»Zwischen Jason und mir läuft nichts mehr!«

»Das bedeutet, du warst mit ihm zusammen?«

»Ja. Jason und ich hatten eine Affäre. Aber das war, bevor ich dich kennengelernt habe. Also genaugenommen waren wir nie wirklich zusammen.«

»Das sah aber ganz anders aus«, entgegnete er ruhig.

»Das mit Jason und mir ... das ist kompliziert. Er war unser Nachbar und zieht nach Italien. Seine Freundin heißt Maria. Er hat es mir heute erzählt. Ich habe ihm gesagt, dass ich dich kennengelernt habe.«

»Du hast es ihm erst heute erzählt?«

Verdammt, irgendwie klang das alles gar nicht gut.

»Ja.« Ihre Stimme war kaum mehr als ein Hauchen.

Owens Kiefermuskeln traten hervor und seine Hände waren zu Fäusten geballt. »Ich denke, damit wäre alles zwischen uns gesagt.«

Er wandte sich zum Gehen.

Abby packte ihn am Arm. »Owen, bitte. Es tut mir leid.«

»Du bist mir keine Rechenschaft schuldig. Du bist eine erwachsene und sehr selbstständige Frau, die ihre eigenen Entscheidungen trifft. Aber das sind mir einfach ein paar Zufälle zu viel. Ich habe dir von Anfang an gesagt, dass ich keine Spielchen möchte. Deine *Du-musst-mich-retten*-Nummer zieht nicht länger bei mir. Such dir jemand anderen, der dir glaubt. Leb wohl, Abby.« Er nahm ihre Hand und drückte sie von sich weg.

»Es tut mir leid«, murmelte sie.

»Dafür ist es leider zu spät.«

»Aber ich —«

»Abby«, unterbrach er sie. »Meine Entscheidung ist gefallen. Ich hatte dich gewarnt. Ich kann das nicht.«

Ohne ein weiteres Wort drehte er sich um und ließ sie einfach stehen. Ein lautes Schluchzen entwich ihr. Sie hatte es versaut.

24

Sie hatte die ganze Nacht nicht geschlafen. Nachdem Owen sie stehen gelassen hatte, war sie durch die Straßen gelaufen, ohne Ziel. Olive hatte sie besorgt angerufen. Abby hatte ihr erzählt, was vorgefallen war, und sie gebeten, ihr nicht zu folgen. Sie musste einen klaren Kopf bekommen. Dazu musste sie alleine sein. Irgendwann am frühen Morgen hatte sie vor dem Haus in der Portobello Road gestanden. Müde und völlig erledigt war sie ins Bett gekrochen. Leider wollte sich der erlösende Schlaf nicht einstellen. Sie hatte gegen die Decke gestarrt, bis die ersten Sonnenstrahlen durch das Fenster in ihr Zimmer gefallen waren.

Schwerfällig wie eine gichtkranke Frau erhob sie sich aus dem Bett und schlich ins Bad. Eine Tür wurde geöffnet und Hollys Stimme drang an ihr Ohr.»Lass mich das machen ...« Es klopfte.»Abby?«

»Was?«

»Darf ich reinkommen?«

»Wenn es sein muss.« Ihre Augen brannten und sie hatte fürchterlich hämmernde Kopfschmerzen. Sie schleppte sich zum Waschbecken und spritzte sich kaltes Wasser in ihr verquollenes Gesicht.

Holly kam rein.»Was machst du nur für Sachen?« Sie ließ sich auf dem Badewannenrand nieder.»Erzähl mal, was genau passiert ist.«

Abby trocknete ihr Gesicht.»Ich habe es vermasselt.«

»Das kann ich mir bei dir nicht vorstellen.«

»Doch, und ich habe es von Anfang an gewusst.« Sie ließ das Handtuch einfach achtlos auf den Boden fallen.

Es war, als wäre sämtliche Kraft über Nacht aus ihrem Körper gewichen. Leise erzählte sie Holly von ihrem Gespräch mit Owen.

Eine halbe Stunde später ging sie frisch geduscht und in Uniform in die Küche. Olive und Zoey waren auch da. Als sie den Raum betrat, sahen sie beide mit großen Augen an.

»Guten Morgen, ihr Lieben.« Sie nahm die Kaffeekanne und schenkte sich ihren Becher randvoll. Olive und Zoey tauschten verwunderte Blicke. »Gut geschlafen?« Abby lehnte sich gegen den Küchentresen und nahm einen Schluck Kaffee. »Ahhh, das tut gut.« Immer noch Schweigen. Abby sah aus dem Fenster. »Ein wundervoller Morgen, um der Liebe eine zweite Chance zu geben.«

»Was hat Holly mit dir besprochen, dass du plötzlich so gut gelaunt bist?«, argwöhnte Olive.

»Ich habe Abby daran erinnert, wer sie ist.« Holly stand im Türrahmen. Sie hatte sich umgezogen und trug einen schicken Businessanzug in einem Karamellton, der ihrem blassen Teint schmeichelte und sie strahlender aussehen ließ.

Zoey zupfte an ihrem Haarband. »Aha, und das wäre?«

»Unsere Kampfdrohne.«

Olive schüttelte verständnislos den Kopf. »Das war's?«

»Aber versteht ihr nicht?«, fing Holly erneut an. »Abby ist diejenige von uns, die niemals aufgibt und immer für die Dinge kämpft, an die sie glaubt. Sie hat für die Polizeiakademie gekämpft und sich letztendlich gegen die Konkurrenz durchgesetzt. Sie musste besser sein als ihre männlichen Kollegen, um akzeptiert zu werden. Sie hat für die *Honey Hunters* gekämpft und auch hier gewonnen. Nur bei der Liebe will sie klaglos aufgeben. Das ist nicht akzeptabel.«

»Das stimmt«, sagten Olive und Zoey einstimmig.

»Aber was genau ist jetzt der Plan?«, hakte Olive nach.

Holly verschränkte die Arme vor der Brust. »Dass Abby sich diesen dickköpfigen Trottel von Feuerwehrmann zurückholt.«

»Und dafür brauche ich eure Hilfe!«, fügte Abby bestimmt hinzu.

»Jetzt bin ich gespannt«, sagte Olive.

»Also gut.« Abby ließ sich neben ihre Freundinnen auf den Stuhl fallen und erzählte von ihrem Plan.

Olive sah sie mit einer Mischung aus Bewunderung und Zweifel an. »Ganz schön verrückt. Meinst du nicht, es wäre besser, die Sache unter vier Augen zu regeln?«

»Nein, dafür ist keine Zeit. Je schneller ich Owen sage, dass ich in ihn verknallt bin, umso besser«, beharrte sie.

»Ganz schön riskant«, gab Zoey zu bedenken.

»Ich habe nichts mehr zu verlieren«, erwiderte sie. Das Herz schlug ihr gegen die Rippen, wie ein eingesperrter Vogel im Käfig.

»Womit du auch wieder recht hast!« Zoey streckte die Hand in die Mitte des Tisches. »Ich bin dabei.«

Olive legte ihre Hand auf die von Zoey. »Ich auch!«

»Ich sowieso!« Holly folgte Olives Beispiel.

»Die Portobello Girls in Aktion.« Glücklich klatschte Abby ihre Hand auf die der anderen. »Eine für alle und alle für die Liebe!«

»Kyle, du musst für mich auf der Wache anrufen und in Erfahrung bringen, ob Owen Dienst hat. Ich habe es bereits bei ihm zu Hause probiert, und da ist er nicht«, schrie Abby in ihr Handy.

»Man könnte meinen, ihr unterhaltet euch über den Atlantik hinweg«, kommentierte Olive grinsend.

»Alles klar. Ich rufe dich zurück, sobald ich weiß, wo er steckt«, versprach Kyle und legte auf.

»Oh Gott!« Abby hielt sich den Bauch. »Mir ist schlecht!« Mit jeder Minute, die sie wartete, stieg die Aufregung.

»Bloß nicht kotzen!«, rief Holly. »Das macht sich nicht gut, wenn man mit Kotzgeruch seinen Liebsten küsst.«

Sie stöhnte. »Du hast wirklich eine Gabe, den Dingen noch eins draufzusetzen.« Ihr Handy klingelte. »Kyle?«

»Also pass auf, Owen ist im Dienst.«

»Danke.«

»Da gibt es ein kleines Problem. Die Jungs drehen heute ein Übungsvideo. Owens Einheit wird bei einer Rettungsaktion gefilmt.«

»Mist!« Sie knabberte an ihrer Unterlippe.

»Möchtest du trotzdem die Adresse?«

»Ja, unbedingt.« Dass Owen einen Übungseinsatz hatte, änderte zwar die Situation, aber nicht ihren Plan. Kyle nannte ihr die Adresse.

»Danke für deine Hilfe«, verabschiedete sie sich.

»Kein Problem, und viel Glück.«

Sie legte auf. »Seid ihr so weit?«

Olive, Zoey und Holly hatten sich bereits startklar umgezogen und warteten in der Küche.

»Absolut!« Die drei sprangen auf.

»Na dann los«, kommandierte Abby.

Der knallrote Mini bog um die Ecke in die Seitenstraße ein, Kensington Gardens befand sich in unmittelbarer Nähe. Noble Einfamilienhäuser der reichen Londoner Gesellschaft säumten die Straße.

»Nette Gegend hier«, staunte Holly.

»Quatsch keine Arien und gib lieber Gas«, forderte Abby.

»Ich bin schon über dem vorgeschriebenen Tempolimit!«

»Hast du vergessen, wen du neben dir sitzen hast?« Sie tippte auf ihre Brusttasche mit dem Abzeichen der Londoner Metropolitan Police.

»Wir befinden uns in einem lebenswichtigen Einsatz, also drück auf die Tube.«

»Auf deine Verantwortung!« Holly trat das Gaspedal durch. Sofort machte der Mini einen Satz nach vorne und schoss die Hauptstraße entlang.

»Oh Gott. Ich hoffe nur, wir überleben diese Fahrt. Ich werde schließlich demnächst heiraten«, jammerte Olive vom Rücksitz.

»Was?« Drei Köpfe drehten sich zu ihr.

»Was seht ihr mich so an?«

»Das sagst du so nebenbei?«, entrüstete sich Abby.

»Ich wollte es euch heute Abend sagen«, verteidigte sich Olive.

»Wenn Emily dabei ist.«

Holly nickte. »Okay, das ist fair.«

»Habt ihr schon einen Termin?«, fragte Zoey.

»Wir dachten, im Sommer, wenn es warm ist und man draußen feiern kann. Ich wollte nur davor mit Emily sprechen. Schließlich sind sie und Ethan als Erste dran.«

Holly setzte den Blinker und bog in die schmale Seitenstraße ein, die zu dem Übungsgelände der Feuerwehr führte. Das Fabrikgelände, auf dem sich die Attrappen befanden, war weitläufig abgesperrt.

»Weiter kommen wir nicht«, sagte Holly und parkte den Wagen vor dem Eingang.

Olive deutete auf das Halteverbotsschild. »Du kannst hier nicht stehen bleiben.«

»Ich lasse euch raus und kümmere mich um einen Parkplatz.«

»Alles klar.« Abby holte tief Luft, dann drückte sie die Tür mit einem Ruck auf.

Beim Anblick des schmucklosen Gebäudes raste Abbys Puls. Für einen winzigen Moment überkamen sie Zweifel, ob sie das Richtige tat. Schließlich hatte Owen gestern Abend ziemlich deutlich klargemacht, dass er ihre Beziehung für beendet hielt. Es würde nicht leicht sein, einen stolzen Mann wie ihn vom Gegenteil zu überzeugen.

»Ich glaube, da vorne ist der Eingang.« Olive deutete auf ein Tor, vor dem sich ein Wachmann postiert hatte.

»Na dann wollen wir mal.« Abby rückte ihre Mütze in die Stirn.

»Hallo«, begrüßte sie den Mann. »Wir möchten zu Commander Wright.«

»Haben Sie eine Zugangsberechtigung?« Sein Blick wanderte von Abby zu Olive und weiter zu Zoey.

»Nein. Ich muss Commander Wright dringend in einer Ermittlungsangelegenheit sprechen.« Sie konnte nur hoffen, dass der Mann das leichte Zittern in ihrer Stimme nicht bemerkte.

»Commander Wright befindet sich mitten in einer Übung«, teilte er ihr formell mit. »Ihre Ermittlungen werden noch etwas warten müssen.«

»Aber es ist wirklich dringend«, beharrte Abby.

»Tut mir leid, Sergeant. Aber ich kann Sie ihm Moment nicht durchlassen.«

»Was fällt Ihnen ein?«, protestierte Abby empört. »Ich bin ein Offizier Ihrer Majestät der Queen und arbeite in ihrem Auftrag.«

»Wie ich schon sagte, ich kann Sie nicht durchlassen. Ich habe meine Anweisungen.« Der Mann nahm Haltung an, als würde das seine Worte unterstreichen.

»Sie blöder Sturkopf«, schimpfte sie.

Er verzog das Gesicht.

»Komm, Abby, das hat keinen Zweck.« Olive zog sie zur Seite, außer Sichtweite des Wachmanns.

»Das kann doch wohl nicht wahr sein«, schimpfte Abby wie ein Rohrspatz. »Das macht der nur, weil ich eine Frau bin.«

»Blödsinn«, widersprach Zoey. »Das macht er, weil er ein Idiot ist.«

Holly kam mit wehenden Haaren zu ihnen gehetzt. In ihren modischen Klamotten sah sie inmitten des rauen Fabrikgeländes völlig deplaziert aus.»Was macht ihr denn noch hier? Ich dachte, ihr seid schon längst drin.«

»Dieser Schwachmat von einem Wachmann lässt uns nicht rein!«

Ein Lächeln zierte Hollys hübsches Gesicht. »Ich habe eine Idee!«

Sie gab ihren Freundinnen ein Zeichen, sich zu ihr zu beugen. Leise flüsterte sie ihnen ihren Plan ins Ohr.

Abby, Olive und Zoey versteckten sich hinter dem Mauervorsatz, der nur ein paar Schritte von dem Eingang entfernt war. Mit angehaltenem Atem beobachteten die Freundinnen, wie der knallrote Mini mit heulendem Motor direkt vor den Eingang des Fabrikgeländes fuhr und dort nur wenige Meter von dem Wachbeamten entfernt hielt. Musik ertönte. Holly hatte das Radio auf volle Lautstärke gedreht. Abby sah, wie der Wachmann ungläubig zu dem Mini hinüberstarrte.

»Ich gebe Holly drei Sekunden, dann steht der Typ vor der Tür«, flüsterte Abby.

»Eins.«

Noch immer zögerte der Mann.

»Zwei.«

Er setzte sich zielstrebig in Bewegung.

Abby grinste.»Drei!«

Der Wachbeamte kam vor dem Mini zum Stehen. Sie lauschte gespannt.

»Miss.« Er klopfte gegen das Seitenfenster des Minis. Surrend fuhr die Scheibe hinunter.

»Hallöchen, Officer«, flötete Holly mit zuckersüßer Stimme.

»Ich kann ihre Titten bis hier sehen«, murmelte Abby. Olive und Zoey kicherten leise.

»Miss.« Der Typ räusperte sich sichtlich verlegen.»Sie stehen in der Zufahrt. Ich muss Sie bitten, den Wagen zu entfernen.«

»Aber warum sind Sie denn so böse mit mir?«, säuselte Holly.

Der Wachmann tippelte nervös von einem Fuß auf den anderen, ohne den Blick aus Hollys Ausschnitt zu nehmen. Sie startete den Motor, der nur kurz aufheulte, um dann wieder zu sterben. Ein Trick. Der Mini hatte im Laufe der Jahre seine Macken entwickelt. Beim zweiten Mal würde er sofort anspringen, aber das wusste der Kerl zum Glück nicht.

»Können Sie mal nachschauen? Irgendwas stimmt nicht«, bat Holly.

»Ich kann ja mal gucken …«

Holly drückte den Knopf, sodass die Motorhaube aufsprang. Sie öffnete die Tür und stieg aus. Dabei gewährte sie dem Ahnungslosen einen Blick auf ihre makellosen langen Beine. Er umrundete das Auto und blieb mit dem Rücken zum Eingang vor der Motorhaube stehen.

Abby gab ihren Freundinnen ein Zeichen. »Jetzt.«

Sie mussten schnell sein, solange der Wachmann durch Holly abgelenkt war. Die drei Freundinnen huschten an dem Mini vorbei durch den Eingang.

Zumindest der Teil war geschafft. Holly würde alleine klarkommen und sich aus dem Staub machen, sobald sie außer Gefahr waren, entdeckt zu werden. *Die gute Holly.*

»Und wohin jetzt?«, fragte Olive.

Überall standen Feuerwehrautos. Männer in voller Ausrüstung liefen scheinbar planlos umher. Schreie waren über das Gelände zu hören, gefolgt von lauten Kommandos. Mehrere Trucks der Filmproduktionsfirma parkten in dem großen Innenhof neben den Einsatzwagen.

»Keine Ahnung.« Abby zuckte mit den Achseln. »Schätze, wir müssen erst einmal herausfinden, wo genau Owens Einsatz ist.«

Ein Beamter kam über das Gelände in ihre Richtung geeilt.

Abby streckte den Rücken durch und ging direkt auf ihn zu. »Entschuldigen Sie, Sir. Ich suche das Einsatzkommando von Commander Wright.«

Der Mann kratzte sich am Hinterkopf. »Moment. Wright … Wright … Wright …«, wiederholte er Owens Namen wie ein Mantra. »Ah, der ist im hinteren Teil mit der Rettung von Verletzten beauftragt.«

»Danke, Sir.«

»Sergeant.« Der Mann eilte davon.

»Wir müssen weiter nach hinten.«

Sie durchquerten den Innenhof. Obwohl Olive und Zoey nicht in Uniform waren, schienen sich die anderen Feuerwehrleute nicht an ihrem Anblick zu stören. Anscheinend wurde nicht hinterfragt, ob man die Berechtigung hatte, sich auf dem Gelände aufzuhalten, wenn man die Kontrolle passiert hatte.

Zur rechten Seite standen zwei Einsatzwagen der Feuerwehr. Scheinwerfer waren auf ein Haus gerichtet. Ein Kamerateam hatte sich davor aufgebaut. Abby sah zu dem Gebäude, wo einige Männer gerade dabei waren, mithilfe einer Leiter in ein Fenster einzusteigen. Dahinter flackerten Lichter, die wie Feuer aussahen. Jemand rief laut einige Kommandos. Zoey blieb interessiert stehen.

»Hey, das ist keine Sightseeing-Tour«, fauchte Abby. »Wir sind hier, um Owen zu finden.«

»Jaja. Ich komme ja schon«, murrte Zoey. »Aber man wird doch wohl noch schauen dürfen.« Sie deutete auf einen der Feuerwehrmänner, der gerade dabei war, sich sein Shirt auszuziehen, um es gegen ein neues einzutauschen. »Seht euch nur mal dieses Prachtexemplar an. Da kann man als Frau nicht einfach wegschauen. Das ist besser als ein Porno.«

Abby zerrte an ihrem Arm. »Los jetzt!«

»Ist gut. Ich komm ja schon.« Widerwillig folgte Zoey ihnen bis zum hinteren Teil des Geländes.

»Da ist es.« Sie deutete auf ein großes Fabrikgebäude mit Rauchspuren an der abgeblätterten Fassade. Drei große Feuerwehrzüge standen davor. Männer in Schutzanzügen mit Masken machten sich bereit. Kameraleute und deren Helfer hatten sich so positioniert, dass sie die ganze Szenerie im Blick hatten. Ein Löschfahrzeug befand sich in einiger Entfernung.

»Alles klarmachen!«, ertönte eine bekannte männliche Stimme.

Owen.

Abbys Magen zog sich zusammen. Sie hielt nach ihm Ausschau, konnte ihn jedoch nirgends entdecken. Wo steckte der Mann?

Zumindest wusste sie, dass er wirklich hier war. Das war zwar ein schwacher Trost, aber besser als nichts.

Olive sah sie fragend an. »Und was machen wir jetzt?«

»Hm.« Abby ließ ihren Blick über das Gelände schweifen, um sich ein Bild von der Lage zu machen. Sie schätzte die Einheit, die an der Übung beteiligt war, auf gut dreißig Mann – ohne die Männer gerechnet, die sich noch im Gebäude befanden.

»Wir müssen versuchen, da irgendwie reinzukommen.« Sie deutete auf das alte Gebäude.

In diesem Moment sah sie ihn. Owens hohe Gestalt bewegte sich zwischen den Männern hindurch zu einem der Löschfahrzeuge. Er hatte einen Schutzanzug an. Unter seinen Arm geklemmt trug er den Helm.

Olive drehte den Kopf zu ihr.»Ich habe eine Idee. Bist du schwindelfrei?«

»Ich glaube schon.« Sie nickte, allerdings mit einem mulmigen Gefühl.»Wieso?«

»Weil ich denke, dass du da rauf solltest.« Olive wandte den Kopf zur Seite.

Abby folgte ihrem Blick.»Du machst einen Scherz, oder?«

»Keineswegs! Soweit ich erkennen kann, findet die nächste Übung in diesem Gebäude statt.« Tatsächlich scharten sich die Einsatztruppen im Halbkreis vor dem alten Kasten.»Wenn du also Owens volle Aufmerksamkeit haben willst, dann da!«

Zoey pfiff anerkennend durch die Zähne.»Krasse Nummer.«

»Ja, klar. Kein Problem. Ich klettere dann mal die Wand hoch und stell mich aufs Dach«, sagte Abby mit sarkastischem Unterton.

Olive war blitzgescheit und hatte immer die besten Ideen. Aber in diesem Moment zweifelte sie am Verstand ihrer Freundin. Das Gebäude war mindestens zwanzig Meter hoch und sah aus, als würde es bei einem Anhusten zusammenfallen wie ein Kartenhaus.

»Nicht ganz.« Olive grinste sie schief an.»Ich dachte eher daran, dass du über das Treppenhaus zum Dach kletterst und dort auf deinen Helden wartest.« Sie deutete auf die Busse, die seitlich geparkt standen.

»Und wie soll ich das anstellen? Ich kann ja schlecht einfach in das Gebäude spazieren. Was meinst du, wie schnell ich da rausfliege!« Abby tippte ungeduldig mit dem Fuß auf den Boden.

»Nein, das brauchst du nicht. Du lässt dich nach oben tragen.« Olive zeigte auf eine kleine Gruppe von Männern und Frauen, die in Straßenklamotten, etwas verdeckt vom Bus, seitlich stand und wartete. Einige hatten blutige Verbände um die Beine, den Kopf oder die Arme gewickelt.

Abby lachte laut auf.»Olive, du bist genial!!«

»Ich weiß.« Olives Augen blitzten.

»Achtung.« Zoey deutete auf einen Beamten in Uniform, der direkten Kurs auf sie nahm.

»Das hat uns noch gefehlt. Die Übung fängt gleich an. Wenn du eine Chance haben willst, dann musst du jetzt zu dem Bus«, sagte Olive.

»Kein Problem.« Zoey drückte den Rücken durch und streckte ihre üppige Oberweite nach vorne, sodass sie einem fast ins Gesicht sprang. »Ich kümmere mich um das Schnuckelchen in Uniform. Ihr seht zu, dass ihr Land gewinnt.« Sie wedelte mit der Hand.

Abby gab ihr einen flüchtigen Kuss. »Du bist ein Schatz!«

»Das mache ich doch gerne.« Zoey zwinkerte ihr zu. Der Beamte war nur noch zwei Meter entfernt. Eilig machten sich Olive und Abby von der Stelle. »Hallöchen, Officer«, hörten sie Zoeys Stimme aus dem Hintergrund.

Abby lächelte. Auf ihre Freundinnen war eben Verlass.

Sie hatten den Bus erreicht. Eine Frau in Feuerwehruniform empfing sie. »Ganz schön spät. Die Übung fängt in wenigen Minuten an.«

»Ja, Entschuldigung. Ich wurde aufgehalten«, sagte Abby.

Die Augen der Frau scannten ihre Uniform. »Sehr gut. Endlich mal eine verletzte Polizistin.« Ihr Blick fiel auf Olive, die neben Abby stand. »Sie gehen dort hinein. Ganz klarer Fall von Verletzungsopfer.«

»Aber ich —«

»Was? Auch noch Ansprüche stellen, wo sie zu spät sind? Sie wollen wohl lieber ein Brandopfer sein.« Die Feuerwehrfrau sah sie wütend an.

»Nein, schon gut«, sagte Olive beschwichtigend.

»Dachte ich es mir.« Sie deutete hinter sich auf einen Truck. »Dort entlang.«

»Viel Glück«, flüsterte Olive mit einem schelmischen Grinsen.

»Danke. Dir auch.«

»Sie, dort entlang.« Die Feuerwehrfrau deutete auf die Tür hinter sich.

»Yes, Ma'am.« Abby sah zu, dass sie Land gewann. Sie klopfte und trat in den Truck. »Hallo.«

Eine junge Frau blickte sie an. Hinter ihr saß ein Mann, um dessen Kopf eine blutig aussehende Bandage gebunden war. »Hey, Lara, da ist noch eine!«

Eine hübsche Brünette kam hinter ihrem Rücken zum Vorschein. Sie hatte eine Tasche um die Hüfte gebunden, aus der diverse Pinsel und Tuben hervorlugten. »Oh, okay.« Sie seufzte. »Setzen Sie sich.«

Sie deutete auf einen Stuhl vor einem Spiegel. Wie es aussah, war der Truck eine Art fahrender Schminksalon für Unfallopfer.

»Wo kommst du zum Einsatz?«, wollte die Frau wissen.

»Bergung durch die Feuerwehr«, sagte sie selbstbewusst.

»Cool! Bester Job in dem ganzen Chaos.«

»Ach ja?« Zumindest hatte sie mit ihrer Behauptung keinen Fehler gemacht. »Ich mach schon das fünfte Mal bei den Lehrvideodrehs mit. Ist 'ne nette Abwechslung. Vor allem wegen der vielen knackigen Kerle.« Sie zwinkerte Abby zu. »Na, dann machen wir dich mal hübsch.«

Die Maskenbildnerin zog einen Pinsel hervor und tupfte in Abbys Gesicht herum. Geduldig ließ sie alles über sich ergehen. Im Geiste ging sie noch mal die Sätze durch, die sie sich zurechtgelegt hatte, um Owen zu überzeugen.

»Perfekt! Und jetzt noch eine kleine Schnittwunde auf der Stirn«, flötete die Brünette.

»Ja, super«, murmelte Abby.

Ihr Herz schlug wie verrückt. Ein winziger Schweißtropfen lief ihr kitzelnd den Rücken hinunter. Sie wollte die Sache endlich hinter sich bringen.

»So, das wär's!« Die Visagistin legte ihr Werkzeug beiseite und musterte Abby mit skeptischem Blick. »Ich würde sagen, du bist mein heutiges Meisterwerk geworden. Möchtest du mal schauen?«

Ehe Abby antworten konnte, hielt sie ihr einen Spiegel vor die Nase.

»Geiler Shit!«, stieß Abby hervor.

Über ihre Stirn verlief eine tiefe Schnittwunde, aus der dunkles Blut herausquoll. Auf ihrer Wange war eine Schürfwunde und am Hals waren Blutspritzer verteilt. Sie konnte nicht anders, als zu grinsen. Das war nicht gerade das ideale Outfit, um einem Mann eine Liebeserklärung zu machen, aber dafür originell.

Die Maskenbildnerin schnalzte mit der Zunge. »Du sagst es.«

»Sag mal ...« Abby zögerte.

Die Frau machte einen netten Eindruck und sie konnte eine Verbündete gebrauchen, die ihr half, an der richtigen Stelle zu sein, wenn Owen zum Einsatz kam.

»Was?«

Abby vergewisserte sich, dass niemand ihnen zuhören konnte. Die andere Maskenbildnerin war damit beschäftigt, einem Mann einen Kopfverband zu verpassen. »Ich bräuchte deine Hilfe.«

»Okay. Wobei?«

Abby leckte sich über die Lippen. »Also eigentlich bin ich gar nicht bei der Übung eingeteilt.« Die Augenbraue der hübschen Frau schnellte nach oben. »Ich bin wirklich von der Polizei«, beeilte Abby sich zu sagen. »Und mein Freund ... ähm, also, mein *Noch-nicht-aber-hoffentlich-bald*-Freund macht bei der Übung mit. Ich möchte ihn mit einer Liebeserklärung überraschen.«

»Oh, wie romantisch.« Die Visagistin verdrehte schwärmerisch die Augen. »Na klar bin ich dabei.«

»Cool!«

»Wer ist denn dein Freund?« Sie deutete auf das große Fenster zum Gebäude. »Siehst du ihn?«

Abby schielte nach draußen. Es dauerte nicht lange und sie hatte Owen entdeckt. Er stand breitbeinig und in voller Montur vor dem Löschfahrzeug. »Der da! Das ist Owen.«

»Ach schau mal einer an. Der charmante Commander. Nicht schlecht!« Bewunderung schwang in ihrer Stimme mit. »Dann komm mal mit. Ich habe da schon eine Idee.«

Gemeinsam traten sie ins Freie.

»Ich bin übrigens Peggy!« Die junge Frau reichte ihr die Hand.

»Abby.«

Peggy führte sie an einer Gruppe Feuerwehrleute vorbei zum Eingang des Fabrikgebäudes, wo ein Mann sichtlich gelangweilt stand und wartete. Als er die Maskenbildnerin erblickte, leuchteten seine Augen. »Hey, Peggy, Schatz, was machst du denn hier?«

»Hi, Charlie. Ich habe noch eine Kandidatin für die Dachrettung.«

»Ein bisschen spät. Die Opfer sind schon alle positioniert.« Die Augen des Feuerwehrmanns klebten förmlich auf Peggy.

»Ja, aber kannst du nicht mal 'ne Ausnahme machen? Ist 'ne Freundin von mir und das erste Mal dabei.«

Er schaute zu Abby. Bei dem Anblick ihres Gesichts stieß er einen Pfiff aus. »Nicht schlecht. Kein Wunder, dass die dich jedes Jahr wieder buchen.«

»Dann hilfst du ihr?« Peggy beugte sich vor, sodass ihre Brüste fast aus ihrem tiefen Dekolleté fielen.

»Für dich mache ich doch fast alles.«

»Braver Junge.« Peggy hauchte Charlie einen Kuss zu.

Der Mann errötete. »Okay. Dann mal schnell, beeil dich. Bis später.« Er schenkte Peggy ein Lächeln, dann wandte er sich ab und eilte mit einem Stechschritt voraus.

»Viel Glück«, hauchte Peggy ihr zu.

»Danke, das kann ich gebrauchen.«

Charlie führte sie in das alte Fabrikgebäude. Es roch muffig-feucht. Charlie stellte sich zu einem der Männer, die als Posten überall verteilt waren. Die beiden wechselten ein paar Worte miteinander.

»Alles klar!«, hörte sie den zweiten Mann sagen. »Folgen Sie mir, Miss.« Er winkte sie zu sich. »Wir müssen uns beeilen. Das Feuer wird jeden Moment gestartet und dann muss jeder auf seinem Posten sein.«

»Alles klar. Danke, Charlie«, verabschiedete sie sich und folgte dem Mann zu einem Treppenaufgang.

»Hier rauf. Melden Sie sich oben beim Streckenposten. Der weist Ihnen Ihre Position zu.«

Durch das Walkie-Talkie des Mannes schepperte eine Befehlsstimme. »Positionen einnehmen!«

»Los!«, rief er ihr zu und machte ein Zeichen hochzulaufen.

Das ließ sie sich nicht zweimal sagen. Abby sprintete, so schnell sie konnte, die eiserne Treppe hoch. Das Metall knarrte und knarzte bei jedem ihrer Schritte. Ihr Atem ging stoßweise, als sie das Dach erreicht hatte. Sie blieb einen Moment stehen, um nach Luft zu schnappen. Ihr Herz hämmerte gegen ihre Brust. Sie drückte die schwere Eisentür auf. Grelles Tageslicht stach ihr in die Augen.

»Da sind Sie ja«, wurde sie von einem dünnlippigen Mann empfangen. »Wir haben schon auf Sie gewartet.«

»Sorry … keine Absicht«, stieß sie schwer atmend hervor.

»Kein Problem«, knurrte er und zückte sein Walkie-Talkie. »Schnittwunden-Schwerverletzte ist angekommen.«

»Roger. Übung hat begonnen«, schepperte es durch den Lautsprecher. Fast zeitgleich waren von überallher laute Rufe zu hören. Tonnen mit Öl darin wurden entzündet. Flammen schossen in die Höhe.

»Legen Sie sich dort hin. Kein Mucks. Die Jungs sollen Sie finden. Sie wurden durch die Explosion verletzt und sind bewusstlos«, gab er ihr knappe Anweisungen.

Abby nickte. »Roger.«

Sie eilte zu dem Platz, auf den er gezeigt hatte, direkt hinter dem Treppenaufgang. Seufzend legte sie sich auf den harten Boden. *Was tut man nicht alles für die Liebe?*

Mittlerweile war die Luft erfüllt von schwarzem Rauch, der aus den Tonnen in die Höhe stieg. Sie ließ ihren Blick über die Szenerie gleiten. Außer ihr zählte sie noch zwei weitere Verletzte, die zusammengekauert an der Wand des Treppenhauses saßen und jammerten. Es gab kein Geländer, das verhinderte, dass man in die Tiefe stürzen konnte. Der Schornstein ragte aus dem grauen Dachboden in die Höhe. Ansonsten befand sich nichts hier oben.

Sie war beeindruckt, mit welcher Detailtreue die Übung durchgeführt wurde. Kein Wunder, dass die Jungs von der Feuerwehr so auf Zack waren.

Sirenen ertönten aus der Ferne und drangen durch die dicken Betonmauern. Gespannt verfolgte sie, wie die Männer sich auf ihre Beobachtungsposten zurückzogen. Die ersten Stimmen waren vom Treppenaufgang zu hören.

Die Posten machten sich die ganze Zeit Notizen. Einer der Männer stoppte die Zeit. Abby lag gefühlt eine halbe Ewigkeit neben einer der brennenden Öltonnen, ohne dass etwas geschah.

»Da sind Verletzte!«, schrie eine männliche Stimme.

Sie hielt die Luft an. Mit zusammengekniffenen Augen beobachtete sie, wie zwei Männer in Brandschutzanzügen und Rauchschutzhaube zu dem Paar an der Wand eilten, um es zu versorgen. Sie selbst verhielt sich mucksmäuschenstill. Schließlich war sie bewusstlos.

Schrille Sirenen heulten über das ganze Gelände. Laute Kommandos wurden gerufen. Gespannt lauschte sie, in der Hoffnung, Owens Stimme zu erkennen. Nichts. Noch immer hatte niemand sie entdeckt.

Plötzlich sah sie, wie ein Mann scheinbar aus dem Nichts hinter dem Dach auftauchte. Sie hätte ihn unter Tausenden erkannt – Owen.

Bei seinem Anblick stockte ihr der Atem. Er sah genauso aus wie damals, als er sie aus dem Haus gerettet hatte. In seinem Schutzanzug wirkte er noch größer, als er es ohnehin schon war. Er stand auf einer Drehleiter und starrte auf das Geschehen auf dem Dach. Sein Gesicht lag unter dem Helm und der Atemmaske versteckt. Am liebsten hätte sie laut gerufen, aber stattdessen blieb sie ruhig liegen und wartete mit klopfendem Herzen, dass er sie fand.

Mit einem Satz sprang Owen von der winzigen Plattform der Drehleiter auf das Dach. Seine Bewegungen waren trotz der schweren Ausrüstung geschmeidig wie die einer Raubkatze.

»Da ist noch jemand!« Mit Entsetzen sah Abby, dass einer der anderen Feuerwehrleute zu ihr gelaufen kam.

Nein!

So war das nicht geplant. Owen sollte sie finden!

Eine Gestalt tauchte zwischen den Rauchschwaden auf und beugte sich über sie.

»Lassen Sie mich liegen«, fauchte sie.

Der Feuerwehrmann schüttelte verwirrt den Kopf. Anscheinend gehörte es nicht zum Programm, dass die Opfer sich wehrten, wenn man sie retten wollte.

»Was?«, klang es dumpf durch die Rauchschutzhaube zu ihr.

»*Er* soll mich retten!« Sie machte eine unauffällige Kopfbewegung in Owens Richtung.

»Miss, wir sind in einer Übung!«

Als ob sie das nicht wüsste.

»Das hier ist eine Sache um Leben und Tod, also lassen Sie mich gefälligst liegen.« Sie schob die Arme des Mannes beiseite.

Er blickte über seine Schulter. »Ich kann nicht ...«

»Herrgott noch mal. Liegen lassen, habe ich gesagt!« Sie hatte in ihren Polizeiton gewechselt. Der Mann zuckte zurück. *Endlich!* »Ich verspreche Ihnen, Sie werden keinen Ärger bekommen. Das ist eine Undercover-Mission.«

Sie hörte ihn schwer atmen. An seiner Stelle wäre ihr ganz schön heiß unter dem ganzen schweren Zeug, das er trug.

»Ich kenne Sie.« Der Mann verharrte. »Sie sind doch diese Polizistin, die mit Owen bei der Queen war«, raunte er ihr zu.

Am liebsten hätte sie applaudiert. »Jep. Genau die.«

»Wie sieht es aus?«, drang Owens Stimme durch den Rauch.

»Die hier ist bewusstlos«, rief der Feuerwehrmann noch immer über sie gebeugt.

»Danke«, flüsterte sie.

Er nickte kaum merklich.

Der Wind hatte leicht gedreht. Schwarze Rauchschwaden zogen an ihnen vorbei. Owens Gestalt kämpfte sich zu ihnen vor. Abby blinzelte. Der Rauch brannte in ihren Augen.

»Ist das die Letzte?« Owen stand breitbeinig vor ihr wie ein Fels in der Brandung.

»Ja. Der Rest wird bereits versorgt.«

»Gut. Ich kümmere mich um das Opfer.«

»Hat eine Schnittwunde am Kopf, die versorgt werden muss. Muss einen Schlag abbekommen haben. Ist nicht ansprechbar. Puls, Atmung vorhanden«, machte der Feuerwehrmann seine professionelle Meldung an seinen Boss.

»Danke, Officer«, sagte Owen mit rauer Stimme.

Er ging in die Knie. Abby hatte das Gesicht leicht zur Seite gedreht. Ihr Puls raste. Ihr Mund war so trocken, als hätte sie Staub gegessen.

Kräftige Arme schoben sich behutsam unter ihren Rücken. Vorsichtig hob Owen sie hoch. Im selben Moment entdeckte er, wen er da in seinen Armen hielt.

»Abby!« Er blieb stehen. Das Sichtfenster seiner Rauchschutzhaube war leicht beschlagen. Seine Augen waren starr auf sie gerichtet.

»Owen!« Sie schlang die Arme um seinen Hals. Sie zitterte am ganzen Leib. Die Worte, die sie sich so sorgfältig zurechtgelegt hatte, waren verschwunden. »Es tut mir so leid. Ich bin in Liebessachen immer schrecklich ungeschickt. Danny und Kyle sind wirklich nur Kollegen, mehr nicht. Und Jason … Ich wollte dir die Sache mit Jason schon viel früher sagen, aber als du mich in deinen Armen gehalten und mir gesagt hast, dass wir immer ehrlich miteinander sein müssen, habe ich es einfach nicht übers Herz gebracht. Ich dachte, du würdest mich sofort verstoßen. Ich schwöre dir, dass zwischen Jason und mir nichts mehr gelaufen ist, schon bevor wir uns kennengelernt haben«, sagte sie atemlos. »Ich habe mich total in dich verknallt. Bitte gib uns eine Chance.«

Sie hatte gar nicht gemerkt, dass sie angefangen hatte zu weinen, aber sie spürte die Tränen auf ihren Wangen.

Sekundenlang rührte sich Owen nicht. Seine Augen starrten sie durch das beschlagene Sichtfenster an und seine Arme hielten sie wie ein Schraubstock umklammert. Wortlos setzte er sich in Bewegung. »Hey.« Sie trommelte gegen seine Brust. »Du kannst mir wenigstens antworten!« Keine Reaktion. »Owen!«

Sie hatten die Dachkante erreicht. Abby war nicht schwindelfrei. »Owen, lass mich runter.« Panik mischte sich in ihre Stimme. Ein raues Lachen ertönte. Wollte er sie absichtlich quälen? Mit einem Schritt waren sie bei der Leiter. Die Plattform bewegte sich zur Seite, als er sie mit ihr auf den Armen betrat. Sie linste nach unten. Ein großer Fehler. Der Boden schien zu schwanken. Abby brach der Schweiß aus allen Poren. Wenn sie das überlebte, würde sie ein Hühnchen mit Owen rupfen.

Eine große Menge Menschen hatte sich neben dem Feuerwehrwagen versammelt und sah zu ihnen hoch. Sie erkannte Olives blonden Haarschopf zwischen den Männern.

Die Leiter setzte sich in Bewegung. Abby stieß einen spitzen Schrei aus. Owen sagte keinen Ton. Mit einem Ruck fuhr die Plattform nach unten. Abby klammerte sich ängstlich an Owen.

»Ich hasse dich«, stieß sie hervor.

Wieder dieses heisere Lachen.

Noch ein paar Meter und sie hatten den Boden erreicht. Plötzlich gab er dem Kranfahrer ein Zeichen. Die Leiter stoppte. Ein Raunen ging durch die Menge. Alle schauten gebannt zu ihnen auf. Ohne Vorankündigung ließ er sie los.

»Nein, lass mich nicht fallen!«, bettelte sie und klammerte sich wie ein Äffchen an seinen Hals. »Ich habe es nicht so gemeint.«

Mit einer geschickten Bewegung hatte er sich den Helm vom Kopf gezogen. Seine Haare waren zerzaust und lagen verschwitzt an seinem Kopf. Er atmete schwer. Der Blick aus seinen wunderschönen braunen Augen versenkte sich in ihren. Sofort verspürte sie das altbekannte Kribbeln, das sie immer befiel, wenn er in ihrer Nähe war.

»Immer muss ich dich retten.« Ohne ein weiteres Wort beugte er sich zu ihr und küsste sie. Ein unglaubliches Glücksgefühl strömte durch ihren Körper, als sich ihre Lippen berührten. Wenn sie jetzt der Blitz traf, würde sie als der glücklichste Mensch der Welt sterben.

Laute Pfiffe ertönten.

»Abby!!!«, schrie Olive zu ihnen hoch.

Lachend entließ Owen sie aus seinen Armen.

»Kannst du mir verzeihen, dass ich so lange gezögert habe?«, flüsterte sie leise. Ein Tränenschleier erschwerte ihr die Sicht.

»Abby, ich habe dir in dem Moment verziehen, als du in meinen Armen lagst.« Er küsste sie erneut.

Sie lächelte ihn glücklich an. »Versprichst du mir, dass du mich auch weiter retten wirst?«

»Immer und immer wieder.«

25

Die Portobello Girls saßen auf der Terrasse. Die Sonne verschwand gerade hinter den Dächern, um dem Mond den Platz zu überlassen. Einige wenige rosa Streifen zogen über den pfirsichfarbenen Abendhimmel. Es herrschte eine friedliche Stimmung. Nur in der Ferne war das ewige Rauschen der Autos zu hören. Irgendwo zwitscherte ein Rotkehlchen sein abendliches Lied.

Seit Abbys spektakulärer Liebeserklärung waren zwei Tage vergangen. Sie konnte immer noch nicht fassen, dass sie und Owen tatsächlich zusammen waren. Alles fühlte sich so neu und so schön zugleich an. Sie hatte das Gefühl, seitdem auf einer Wolke des Glücks zu schweben.

»Verdammt, und ich habe alles verpasst«, schimpfte Emily. Die Eiswürfel in ihrem Glas stießen klirrend aneinander, während sie redete. »Ich wäre zu gerne dabei gewesen, als Owen dich gerettet hat.«

»Ich fand es überhaupt nicht lustig«, gestand Abby. »Ich habe mir vor Angst fast in die Hose gemacht.«

»Was, du?« Ihre Freundinnen sahen sie mit großen Augen an.

Abby zuckte mit den Schultern. »Auch eine Offizierin im Dienste Ihrer Majestät darf mal Angst haben. Ich bin schließlich auch nur eine Frau mit Gefühlen.«

»Oh nein.« Olive wedelte mit dem Zeigefinger vor Abbys Nase. »Du bist Superwoman! Das wissen alle. Eine Abby kennt keine Furcht.«

»Meine Güte, ich wusste ja gar nicht, was für einen Ruf ich bei euch weghabe.« Sie trank genüsslich einen Schluck vom Eistee.

Emily hatte ihn nach einem Geheimrezept ihrer Großmutter zubereitet. Jetzt, wo sie schwanger war, gab es keinen Alkohol mehr für sie und die anderen Mädels zogen zumindest heute solidarisch mit.

Emily trat ihr leicht gegen das Schienbein. »Tja, da staunst du.«

»Ich finde, das könnten wir ruhig öfter machen«, meldete sich Zoey zu Wort.

»Was meinst du jetzt genau?«, wollte Abby wissen.

Zoey lächelte schelmisch. »Na, solche Aktionen. Ich hatte richtig Spaß.«

»Das habe ich gesehen«, bemerkte Olive spitz.

Holly sah fragend in die Runde. »Hä? Ich verstehe nur Bahnhof.«

»Ich rede von dem scharfen Feuerwehrmann, den sich Zoey bei der Gelegenheit gekrallt hat«, erklärte Olive.

»Moment!« Abby stellte ihr Glas auf den Tisch. »Da habe ich wohl was verpasst.«

»Tja, unsere liebe Zoey hat nicht lange gefackelt und gleich einen Typen klargemacht.«

»Ich bin eben ein schwaches Ding.« Zoey flatterte mit den Augendeckeln.

»Das glaubst du doch wohl selbst nicht«, sagte Abby trocken.

Die Köchin seufzte. »Doch. Ich kann Männern in Uniform einfach nicht widerstehen.«

»Gut, dass du nicht bei der Polizei arbeitest!«

»Was meinst du, warum ich mich in die Küche verkrochen habe? Apropos … Chris hat einen neuen Koch eingestellt. Fängt nächsten Monat bei uns an.«

»Ach. Jemand Bekanntes?«, fragte Emily.

»Sean Colville«, ließ Zoey verlautbaren.

Olive runzelte die Stirn. »Ein Schotte?«

»Jep.« Zoey schwang die Beine hoch auf den Couchtisch.

»Aber die können doch nicht kochen. Ich sag nur Haggis.« Abby verzog das Gesicht. Allein bei dem Gedanken an den mit Innereien gefüllten Schafsmagen machte ihr eigener Magen Purzelbäume.

Zoey fuhr sich mit der Hand durch die kurzen Locken. »Das musst du nicht mir sagen, sondern Chris.«

»Na das kann ja heiter werden.«

»Wie kommen die Vorbereitungen für die Hochzeit voran?«, fragte Holly.

Olive und Emily wechselten geheimnisvolle Blicke.

»Sollen wir es ihnen sagen?«, fragte Olive.

Emily nickte. »Ich denke schon.«

Abby richtete sich gespannt in ihrem Stuhl auf.

»Also, Emily und ich, wir haben eine kleine Überraschung für euch«, fing Olive an.

»Was denn?«, fragte Abby.

»Wenn du mich ausreden lassen würdest, wüsstest du es bereits.«

»Sorry.«

»Also Emily und ich –«

»Das hast du schon gesagt«, unterbrach Abby sie erneut.

»Abby, halt die Klappe«, fuhr Holly sie an.

Sie schob die Unterlippe vor.

»Die kleine Abby möchte aus dem Kinderparadies abgeholt werden«, frotzelte Holly.

Abby versetzte ihr einen kräftigen Stoß auf die Schulter.

»Autsch, das tat weh.«

»Könnt ihr beide mal aufhören und Olive endlich zu Ende reden lassen?«, bat Zoey.

»Danke.« Olive warf Abby einen strengen Blick zu.

»Wieso nur ich?« Sie deutete auf Holly. »Die ist genauso dran schuld!«

Olive schüttelte seufzend den Kopf.

»Olive und ich feiern eine Doppelhochzeit«, platzte Emily heraus.

»Was?!« Abby, Holly und Zoey hatten laut geschrien.

»Ja!« Olive lachte. »Wir dachten, wenn wir schon beide in diesem Jahr heiraten, dann können wir es gleich zusammenlegen.«

»Liam und Ethan waren auch damit einverstanden«, erklärte Emily und holte drei weiße Umschläge aus ihrer Tasche hervor. »Die sind für euch.«

Abby nahm die Einladung entgegen. Das Papier schimmerte rosa im Abendlicht. Vorsichtig öffnete sie den Umschlag und zog die Karte hervor. In geschwungener schwarzer Schrift stand darauf geschrieben:

Miss Olive Belford und Mister Liam Ryan Boyd

&

Miss Emily Walters und Mister Ethan Moore

Für jetzt und für immer!

»Oh, wie schön.« Zoey strich ehrfürchtig über das Papier. »Ich kann gar nicht sagen, wie sehr ich mich freue.«

Abby strahlte. »Das ist die genialste Idee des Jahrhunderts!«

»Oh mein Gott, dann muss ich mich ja um zwei Hochzeitskleider gleichzeitig kümmern!« Holly legte theatralisch die Hand gegen die Stirn. »Ich weiß nicht, ob ich dieser Aufgabe gewachsen bin.«

»Zum Glück bist du ja nicht alleine.« Abby streckte die Hand in die Mitte. Sofort legten alle Portobello Girls ihre Hand drauf.

»Eine für alle ...«, rief Abby.

»... und alle für die Liebe!«, vollendeten die Mädels den Satz.

Epilog

Es war ein herrlicher Sommertag und die goldenen Strahlen der Sonne fielen wärmend auf die Gäste herab. Zarte fluffige Wolken, die wie Wattebällchen aussahen, trieben träge über den blauen Himmel. Die Luft war angefüllt vom Duft der Blumen, die in gewundenen Girlanden entlang der Bänke verliefen, die man für die Gäste auf dem Plateau der Klippe aufgebaut hatte. Kleine Blumenbouquets säumten den Altar, der am Ende der Reihen stand. Keine zehn Meter dahinter fielen die berühmten weißen Klippen von Beachy Head steil ins Meer. Möwen flogen kreischend über die Köpfe der Gäste hinweg.

Alle Plätze waren besetzt. In der vorderen Reihe saßen rechts die Eltern der Brautpaare, links hatten die Portobello Girls Platz genommen. Dahinter folgten Freunde und Bekannte. Die ersten Klänge der Dudelsackbläser schwebten durch die Luft. Sofort erstarben alle Gespräche. Die Augen der Anwesenden waren auf die letzte Reihe gerichtet, wo jeden Moment die Bräute erscheinen würden. Zwei Kinder mit Blumenkörben in der Hand kamen den schmalen Durchgang hochgelaufen. Das Mädchen hatte lange braune Haare, die ihr in weichen Wellen auf ihre schmalen Schultern fielen, und das Gesicht einer Madonna mit großen blauen Augen und vollen Lippen. Der Junge war ein gutes Stück größer als seine Schwester, hatte braune Haare und im Gegensatz zu ihr schokobraune Augen.

»Das sind Will und Stella«, erklärte Abby. »Taylors Kinder.«

Taylor war gestern mit ihrer Familie angereist, da beide Kinder in die Schule gingen und keinen Tag versäumen sollten. Jeder andere hätte sie früher aus dem Unterricht genommen, aber nicht Taylor.

»Einmal Nanny, immer Nanny«, hatte Taylor am Telefon gesagt und geseufzt. »Ich komme einfach nicht gegen meinen Ordnungssinn an.«

Gestern Abend hatte es einen kleinen Empfang im Cottage von Ethans Eltern gegeben, das zweihundert Meter entfernt von den

Klippen stand. Abby, die zum ersten Mal hier war, hatte sich sofort in das Häuschen verliebt.

Auch jetzt strahlten die weiß getünchten Mauern zwischen dem Grün hervor. Kletterrosen, Geißblatt und Efeu wuchsen entlang der Fassade, als wollten sie das Haus umarmen.

Es war ein wunderschöner milder Abend gewesen und sie hatten bis spät in die Nacht draußen gesessen und sich unterhalten. Cassie und Olive hatten Anekdoten aus der Anfangszeit der Portobello Girls erzählt und sie hatten viel gelacht. Aber über allem hatte auch eine gewisse Wehmut gelegen. Mit Olives Auszug ging in Abbys Augen ein wichtiger Teil verloren, der die Frauen-WG ausgemacht hatte. Sie war der Kleber gewesen, der alle zusammengehalten hatte. Der offizielle Auszug war nach den Flitterwochen geplant, aber genau genommen lebte Olive bereits jetzt mehr bei Liam als bei ihnen.

Abby seufzte, und Owens feuchtbraune Augen sahen sie fragend an. »Alles okay?«

»Ja, nur ein bisschen traurig«, gestand sie ihm.

»Das brauchst du nicht zu sein. Ich bin doch bei dir.« Er gab ihr einen zärtlichen Kuss. Ihre Hand lag in seiner. »Habe ich dir schon gesagt, dass du wunderschön aussiehst?«

»Nicht oft genug«, entgegnete sie leise lachend.

Stella griff beherzt in den Weidenkorb. Rosenblätter flogen durch die Luft und hüllten die beiden sekundenlang ein, um dann auf dem Rasen liegen zu bleiben.

»Sind die zwei nicht süß?« Obwohl sie Taylors Adoptivkinder erst spät kennengelernt hatte, hatte sie sie sofort ins Herz geschlossen.

Aus dem Augenwinkel sah sie, wie Taylor ihren Kindern verstohlen zuwinkte. Dabei strahlte sie vor Stolz über das ganze Gesicht.

Liam und Ethan standen in ihren dunklen Anzügen vorne beim Pfarrer. Beide wirkten angespannt. Es hätte Abby nicht gewundert, wenn sie Händchen gehalten hätten.

»Da sind sie«, quietschte Holly neben Owen, völlig aus dem Häuschen. »Okay, ich kriege keine Luft mehr.« Sie fasste sich an die Brust.

Abby sah gespannt zum Haus. Langsam kamen die beiden Bräute in Sicht. Sie hatten beschlossen, gemeinsam den Weg zum Altar zu beschreiten.

Sonnenstrahlen verfingen sich in Emilys braunen Haaren und zauberten goldene Reflexe hinein. Daneben leuchtete Olives kurzer Schopf wie gesponnenes Gold. Beide hatten Blumenkränze im Haar. Emilys Kleid war aus elfenbeinfarbener Spitze gearbeitet und betonte ihre wohlgeformte Oberweite. Ein winziges Bäuchlein war darunter zu erkennen, tat jedoch der ansonsten schlanken Erscheinung der Braut keinen Abbruch. Für Olive hatte Holly ein schlichtes Seidenkleid gewählt, das sich wie eine zweite Haut um sie schmiegte und ihren mädchenhaften Typ betonte.

»Ohhhh!« Begeisterte Rufe waren zu hören, als die Gäste den mit Blumen geschmückten Bollerwagen entdeckten, in dem die kleine Rose saß und der von Ethans Hund Ozzy gezogen wurde. Rose hatte Wildblumen im Haar, wie ihre Mutter, und trug ein weißes Spitzenkleidchen.

»Gut gemacht«, flüsterte Owen.

Abby strahlte. Der Bollerwagen war ihre Idee gewesen und alle hatten begeistert zugestimmt. Sogar Ozzy hatte sich ohne Protest in das extra dafür angefertigte Geschirr spannen lassen.

Langsam zog die kleine Gruppe an ihnen vorbei, vor zum Altar. Das Donnern des Meeres, wenn die Wellen auf die mächtigen Felsen trafen, war in der Ferne zu hören, begleitet vom Schrei der Möwen, die neugierig über ihren Köpfen segelten, um sich kurz darauf waghalsig in die Tiefe zu stürzen. Die Musik brach ab. Leises Murmeln erklang, als der Pfarrer die beiden Brautpaare auf die Plätze verwies.

Eine leichte Brise wirbelte die Haare der Gäste durcheinander. Abby hatte das Kleid angezogen, das sie zum Empfang der Queen getragen hatte. Sogar der Fascinator hatte wieder seinen Platz auf ihrem Kopf gefunden. Nur die Schuhe hatte sie durch bequemere ersetzt, mit denen sie ungefährdet durch das Gras gehen konnte, ohne stecken zu bleiben.

Sie warf Owen einen Seitenblick zu. Sie bewunderte sein edles Profil, die gerade Nase und den geschwungenen Mund, der so herrlich küssen konnte. Sie fand, dass er der bestaussehende Mann unter all den Gästen war. Ein plötzliches Glücksgefühl erfasste sie. Ihr Herz quoll über vor Liebe, wie sie es nie für möglich gehalten hätte.

Sie wandte ihren Blick wieder nach vorne zum Altar. Olive hatte die kleine Rose zu sich genommen. Der Pfarrer sprach die Einleitungsrede. Alle hörten andächtig zu. Abbys Gedanken wanderten zurück in die

Zeit, als sie in die turbulente Frauen-WG in der Portobello Road gezogen war. Seitdem war so viel passiert.

Olive hatte Liam gefunden. Holly war mit Jay zusammengekommen. Emily und Ethan waren zusammengezogen und wurden zum zweiten Mal Eltern. Zoey war zu ihnen gestoßen. Cassie und Sam waren nach Hollywood gezogen. Und sie hatte die Liebe ihres Lebens gefunden. All die Bilder der vergangenen Jahre wirbelten durch ihren Kopf. Ihre gemeinsamen Abende auf der Dachterrasse. Die Tränen, die sie mit ihren Freundinnen vergossen hatte. Die Freude, die sie mit ihnen geteilt hatte. Das Ganze würde bald ein Ende nehmen. Sie beugte sich zur Seite und gab Owen einen zärtlichen Kuss.

»Hey, ihr beiden! Das ist eine Hochzeit, also Augenmerk nach vorne«, raunte Holly ihnen zu.

Schmunzelnd ließen sie voneinander ab und lauschten den Worten des Pfarrers, der den Segen über die Hochzeitspaare sprach. Ethan und Emily, Olive und Liam standen sich dabei gegenüber. Beide Paare sahen sich tief in die Augen. Die kleine Rose krähte leise im Hintergrund. Olive war damit beschäftigt, ihr Patenkind davon abzuhalten, sich zwischen ihre Eltern zu drängen.

»Hiermit erkläre ich Sie Kraft meines Amtes zu Mann und Frau. Sie dürfen die Bräute jetzt küssen«, sprach der Pfarrer die mächtigen Worte, um den Bund der Ehe zu besiegeln.

Applaus ertönte, als die beiden Männer ihre Frauen vor aller Augen leidenschaftlich küssten.

»Sucht euch ein Zimmer!«, rief Abby fröhlich. Alle Umsitzenden kicherten. »Ich liebe Hochzeiten«, sagte sie, diesmal leise.

Owen nahm ihre Hand. »Das ist gut zu wissen.«

Sie drehte den Kopf und sah zu ihm hoch. Die Liebe, die aus seinen Augen sprach, nahm ihr fast den Atem. In diesem Moment wusste sie, dass sie angekommen war. Sie hatte den Mann ihres Lebens gefunden und freute sich auf die Jahre, die kommen würden.

Ende

Danksagungen

Ich möchte mich ganz herzlich bei Ulla Leuwer, Claudia Perc, Petra Kastenberger, Gudrun Media, Christiane Schäfer, Nicoll Heuß und Andrea Salzberger bedanken. Wie bei jedem Buch zittere ich, bis die Erste von euch sich bei mir meldet und mir ihre Rückmeldung gibt. Eure Begeisterung ist für mich die schönste Belohnung nach den langen Wochen des Schreibens. Danke für die Mühe, die ihr euch jedes Mal macht, und für eure tollen Anregungen. Ihr seid die Stützpfeiler, wenn mein Nervenkostüm blank liegt und ich mich frage, ob alles Sinn macht, was ich da geschrieben habe.

Vielen Dank an meine Testleserinnen Susi, Liz, Petra, Carolin, Gabriele, Christiane, Roswitha, Christa, Julia, Karin und Mone die sich mit Eifer auf jedes neue Buch von mir stürzen und mir ihre ehrliche Rückmeldung dazu geben. Ihr seid klasse und ich bin dankbar, dass ich euch an meiner Seite habe.

Ein ganz besonderes Dankeschön geht an euch, meine Leser, die ihr meine Geschichten hinaus in die Welt tragt und damit meine Figuren zum Leben erweckt. Ich bin immer wieder auf das Neue überwältigt von eurer Begeisterung und Teilnahme an meinen Büchern. Ihr seid die besten Leser auf der ganzen Welt. Danke, dass ihr es mir ermöglicht, das zu tun, was ich am liebsten mache – schreiben.

Danke, Kay, dass du bedingungslos den Haushalt schmeißt und mir den Rücken freihältst, während ich in Gedanken durch England reise und meine Abenteuer erlebe. Durch dich weiß ich erst, was wahre Liebe ist.

Meinen Kindern Lisa und Maximilian. Ihr seid das größte Geschenk und ich bin jeden Tag dankbar, dass ich eure Mutter sein darf.